岡山県新見の伝説

玄賓僧都・後醍醐天皇・金売吉次・人柱

原田信之

法藏館

後醍醐神社（新見市大佐）

「後醍醐」の名がついた日本で唯一の神社（千屋の小祠〈本書106頁参照〉を除く）。後醍醐天皇宮ともいう。元弘２年（1322）、後醍醐天皇が隠岐遷幸の際にこの地を通ったと伝えられており、神社の周辺地には多数の興味深い伝説が伝承されている。

後醍醐神社末社の狼神社（新見市大佐）

後醍醐天皇を守護するとされる狼様を祀る末社。狛犬の代わりに狼二匹が鎮座している。享保年間（1716～1736）に、村の童子が「碁盤石」（現在の「御飯石」のことか）を動かすとたちまち数万匹の狼が現れてほえたという伝承がある。

岡山県新見の伝説——玄賓僧都・後醍醐天皇・金売吉次・人柱——

目次

口絵

玄賓僧都伝説編

後醍醐天皇伝説編

金売吉次伝説編

人柱伝説編

岡山県新見の伝説——玄賓僧都・後醍醐天皇・金売吉次・人柱

序章　新見の伝説の魅力と意味

Ⅰ　新見の歴史と文化

岡山県の北西部に位置する新見は平安時代の承平年間（九三一～九三八）に成立した『和名類聚抄』の備中郷第百十四、哲多郡の項に「新見迩比美」[1]とみえ、中世には新見庄として栄えた地である。古代には南都法相宗興福寺の高僧であった玄賓僧都（七三四～八一八）が備中国湯川寺（現在地は新見市土橋寺内二二五五番地）に隠遁していることから、古くから仏教が広まっていたことがうかがえる。新見には玄賓僧都の伝説が多数伝えられており、注目される。平成十七年（二〇〇五）三月三十一日、旧新見市、大佐町、神郷町、哲西町、哲多町が合併して新たな新見市となった。新見はJR伯備線、姫新線、芸備線、国道180号、同182号、中国自動車道の交点となっており、新見インターチェンジがある。

新見庄は平安時代末期に大中臣孝正が開発して官務家の小槻隆職に寄進し、官務家から本所職が最勝光院に寄進された。正中二年（一三二五）、後醍醐天皇により最勝光院執務職と所領の本所職が東寺に寄進され、東寺領新見庄が成立した。[2]鎌倉時代には高梁川に沿って二日市場（庭）と三日市場（庭）が成立して商取引が行われていた。なお、三日市場跡（新見市新見三日市）に、昭和五十六年（一九八一）七月六日、浩宮徳仁親王（今上天皇）が中世

新見市の位置

瀬戸内の海運研究のため来新し、三日市船着き場跡を視察した。(3)

新見庄に関する多数の文書は東寺百合文書に収載されており、中世の庄園研究に大きな貢献をしている。東寺百合文書は東寺（教王護国寺）に伝わる二万通を超える文書群に対する呼称で、加賀藩五代藩主前田綱紀が百の桐箱を寄進してこれに収めたところから百合文書と名付けられた。平成九年（一九九七）には国宝に指定され、平成二十七年（二〇一五）にはユネスコの「世界の記憶（世界記憶遺産）」に登録された。現在は京都府立京都学・歴彩館（旧京都府立総合資料館）に所蔵され、文書画像データがインターネットで公開されている。(4) 中世の庶民であった「たまかき（たまがき）」という新見の一女性が書き残した文書として有名な「たまかき書状」もこの東寺百合文書にあり、「東寺百合文書WEB」で簡単に鮮明な文書画像を見ることができる。(5) JR新見駅前広場には、文机に向かって文を書くたまがきと馬に乗った佑清（?〜一四六二）の像が設置されている。(6)

新見には後醍醐天皇（一二八八〜一三三九）の伝説が多数伝承されている。

文保二年（一三一八）の後醍醐天皇即位後から、後村上天皇の正平二十二年（一三六七）までの約五〇年の動乱を描く軍記物語『太平記』に新見氏が登場する。『太平記』巻七「船上合戦の事」の項に、元弘三年（一三三三）に隠岐を脱出して船上山（「ふなのうえやま」、現在「せんじょうさん」）鳥取県東伯郡琴浦町）に立てこもった後醍醐先帝の元に諸国から続々と馳せ参じた武士たちの名を列挙した中に「備中には、新見・成合・那須・三村・小坂・

河村・庄・真壁」[7]（傍線を付した）と、備中国の新見氏の名が見える。
　また、建武三年（一三三六）の、『太平記』巻十六「西国蜂起官軍進発の事」の項にも「備中には、庄・真壁・陶山・成合・新見・多地部の者ども、勢山を切り塞いで、鳥も翔らぬやうに構へたり。これより西、備後・安芸・周防・長門は申すに及ばず、四国・九州もことごとくつかでは叶ふまじかりければ、将軍方に志無きも皆従ひ靡かずといふ事なし」[8]（傍線を付した）と新見氏の名が見えるが、成合氏（高梁市成羽町を本拠とする武士団）や多地部（新見市大佐田治部を本拠とする武士団）などとともに足利尊氏軍に属していた。この時は、四国・九州までもことごとく足利将軍方につかなくてはいられない状勢になったので皆従ったことがわかる。状況に応じて生き残りを図った戦乱期の武士たちが置かれた過酷な状況がうかがえる。

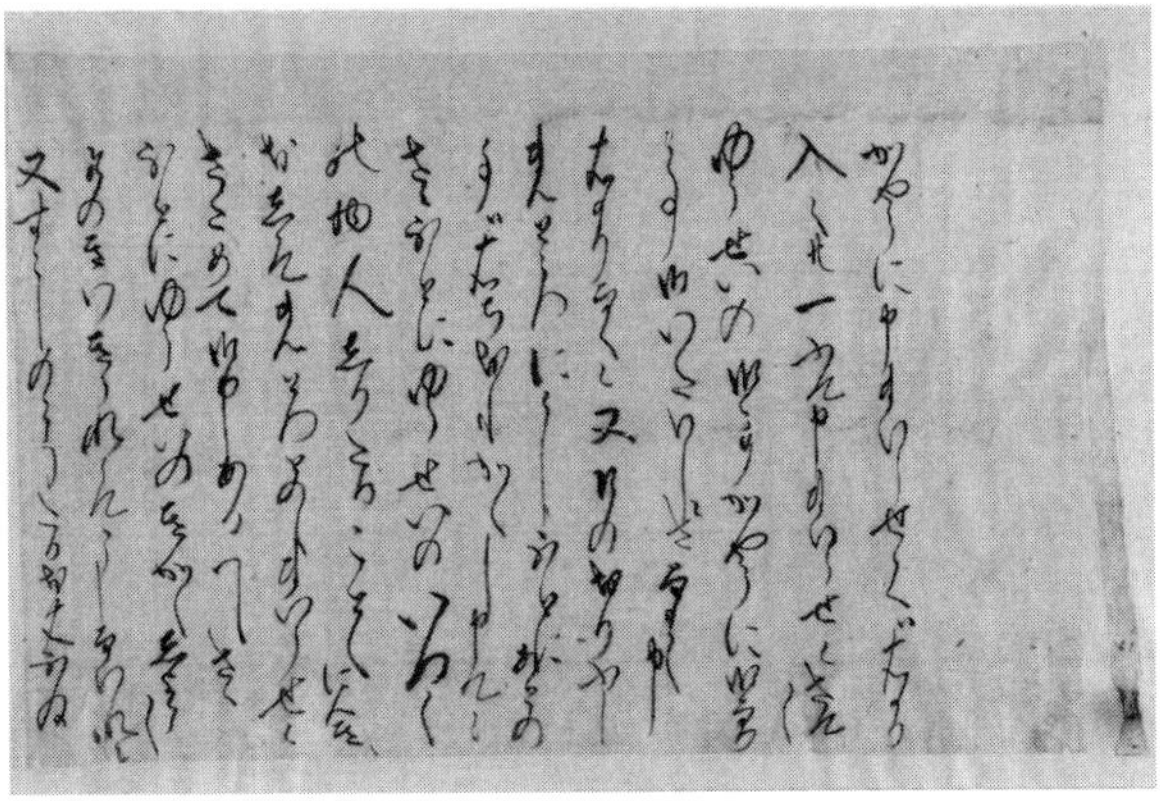

「たまかき書状幷備中国新見庄代官祐清遺品注文」冒頭
（京都府立京都学・歴彩館　東寺百合文書WEBより）

　ここの新見氏は、備中国新見庄を本拠とした在地の武士で、先祖治部丞資満が、承久の乱の勲功の賞として貞応元年（一二二二）新見庄地頭に補任されたといい、楪城（新見市上市に楪城跡がある）を築城し、新見庄を領有化する闘争に終始したとされる。東寺百合文書などの新見庄関係史料に、新見九郎貞直・太郎左衛門尉・次郎清直・三郎左衛門尉・又三郎政直・蔵人国経・蔵人貞経の名が見える。[9]
　興味深いことに、新見には南朝年号である「正平十二年」（一三五七）の銘文が刻まれた石造地蔵菩薩像が五体残っている。それぞれ、「石像延命地蔵菩薩立像（朝間地蔵）」（所在地新見市正田）……銘文「正平十二年丁酉三月三日　光阿弥」、「石像延命地蔵菩薩立像（昼間地蔵）」（所在地新見市正田）……銘文「正平十二年丁酉三月三日　光阿弥」、「石像延命地蔵菩薩立像（夕間地蔵）」（所在地新見市西方）……銘文「正平十二年」、「石像延命地蔵菩薩立像（段の腰折地蔵）」（所在地新見市唐松）……銘文「正平十二年丁酉三月三日　藤原友重」、「石像延命地蔵菩薩坐像」（所在地新見市金谷）……銘文「正平十二年三月三日　光阿弥」と刻まれている。この五体はすべて岡山県指定文化財となっている(10)。

近世は松山藩の時代を経て元禄十年（一六九七）に新見藩（一万八千石）が成立した。新見藩は関長治、長広、政富、政辰、長誠、長輝、成煥、長道、長克と九代百七十余年続いたが、明治四年（一八七一）の廃藩置県により廃された。

新見には新見藩に由来するとされる大名行列（御神幸武器行列）がある。毎年十月十五日、船川八幡宮秋季大祭の神輿の御神幸に際し、その前駆を務めるもので、氏子が下座して迎えることから土下座祭りとも称される。元禄十年に新見藩主となった関長治が、領民の安寧と五穀豊穣を祈念するために、地区民に公式の大名行列を仕立てさせて大祭御神幸の前駆に当たらせたのが始まりとされる。青竹を手にした二人の先払いを先頭に「したーん（下に）、したーん（下に）」の声とともに長刀、弓矢、鉄砲などの武器を携えた総勢六四名が御旅所へ向かう。古式を守る珍しい行事として知られ、見物客も多い(11)。

人材の育成が急務となった江戸時代後期に、各藩が藩校を開設した。新見藩では、宝暦五年（一七五五）、三代藩主政富の時、新見風木の一角に、講堂・聖廟・文庫・槍剣道場などを設けて藩校思誠館を開校した。寛政六年（一七九四）、五代藩主長誠が著名な儒者丸川松隠（一七五八～一八三一）を招いて督学教授とし、学制の改革と儒学の拡張を図った。松隠の門下に儒者山田方谷（一八〇五～一八七七）がいる。文化六年（一八〇九）、五十二歳の松隠に入門した時、方谷は五歳であった。新見市役所前に、老境の丸川松隠と少年の山田方谷が対面で座している像が設置されている。思誠館は明治四年（一八七一）に廃校となった。跡地には新見市立思誠小学校が建っており、思誠小学校体育館の外観は藩校の建物を彷彿とさせるデザインとなっている。[12]

中国山地では風化花崗岩中の砂鉄と大山林から生産した大量の木炭を使用して古代からたたら製鉄が行われた。新見もたたら製鉄が盛んであったが、近世以降全盛期を迎えた。鉄山業には大量の砂鉄が必要とされるが、例えば、嘉永七年（一八五四）一年間の新見（旧新見市・大佐町・神郷町・哲西町・哲多町の阿哲地域）の砂鉄採取高は年産合計八万駄とされている。[13]八万駄は一万八〇〇〇トンになるので、[14]新見だけでも膨大な鉄が生産されていたことがわかる。[15]新見に金売吉次伝説が伝承されている背景には、たたら製鉄の存在が強く関係しているように思われる。

千屋村（新見市千屋）の太田氏は代々鉄山経営を家業としていたが、太田辰五郎（一七九〇～一八五四）の代に最大の鉄山師となった。辰五郎は鉄山経営のほか、千屋牛の繁殖・育成も行って巨万の富を築き、天保四年（一八三三）と同八年（一八三七）の大飢饉には莫大な金銭と穀物を拠出して窮民の救済に当たるなど利益の多くを社会事業に拠出した。[16]辰五郎によって改良された蔓牛（中国地方で改良された優良な系統の和牛の呼称）の系統を受け継いで、新見市千屋地区を中心に肥育される黒毛和種の銘柄牛を千屋牛といい、新見の「A級グルメ」食材の一つとして知られている。

新見では高梁川を利用した舟運が発達し、近代まで重要な運送手段として活用された。高梁川左岸の三日市にあった新見河岸には古くから市場が開かれた。高瀬舟による舟運は瀬戸内海まで通じ、新見庄から東寺への年貢の運搬にも高梁川の舟運が利用された。[17]高瀬舟の大きさは長さ約一五メートル、胴幅約二メートル、胴高約一メートルで、水に強い杉や松で造られた。底は平底で、水流と帆により運航し、上りは先に綱を付けて人力により川岸から引いた。下り荷は新見（高梁川水系）では約二トン、上り荷は約一トンで、津山（吉井川水系）・落合（旭川水系）などの岡山県北部から南部の岡山までの下りは一日、上りは四日かかった。[18] 新見河岸から出る高瀬舟一艘の積載量は、河川の水量によって上水・中水・渇水の三段階に区分され、上水時の積載量は、米は四十俵、割鉄（わりてつ）は五十五束、煙草（たばこ）は三十六丸（がん）、杉原紙（すぎはらがみ）は三十丸、漆実（うるしのみ）は五百貫目、生綿（きわた）は三十丸、荒苧（あらお）は八十丸、乗人（のりびと）は三十人などと決められていた。新見河岸の高瀬舟の就航規定は、出船は月に「三・八定日」の計六度、出船時刻は正五つ時（午前八時）、備中松山（高梁市）までの往復日数は五日間を限度とするなど詳細に定められていた。[19]

高梁川は岡山県三大河川（高梁川、吉井川、旭川）の一つで、一級河川である。流量も豊かであるため舟運が発達したわけであるが、増水による災害も多く、[20] 新見でもたびたび水害が起こっている。そのためか、新見市長屋には高梁川の堤防を築く難工事の際、娘を人柱にして完成させたという人柱伝説が伝承されている。

近代になり鉄道交通網が発達した。昭和三年（一九二八）伯備線（旧国鉄、現JR）が全線開通し、昭和十一年（一九三六）に芸備線・姫新線が全線開通した。高梁川の高瀬舟による舟運は、伯備線の開通により役割を終え、新たな時代を迎えた。

次に、近代以降の著名な文人たちと新見との関わりについて述べる。

明治から昭和にかけて活躍した小説家田山花袋（一八七一～一九三〇）が明治四十年（一九〇七）『新小説』に発表した『蒲団（ふとん）』は、島崎藤村の『破戒』とともに、自然主義文学の地位を決定づけた作品として知られている。花袋自身をモデルとした文学者竹中時雄が、ミッションスクール神戸女学院の女学生横山芳子からの熱心なファンレターに心を動かされ弟子入りを認める。芳子は東京の時雄の下で学ぶが、恋愛騒動が元となって、東京を離れて父に連れられて生まれ故郷へ帰って行く。時雄は芳子の残していった蒲団に顔を埋めて泣く、という話である。この美しい女学生横山芳子の出身地が「新見」という設定になっている。

以下、『蒲団』本文を引用しながら新見関連の記述をみてみる。(21)「二」章で新見の女学生横山芳子の名が登場し、新見の説明、芳子の家の説明がなされる。

> 神戸の女学院の生徒で、生れは備中の新見町で、渠の著作の崇拝者で、名を横山芳子といふ女から崇拝の情を以て充された一通の手紙を受取つたのはその頃であつた。(『蒲団』「二」章)

弟子にしてほしいという手紙を読んだ時雄は、新見の位置を確認する。

> そして本箱の中から岡山県の地図を捜して、阿哲郡新見町の所在を研究した。山陽線から高梁川の谷を遡つて奥十数里、こんな山の中にもこんなハイカラの女があるかと思ふと、それでも何となくなつかしく、時雄は其の附近の地形やら山やら川やらを仔細に見た。(「二」章)

次に、芳子の家の説明がなされる。

> 芳子の家は新見町でも第三とは下らぬ豪家で、父も母も厳格なる基督教信者、母は殊にすぐれた信者で、曽ては同志社女学校に学んだこともあるといふ。総領の兄は英国へ洋行して、帰朝後は某官立学校の教授となつて居る。芳子は町の小学校を卒業するとすぐ、神戸に出て神戸の女学院に入り、其処でハイカラな女学校生活を送つた。基督教の女学校は他の女学校に比して、文学に対して総て自由だ。(「二」章)

このように、『蒲団』において、「新見」はハイカラな女学生の出身地として説明される。新見なら、このような女学生がいても不思議ではないと考えられていたらしいことがうかがえる。

『蒲団』は小説であるため、実際の芳子は新見の人ではなかった。横山芳子のモデルは岡田美知代といい、明治十八年（一八八五）、広島県甲奴郡上下村（現在の府中市上下町）に生まれた。神戸女学院中退後、花袋に弟子入りした。岡田美知代の父・岡田胖十郎は備後銀行創設者の一人（広島県会議員、上下町長）で、美知代の生家は現在、府中市上下歴史文化資料館として、美知代関連資料を収集・展示している。[22]

大正四年（一九一五）に刊行された田山花袋『日本一周　中編』に「高梁川の流を伝つて遡ると、今津・川面・草間などといふ村がある。草間の山中には不動瀧といふのがある。それから、羅生　門と称する石灰岩の洞貫した石門など（ママ）がある。／それから猶三里溯つて新見町がある。山愈々深く渓愈々邃といふ趣がある。山陽山陰にはめづらしいと思はれるほどの深山の感のするところである。／そこから伯耆境の谷田峠までまだ四里ほどある。[23]」とあるので、実際に新見を訪れたらしいことがわかる。

明治三十九年（一九〇六）十月、田山花袋は弟子岡田美知代の出身地上下町も訪問している。[24]『日本一周　中編』の上下町訪問部分に「一生忘れられない旅である。／何故、この山の中が私の心を惹いたかと言ふと、其処の山の中に上下といふ町があつて、そこに私の弟子になつた若い女がゐた。その女は私の家に二年ほどゐたが、ある青年と恋に落ちて、そのことが知れて、父親が来て、無理やりにつれて行つて了つたのである。私もその女が好きだつた。無論、恋といふものまでにはまだなつてをらなかつたけれど、心はひそかにその女に向つてゐた。私は私の心をかくさなければならないやうな位置に身を置いた。厳なる父と柔しい恋の保護者との両面を兼ねなければならなかつた[25]」とある。『蒲団』当時の花袋の心理を述べており、弟子へのほのかな思いが上下町訪問へ向かわせたことがわかる。

歌人若山牧水（一八八五〜一九二八）の初期の代表作「幾山河越えさり行かば寂しさの終てなむ国ぞ今日も旅ゆく」は、牧水が新見を旅した時に詠んだ歌とされている。第一歌集『海の声』（明治四十一年〈一九〇八〉刊）に

「十首中国を巡りて」の詞書とともにある作品で、初出は「新声」明治四十年（一九〇七）八月号である。(26)

明治四十年六～七月、早稲田大学学生であった牧水は、郷里の宮崎県へ帰省した。その途中、岡山、高梁を経て、七月二日に阿哲郡二本松峠（現在の新見市哲西町大竹）にある茶屋「熊谷屋」へ泊まった際に作歌し、「幾山河」と「けふもまたこころの鉦をうち鳴しうち鳴らしつつあくがれて行く」の二首を友人の有本芳水に宛てた葉書に書いて送ったという。この茶屋跡地に、昭和三十九年（一九六四）「幾山河」の歌碑が建立され、平成六年（一九九四）に茶屋「熊谷屋」が復元された。(27)復元された茶屋「熊谷屋」の周辺は牧水二本松公園として整備されており、牧水が宿泊した当時をしのぶことができる。

昭和四年（一九二九）十月二十九日、歌人の与謝野鉄幹（一八七三～一九三五）・与謝野晶子（一八七八～一九四二）夫妻と末娘藤子（満一〇歳）が新見を訪れた。与謝野晶子『随筆　街頭に送る』所収「北備渓谷の秋」（一九二九・一一・一五執筆）にその時の様子が描かれている。(28)同書によると、この時の東京から岡山への往復六日間の旅行は、高梁の諸有志が勝景を与謝野夫妻に歌わせたいための厚意から実現されたという。

旅行三日目の朝、方谷園（高梁市中井町）にある山田方谷の墓を拝し、車で佐伏川沿いの新道（岡山県道320号若代方谷停車場線）を北上し、「折瀬戸」（鉄幹が「降仙洞」と命名）、「潮の瀧」（草間の間歇冷泉）を経て豊永村役場（新見市豊永佐伏）に駐車して藁草履に履き替え、一行は歩いて「真木山の鍾乳洞」（与謝野夫妻が「満奇洞」と命名）に向かった。荻野繁太郎豊永村長が案内役を務めた。ロウソクを手にして全長四五〇メートル以上ある洞内を見学し、鉄幹は「何と云ふ偉大巧妙な自然の建築であらう」と言ったという。後、第一室の広間に筵を敷いて、村の有志からの鶏鍋や荻野翁が早朝岡山市から取り寄せた立派な弁当などで食事をした。鉄幹は「まきの洞夢にわが見る世の如く玉より成れる殿づくりかな」、晶子は「満奇の洞千畳敷の蠟の火のあかりに見たる顔を忘れじ」などの歌を詠んだ。

その後、車で高梁川沿岸に引き返し、井倉峡周辺で船遊びを楽しんだ。[29] 三〇〇メートルの高さで並立する石灰岩の岩山の下を、浅瀬の急流に乗って岩の間を行く様子を記し、保津川、犬山（木曽川）、筑後川でも遊んだが、「四山の美が其等の溪谷に比べて、また別の特色を持つてゐるのを喜ぶのであつた」と述べている。船の上では鮎料理などを食べながら歓談。一行は、薄暮に井倉橋の下で船を辞し、車で高梁に戻ったとある。

現在、新見市井倉には井倉洞があるが、井倉洞は昭和三十三年（一九五八）に発見された鍾乳洞なので、与謝野夫妻が訪れた昭和四年には存在が知られていなかった。井倉洞は全長一二〇〇メートルの鍾乳洞で、岡山県指定天然記念物となっている。満奇洞とともに、新見市の著名な鍾乳洞として観光客も多い。[30]

新見市の市花は「アテツマンサク」である（市指定天然記念物）。大正二年（一九一三）、植物学者牧野富太郎（一八六二～一九五七）が新見を訪れ、黒髪山（新見市）で発見し、阿哲郡の郡名をとって「アテツマンサク」と命名した。[31] 早春三月上旬、細長い四弁の黄色の花が咲く。環境省のレッドリストの準絶滅危惧種に分類される希少な品種となっている。私設植物園「まんさく園」（新見市大佐小阪部）がある。

日本救世軍の創立者として知られる山室軍平（一八七二～一九四〇）は、明治五年（一八七二）九月一日、岡山県哲多郡則安村（新見市哲多町本郷）で生まれた。明治二十八年（一八九五）救世軍に入軍し、翌年救世軍初の日本人士官、大正十五年（一九二六）日本救世軍司令官となった。社会鍋、廃娼運動、児童保護、禁酒運動、職業紹介、病院・療養施設など、社会福祉の向上に大きな貢献をした。[32] 映画「地の塩　山室軍平」（東條政利監督）が制作され、平成二十九年（二〇一七）全国公開された。

インド仏教の指導者として知られる佐々井秀嶺は、昭和十年（一九三五）八月三十日、岡山県阿哲郡菅生村別所（新見市菅生別所）で生まれた。昭和三十五年（一九六〇）得度、昭和四十年（一九六五）タイに留学、昭和四十二年（一九六七）インドへ渡り、インド仏教復興に努めている。(33) 平成二十一年（二〇〇九）、四十四年ぶりに日本へ一時帰国し、各地を訪問して講演会を行った。新見では平成二十一年五月十二日、新見文化交流館（まなび広場にいみ）大ホール（新見市新見）で講演会が実施された。

Ⅱ　新見の伝説の魅力

新見には多数の興味深い伝説が伝えられている。それらのうち全国的に知られた人物・事物にまつわるものとしては、玄賓僧都伝説、後醍醐天皇伝説、金売吉次伝説、人柱伝説などがある。本書では主要な伝説を玄賓僧都伝説編、後醍醐天皇伝説編、金売吉次伝説編、人柱伝説編に分け、それぞれの伝説ごとに伝承の実態を検討するとともに、伝説の魅力そのものについても味わうこととしたい。

次に、本書で考察した新見の伝説について簡単に紹介しておく。

「玄賓僧都伝説編」では、南都法相宗興福寺の高僧であった玄賓（七三四〜八一八）に関する伝説を扱った。玄賓僧都は桓武天皇・平城天皇・嵯峨天皇という三代にわたる天皇に厚い信頼を寄せられたにもかかわらず、世俗的な名声を厭い、都から離れた地に隠遁する道を選んだ。このような姿勢から、後代、玄賓は隠徳のひじりの理想像と捉えられ、数々の説話が生み出されてゆくこととなったようである。(34) 玄賓の説話が記載された説話集のうち、最も早い事例として平安時代後期の説話集『江談抄』がある。『江談抄』は大江匡房（一〇四一〜一一一一）晩年の談話を藤原実兼（一〇八五〜一一一二）が筆録したものであるが、玄賓が入寂して約三百年後の平安時代末期頃には玄賓説話が成立し始めていたらしいことがうかがえる。玄賓が入寂してから約四百年後となる中世になってから、続々と玄賓説話が生み出されるようになる。『方丈記』の作者として知られる鴨長明（一一五五～一二一六）は、著書『発心集』（一二一二～一二一六年頃成立）の巻頭の第一話「玄敏（玄賓）僧都、遁世逐電の事」と第二話「同人（玄賓）、伊賀の国郡司に仕はれ給ふ事」に玄賓の隠遁説話を配置しており、玄賓の生き様に強いあこがれと尊敬の気持ちを持っていたらしいことがうかがえる。[35]

『発心集』や同時代の『古事談』が成立した後も、『閑居友』『古今著聞集』『撰集抄』『三国伝記』など、多くの説話集に玄賓の説話が収載された。また、『元亨釈書』『東国高僧伝』『南都高僧伝』『扶桑隠逸伝』『本朝高僧伝』などの伝記類においても玄賓の項が記載され、隠徳のひじり玄賓の名声はさらに高まっていった。

江戸時代後期の禅僧良寛（一七五八～一八三一）は、備中国玉島（岡山県倉敷市）円通寺で修行したことが知られているが、備中国での修行中、玄賓を慕って玄賓ゆかりの地を訪れたとされる。[36] 良寛は無一物の托鉢生活を営んだ僧であったが、その生き様から、玄賓に強い影響を受けたように思われる。

玄賓僧都の伝説は、奈良県、岡山県、鳥取県に分布している。玄賓僧都伝説が奈良県にあるのは玄賓が大和国興福寺の僧であったことや三輪伝説があることに起因するとみられる。また、岡山県にあるのは玄賓が備中国湯川寺に隠遁したことに関係するとみられ、鳥取県にあるのは玄賓が伯耆国に阿弥陀寺を造ったことに関わりがあるとみられる。興味深いのは、岡山県各地には新見市を中心として玄賓に関する伝説が多数伝承されているのに対して、伯耆国では玄賓に関する伝説がほとんど伝承されていない点である。なぜ備中国での伝承状況と伯耆国での伝承状況に大きな差異が出ることになったのであろうか。第一章「岡山県と鳥取県の玄賓僧都伝承」では、両地域の伝承状況の差異の問題について検討した。

第二章「玄賓僧都伝承の文献資料と伝説」では、玄賓僧都関連資料を手掛かりとして、文献資料（特に縁起）と口承文芸（特に伝説）の関係について検討してみた。文献資料と口承文芸の関係は複雑で、文献から口承文芸に流れた話もあれば、口承されてきたものが文献に記された話もあるであろう。玄賓にゆかりのある寺院で作成された縁起類のうち、「玄賓庵略記」（大和国玄賓庵）、「広大山縁起」（備中国臍帯寺）、「湯川寺縁起」（備中国湯川寺）を用い、各寺院周辺地で採集した伝説との関係に焦点を当てて考察した。

「後醍醐天皇伝説編」では、新見に伝承されている後醍醐天皇（一二八八～一三三九）に関する伝説を扱った。元弘の変の失敗により隠岐に流されることになった後醍醐天皇は、元弘二年（一三三二）三月七日京都を出発し、美作国院庄を経て、四月上旬頃隠岐に着いたという。史実上の遷幸の道筋は不明であるが、岡山県には北部地方を中心に後醍醐天皇にまつわる伝説が非常に多く残っている。第一章「新見市大佐の後醍醐天皇伝説」では、新見市大佐の大井野や君山などに伝承されている後醍醐天皇の伝説を採集し、多角的に検討した。新見市大佐大井野には後醍醐神社（後醍醐天皇宮）があるが、「後醍醐」の名がついた日本で唯一の神社である（口絵表参照）。また、後醍醐神社境内には後醍醐天皇を守護するとされる狼様を祀る狼神社があり、狛犬の代わりに狼二匹が鎮座している（口絵裏参照）。

第二章「備中国の奇祭「かいごもり祭り」と後醍醐天皇伝説」では、備中国の奇祭として知られている「かいごもり祭り」について、祭事の内容、祭りの起源説、「かいごもり」の語源説などについて考察を加えた。岡山県新見市唐松字位田に鎮座していた国司神社の頭屋（当屋）祭りで、新見市重要無形民俗文化財に指定されている。祭りの起源は、元弘二年に後醍醐天皇が隠岐遷幸の際にこの地を通り一時休息したことに由来するという。現在でも唐松地区の住民の多くが戸を閉めて宮、頭屋、各自の家などにこもり、外出も煙を出すことも音をたてることも控え、地区の小学校でも午前中で授業が打ち切られ児童を自宅に帰らせている。最近まで、祭事の内容も全く公開されない秘祭であった。

第三章「新見市の後醍醐天皇伝説と地名」では、後醍醐天皇隠岐遷幸という歴史的事実から派生して成立した遷幸伝説が、中国地方の一地域「新見」の地名伝承にどのような影響を与えたかという問題について考察を加えた。新見市の場合、唐松周辺地域・千屋周辺地域・大佐周辺地域という三つの伝承圏が存在しているようである。それぞれの地域において伝承の核となる役割を果たしているものは、唐松周辺地域では「かいごもり祭り」という伝統的祭事で、千屋周辺地域では「休石（やすみいし）（後醍醐天皇がお休みになった石）」という巨石、大佐周辺地域では「後醍醐神社」という神社だと思われる。

「金売吉次（かねうりきちじ）伝説編」では、『平治物語』『平家物語』『源平盛衰記』『義経記』などに登場し、源義経（一一五九〜一一八九）に大きな影響を与えたとされる伝説的人物金売吉次に関する新見市の伝説について検討した。興味深いことに、新見では、新見市哲西町八鳥に金売吉次生誕地伝説が伝承されており、新見市足立には金売吉次終焉地伝説が伝承されている。新見市に金売吉次伝説が伝えられてきた背景には、中国地方各地で盛んであった「たたら製鉄」の存在が強く関係していると推定される。柳田国男が説く、炭焼小五郎伝説や金売吉次伝説を語りつつ各地を漂泊した炭焼や鋳物師などの職能集団の存在も伝説の成立に何らかの影響を与えているように思われる。金売吉次伝説の研究を進展させてゆくうえで、新見市の伝承事例は大変貴重なものといえよう。

「人柱伝説編」では、新見市長屋に伝えられている人柱伝説について扱った。人柱の習俗が実際にあったのか、なかったのかについては、いまだに決着していない難しい問題の一つとなっている。史実と虚構の間で揺れがある「人柱伝説」であるが、新見市長屋には高梁川の堤防を築く難工事の際、二十歳前の娘を人柱にして完成させたという人柱伝説が伝承されている。人柱になった娘の素性としては、不明だが長屋地区の娘ではないかという説と、通りがかりの娘という説の二説が伝承されている。長屋では娘を祀るお堂で毎年八月（以前は旧暦七月）一日から七日まで、念仏を唱えながら鉦をカーンと打ち鳴らす行事が現在まで伝えられている（現在は念仏を唱えていない）。行事中、お堂ではお接待が行われており、時代とともに変化しつつも大切にされて現在まで伝えられてきた行事であることがわかる。新見市長屋の人柱伝説は、人柱伝説成立の問題を考えるうえでも貴重な伝承事例となっている。

＊本書における諸資料よりの引用文中、旧漢字・異体字は原則として通行の字体に改めた。

註

（1）『天理図書館善本叢書和書之部　第二巻　和名類聚抄　三寶類字集』（八木書店、一九七一年）の「和名類聚抄巻第八、備中郷第百十四、哲多郡」の項に「新見迩比美」（一三三頁）とある。

（2）『備中国新見庄史料』（国書刊行会、一九八一年）、『新見庄　生きている中世』（備北民報社、一九八三年）、『新見市史　通史編上巻』（新見市、一九九三年）、『岡山県の地名』（平凡社、一九八八年）「新見庄」の項、海老澤衷・高橋敏子編『中世荘園の環境・構造と地域社会――備中国新見荘をひらく――』（勉誠出版、二〇一四年）、海老澤衷・酒井紀美・清水克行編『中世の荘園空間と現代――備中国新見荘の水利・地名・たたら――』（勉誠出版、二〇一四年）、ほか。

（3）三日市場（市庭）跡にある石碑に「史跡　新見／商業発祥之地／三日市庭跡／新見市長赤木孜一書／当地方は備中の国として遠くは奈良時代に渕源す　永暦元年新見庄は京都最勝光院の御領として寄進され元徳元年東寺の荘園となりぬ　文永八年航運この地に高まりて船場整い市庭の発揚は商賈交易を盛んならしめり　元禄十年関備前守長治公津山より移封せらるや深く地勢の理を悟り四囲発達の水利を更に啓きたり　然れども時代の趨勢により陸路鉄路に変遷し昭和三年現代新見の基址を画して遂にその便を終熄せり　適々昭和五十六年七月六日浩宮徳仁親王中世新見庄探究のため御来臨の慶事に接す　我等今先哲建業の意を追想し郷土発展の蹤を偲び本碑を建立する」と記さ

れている。

（4）「東寺百合文書ＷＥＢ」、［2023.9.2 アクセス］（https://hyakugo.pref.kyoto.lg.jp）

（5）「たまかき書状幷備中国新見庄代官祐清遺品注文」、ゆ函/84/、272×1332mm、「東寺百合文書ＷＥＢ」、［2023.9.2 アクセス］（https://hyakugo.pref.kyoto.lg.jp/contents/detail.php?id=26628）。

（6）佑清は東寺から派遣された新見庄直務代官で、たまがきは佑清のお世話をしていた新見の女性。白根正寿「〝たまがき〟について」（『新見庄　生きている中世』備北民報社、一九八三年、所収）。

（7）新潮日本古典集成『太平記　一』（新潮社、一九七七年）、三三〇頁。

（8）新潮日本古典集成『太平記　三』（新潮社、一九八三年）、二九頁。

（9）『岡山県の地名』（平凡社）「新見庄」の項、「楪城跡」の項。『岡山県大百科事典　下巻』（山陽新聞社、一九八〇年）「新見氏」の項。『新見市史　通史編上巻』（新見市、一九九三年）、三一六頁。

（10）『阿新の文化財』（岡山県阿新地方振興局、一九九四年）、九～一一頁。「にいみデジタル博物館　新見市の指定・登録文化財一覧」、資料番号12～16、［2023.9.2 アクセス］（https://bunkazai-niimi.jp/）。

（11）『阿新の文化財』（岡山県阿新地方振興局、一九九四年）、三七頁。原田信之「伝統行事と観光を結ぶ試み――地域おこしの展開――」（『図説　新見・高梁・真庭の歴史』郷土出版社、二〇〇八年、二一六～二一七頁）。

（12）原田信之「江戸時代の学問と教育――藩校思誠館・藩校有終館・藩校明善館――」（『図説　新見・高梁・真庭の歴史』郷土出版社、二〇〇八年、一五六～一五七頁）。『岡山県大百科事典　上巻』（山陽新聞社、一九八〇年）「思誠館」の項。

（13）松尾惣太郎編著『阿哲畜産史』（阿哲畜産農業協同組合連合会、一九五五年）、七二～七三頁。

（14）江戸時代では荷物運び専門の本馬が「一駄三十六貫」（約一三五キログラム）とされたので、八万駄は一万八〇〇〇トンとなる。

（15）新見ではたたら製鉄の復元操業が行われている。藤井勲「中世たたらの操業」・白石祐司「新見市たたら再現事業の経緯」（『中世の荘園空間と現代』勉誠出版、二〇一四年）。

（16）『日本人名大辞典』（講談社、二〇〇一年）「太田辰五郎」の項。『岡山県の地名』（平凡社）「岡山県　総論〔製鉄業〕」の項。

(17)『岡山県の地名』(平凡社)「三日市庭」「新見河岸」の項。

(18)『岡山県の地名』(平凡社)「岡山県　総論〔高瀬舟〕」の項。

(19)『岡山県の地名』(平凡社)「新見河岸」の項。

(20)『岡山県大百科事典　下巻』(山陽新聞社、一九八〇年)「高梁川改修」の項。

(21)田山花袋『蒲団』本文は、『日本文学全集　一〇　田山花袋集』(筑摩書房、一九七〇年)によった。

(22)『『蒲団』をめぐる書簡集』(館林市、一九九三年)。「府中市上下歴史文化資料館」ホームページ、[2023.9.2アクセス](https://www.city.fuchu.hiroshima.jp/soshiki/kyoiku_iinkai/kyoikuseisakuka/bingokokufu/museum/797.html)。「田山花袋記念文学館」ホームページ、[2023.9.2アクセス](https://www.city.tatebayashi.gunma.jp/sp006/)。

(23)田山花袋『復刻版　田山花袋の日本一周　中編　中国・九州・四国』(博文館・初版一九一五年、東洋書院・復刻版二〇〇七年)、一〇五頁。

(24)『『蒲団』をめぐる書簡集』(館林市、一九九三年)、一六四頁。

(25)田山花袋『復刻版　田山花袋の日本一周　中編　中国・九州・四国』、一二一〜一二二頁。

(26)『日本の詩歌　四　与謝野鉄幹　与謝野晶子　若山牧水　吉井勇』(中央公論社、一九六八年)、『若山牧水全集第一巻』(増進会出版社、一九九二年)。

(27)『若山牧水と哲西町』(哲西町、二〇〇〇年)。

(28)与謝野晶子『随筆　街頭に送る』(講談社、一九三一年)。『岡山県の地名』(平凡社)「赤馬村」の項。「鉄幹・晶子夫妻来新90周年」(『備北民報』二〇一九年一月一日号)。

(29)晶子は現在の「井倉峡」を「阿哲峡」と記している。昭和四年(一九二九)刊『阿哲郡誌　上巻』(阿哲郡教育会)、「新見川沿岸の景勝」の項に「正田橋附近より以南、郡の南境に近き広石橋附近に至る約五里の間、沿岸の風光は行客をして歓賞措く能はざらしむ。(中略)蓋阿哲ラインの名空しからず」とあるので、与謝野晶子夫妻が訪れた昭和初期には「阿哲峡」と呼んでいたらしいことがわかる。与謝野夫妻は広石橋から井倉橋まで船で遊覧したとある。なお、現在の阿哲峡は新見市神郷地区の新市付近から新見市川之瀬の河本ダムに至る約一〇キロの峡谷を指す（『岡山県大百科事典　上巻』「阿哲峡」の項）。

（30）『岡山県大百科事典　下巻』（山陽新聞社、一九八〇年）「満奇洞」の項。『岡山県大百科事典　上巻』「井倉洞」の項。

（31）『岡山県大百科事典　上巻』（山陽新聞社、一九八〇年）「アテツマンサク」の項。

（32）三吉明『山室軍平』（吉川弘文館、一九七一年）、秋元巳太郎『山室軍平の生涯』（救世軍出版供給部、二〇一三年）。

（33）山際素男『破天　インド仏教徒の頂点に立つ日本人』（光文社、二〇〇八年）、佐々井秀嶺『必生　闘う仏教』（集英社、二〇一〇年）。

（34）原田信之『隠徳のひじり玄賓僧都の伝説』（法藏館、二〇一八年）。

（35）『発心集』本文は、慶安四年刊本を底本とする三木紀人校注『方丈記　発心集』（新潮日本古典集成、新潮社、一九七六年）により、青森県立図書館蔵慶安四年刊本と大阪女子大学図書館蔵寛文十年刊本を参照した。

（36）岡山県良寛会編『良寛修行と円通寺』（萌友出版、二〇〇八年）参照。

玄賓僧都伝説編

第一章　岡山県と鳥取県の玄賓僧都伝承

はじめに

南都法相宗興福寺の高僧であった玄賓（げんぴん）（七三四〜八一八）は、備中国（岡山県）に隠遁して湯川寺（とうせんじ）を建立したとされ、備中国各地には玄賓僧都に関する伝説が多数伝承されている。一方、玄賓は伯耆国（鳥取県）会見郡で阿弥陀寺を建立したとされるが、伯耆国では玄賓僧都に関する伝説がほとんど伝承されていない。玄賓が備中国で湯川寺を建立したことや、伯耆国で阿弥陀寺を建立したことは、『僧綱補任』や『日本三代実録』などの確実な文献に記載されていることから、史実とみて問題はないであろう。では、なぜ備中国での伝承状況と伯耆国での伝承状況に大きな差異が出ることになったのであろうか。

本章では、岡山県各地に伝承されている玄賓僧都伝説の全体像をまとめるとともに、岡山県の玄賓僧都伝説の特色について、鳥取県の伝承と対比して検討することを目的とする。

Ⅰ　岡山県の玄賓生誕地伝承圏

岡山県には、玄賓僧都に関する伝説が多数伝承されている。筆者の調査によると、岡山県内の玄賓僧都関連伝承はすべて旧備中国の範囲内にあり、それらの伝承地は生誕地伝承圏、隠遁地伝承圏、終焉地伝承圏の三つに分類できることがわかってきた。

まず、生誕地伝承圏の伝承状況についてみてゆくことにする。『僧綱補任』などの記述では、玄賓は河内国の生まれとされている。ところが、岡山県では、玄賓が備中国で生誕したという伝承がある。玄賓が備中国で生まれたことを記す文献としては、明治十一年（一八七八）成立の奥田楽淡『備中略史』の「玄賓僧都」の項に「釈玄賓姓は弓削氏、備中英賀郡水田の人（一日河内の人）[1]」とある程度で、古文献資料は残っていない。真庭市上水田小殿には、「高僧屋敷」という地名が残っており、玄賓がこの地で生誕したという伝承がある。また、玄賓の母が玄賓のへその緒（臍帯）を寺に納めたという臍帯寺（ほそおじ、ほそんじ）にまつわる伝説や、地名「高僧屋敷」の近所にある郡神社と玄賓にまつわる伝説が伝えられている。筆者が採集した伝説は以下のとおりである。……「玄賓生誕地高僧屋敷と臍帯寺」「高僧屋敷と行者様」「臍帯寺の開基と移転の由来」「玄賓の母と臍帯寺」「臍帯寺道」「郡神社と玄賓の下馬とがめ」。

地名「高僧屋敷」に祀られる行者様

Ⅱ　岡山県の玄賓隠遁地伝承圏

玄賓が備中国に隠遁したことは、興福寺本『僧綱補任』などに記述が見えることから史実とみて問題はない。興味深いことに、備中国内には、玄賓に関わるとされる寺社が湯川寺以外に複数存在している。以下、備中国内で玄賓伝承が確認される寺社について伝承状況を略述する。

（一）新見市土橋の湯川寺……玄賓が確実に隠遁した備中国湯川寺

土橋の湯川寺

湯川寺は、現在の行政区分では、岡山県新見市土橋寺内二一五五番地に位置している。湯川寺周辺に伝承されている玄賓に関する伝説はかなり多い。筆者が採集した伝説は以下のとおりである。

○「茶がよく育つわけ」

玄賓が初めて現在の寺内集落辺りに来た時、土地の老婆が貴重なお茶を玄賓に飲ませてくれたので、そのお礼にお茶がよく育つ土地にした。

○「カワニナに尻が無いわけ」

湯川寺の横を流れている川にいるカワニナの尻（先端部分）が玄賓の足の裏に刺さったので、そこにいるカワニナの尻を無くした。

○「尻無川（しりなしがわ）の由来」

玄賓の力で尻の無いカワニナがいるようになったので、湯川寺の横を流れている川を「尻無川」というようになった。「カワニナに尻が無いわけ」

と「尻無川の由来」は、湯川寺周辺の玄賓に関する伝説のうち、最も多く聞けるものである。

○「西条柿がならないわけ」

玄賓の衣へ西条柿が熟柿になって落ちて衣を汚したため、寺内集落では西条柿がならないように封じた。

○「柚がならないわけ」

玄賓の衣が柚のとげで破れたため、寺内集落では柚がならないように封じた。

○「庚申山で雉が鳴かないわけ」

湯川寺のすぐ向かいにある庚申山で、ある時雉が鳴いて猟師に射られたので、鳴き声を封じてやった。

○「桓武天皇に薬石を献上」

玄賓が桓武天皇に薬石として石鍾乳を献上した。

○「秘坂鐘乳穴で石鍾乳採取」

日咩坂鐘乳穴神社にある鍾乳穴（秘坂鐘乳穴）で、玄賓が石鍾乳を採集した。この神社は岡山県新見市豊永赤馬六三五二番地にあり、「延喜式」巻十・神祇十・神名下に記載されている備中国英賀郡二社の一つ「比売坂鐘乳穴神社」に比定されている。三尾寺の山門鎮守の神社である。

○「俊足の玄賓さん」

玄賓が京都へ朝出発して夕方には帰るほどの俊足だったので、土地の人が不思議がっていた。

○「三尾寺や雲泉寺に立ち寄った玄賓」

玄賓が湯川寺の近くにある三尾寺や雲泉寺に立ち寄ったという伝承を語るもの。三尾寺（新見市豊永赤馬四六七六番地）は神亀四年（七二七）に行基が開基し、大同二年（八〇七）に空海が立ち寄り仏像二体を彫って中興したという伝承を持つ。雲泉寺（新見市豊永佐伏五四八番地）は行基が開創した法相宗の寺であったというが後年廃れ、寛永一五年（一六三八）定光寺(じょうこうじ)雪山長梅和尚の中興により禅宗となり、現在は曹洞宗西光寺(さいこうじ)の末寺となっている。

○「埋められた黄金(おうごん)千駄(だ)と朱(しゅ)千駄」

玄賓が湯川寺を去る際、寺内集落の人々に、黄金千駄と朱千駄を埋めておくから、何か大事があった時にそれを掘って使えと言い残した。

○「杖の大木」

玄賓がこの地を去る時地面に立てていった白檀(びゃくだん)の杖が、やがて大木になって明治の初め頃まで枯れずに立っていた。

哲多の大椿寺

○「遠くから祈って鎮火（火を消す和尚）」

大阪の火事を察知した玄賓が湯川寺から法力で鎮火したところ、一週間後、大阪から湯川寺までお礼に来た。

○「旅中は臼で寝る」

玄賓が長旅をしている時は、ゆっくり寝たら疲れが出て動けなくなるから、臼へ入って寝た。

（二）新見市哲多の大椿寺……新見市哲多町花木四六四九番地にある龍華山大椿寺(だいちんじ)は、寺伝によれば、大同元年（八〇六）に玄賓が開基したとされ、寛永五年（一六二八）に定林寺七世呑高禅師を請うて曹洞宗第一世の開山としたという。大椿寺の本尊は弥勒菩薩である。筆者が採集した、大

哲西の四王寺

西方の定光寺

椿寺周辺に伝承されている玄賓に関する伝説は以下のとおりである……「玄賓大椿寺開基と弥勒堂」「倉木谷の弥勒様」「玄賓とコトブキノリ」「玄賓と鍾乳石」「玄賓と大椿寺の寺紋」。

（三）新見市哲西の四王寺……岡山県新見市哲西町大野部一七六七番地にある伝医山四王寺は、寺伝によれば、弘仁年間（八一〇～八二四）に玄賓が開基したとされ、永享八年（一四三六）三月中興開山宥盛によって寺運回復したという。現在は京都仁和寺末の真言宗御室派で、本尊は薬師如来である。筆者が採集した、四王寺周辺に伝承されている玄賓に関する伝説は以下のとおりである……「玄賓の来訪と四王寺開基」。

（四）高梁市西方の定光寺……岡山県高梁市中井町西方三七四番地にある巨龍山定光寺は、寺伝によれば、大同年間（八〇六～八一〇）に玄賓が開基したとされ、嘉吉三年（一四四三）に夢菴宗春により再興されて現在にいたるという。定光寺と湯川寺との関係は深く、定光寺七世白贇全長が寂れていた湯川寺を元和年間（一六一五～一六二四）に再興したとされ、以後、今日に至るまで定光寺住職が湯川寺住職を兼務しているという。筆者が採集した、四王寺周辺に伝承されている玄賓に関する伝説は以下のとおりである……「玄賓と定光寺裏山の薬草」。

（五）高梁市柴倉の光林寺……岡山県高梁市中井町西方六八九七番地にある東高山光林寺は、寺伝によれば、玄賓が現在の倉ヶ市字岡寺に草庵を結んで開創し、大同二年（八〇七）に弘法大師が現在地に移したとされる。高野山真言宗の寺院で、本尊は如意輪観音である。筆者が採集した、光林寺周辺に伝承されている玄賓に関する伝説は以下のとおりである……「光林寺と玄賓僧都」「岡寺八幡の地は光林寺跡」。

（六）高梁市柴倉の柴倉神社……岡山県高梁市中井町西方七二〇七番地にある柴倉神社は、社伝によれば、玄賓がこの地を巡錫した際、森林の間から霊光が発せられたので止錫して一草庵を結び、三体の仏像を安置したことに始まるという。その後、大同二年に弘法大師が光林寺を倉ヶ市字岡寺から柴倉に移した時に、光林寺の鎮守として社殿を築造したとされる。柴倉神社は光林寺の西方向の山上にある。柴倉神社周辺で玄賓に関する伝説を調査したが、玄賓の名前を知っている人もおらず、現在では玄賓僧都伝説が忘れられていることがうかがえた。

柴倉の光林寺

（七）高梁市大草の如意輪観音堂……岡山県高梁市中井町西方大草にある如意輪観音堂は、土地の伝承によれば、玄賓が柴倉より先に大草に来て草庵を結び、如意輪観音を祀ったことに始まるとされる。大草には観音堂が二つある。一つは西家の畑の中にあり如意輪観音を祀るこのお堂で、もう一つは大草の上がり口の辻にあり馬頭観音を祀るお堂である。大草の如意輪観音堂は、代々西家の方々が祀ってこられたそうである。筆者が採集した、大草の如意輪観音堂周辺に伝承されている玄賓に関する伝説は以下のとおりである……「玄賓と大草の観音堂」。

（八）高梁市近似の松林寺……岡山県高梁市落合町近似一〇八一番地にある千光山松林寺(しょうりんじ)は、伝承によれば玄賓が草庵を結んで滞在したことがある地だという。曹洞宗瑞源山深耕寺（岡山県高梁市落合町原田二〇七番地）末で、本尊は観音菩薩である。筆者が採集した、松林寺周辺に伝承されている玄賓に関する伝説は以下のとおりである……「玄賓と松林寺開山」「玄賓谷」「玄賓土仏（伝玄賓自作）」「玄賓僧都木像（伝玄賓自作）」「玄賓の湯」。

（九）吉備中央町の袈裟掛岩と僧都川……岡山県加賀郡吉備中央町上竹には玄賓僧都に関する二つの地名由来伝説が伝えられている。一つは地名「袈裟掛」、もう一つは地名「僧都」である。筆者が採集した、吉備中央町上竹周辺に伝承されている玄賓に関する伝説は以下のとおりである……「玄賓僧都の袈裟掛岩」「玄賓の袈裟掛岩と足跡石」「僧都の地名由来」「僧都川」「近似から来た玄賓」。

Ⅲ　岡山県の玄賓終焉地伝承圏

筆者の調査によると、備中国において一ヵ所のみ、玄賓終焉地伝説のある場所がある。それが岡山県小田郡矢掛町小林の玄賓庵(げんぴんあん)跡周辺地域である。土地の伝承によれば、玄賓僧都がかつてこの地に草庵を結んだ後、この地で亡くなったことから「僧都」という地名になったという。僧都地区中央部の山裾に玄賓の墓と伝えられている五輪塔がある。筆者が採集した、矢掛町に伝承されている玄賓に関する伝説は以下のとおりである……「僧都の地名由来と墓」「玄賓終焉地の五輪塔と玄賓庵」「玄賓と農具」「玄賓と薬草」「性蓮寺跡について」「玄賓と倉見池」「倉見池と山野神社」「倉見池の溝の由来」。

玄賓が晩年に草庵を結んだという伝説のある玄賓庵は、僧都地区の北方にある高峰山大通寺の末寺の一つであった時代があったようである。矢掛町小林岡本谷一八一五番地にある大通寺は、元禄十二年（一六九九）成立の『高峰山大通寺由来記録』（大通寺蔵）によれば、天平十五年（七四三）に「承天大和尚」が高峰山頂に行基作不空羂索観音を安置して開山したという。

岡山県小田郡矢掛町宇角一四九八番地にある八幡神社の本殿の奥に祀られている末社の「山野神社」は「山神

矢掛の大通寺

玄賓庵があったと伝えられる矢掛の僧都地区

社」とも「山神」とも称され、祭神は大山祇命と倉見池の築造者であるという。(2) 矢掛町には、倉見池は玄賓が築造したという伝承がある。

Ⅳ　鳥取県の玄賓伝承の状況

『日本三代実録』貞観七年（八六五）八月二十四日の条に玄賓が伯耆国会見郡で阿弥陀寺を建立したことが記されている。貞観七年は玄賓が亡くなってから四十七年後に当たる。玄賓が会見郡に建立した阿弥陀寺の場所については、これまでに二つの説が提示されてきた。一つ目は阿弥陀寺伯耆大山建立説、二つ目は現南部町の阿弥陀寺伯耆賀祥建立説である。

伯耆大山に阿弥陀寺があったという説が説かれるようになったのは、大山に有名な阿弥陀堂（国指定重要文化財）があったためであろうと推定される。しかし、残された現在の史料等から、大山の阿弥陀堂の成立を弘仁の末（玄賓は弘仁九年〈八一八〉寂）までさかのぼらせるのは難しいといえよう。

下村章雄は玄賓について「大山寺にはその伝説はないようである」(3) と述べている。現在の伝承はどういう状況なのか、筆者も伯耆大山周辺で聞き取り調査をしてみたが、伝承の痕跡を見つけることはできず、玄賓の名前さえ知られていなかった。大山寺阿弥陀堂と玄賓が建立した阿弥陀寺とは全く関係がなく、阿弥陀寺伯耆大山建立説は成立しないと判断してよいと思われる。つまり、阿弥陀寺の場所に関する二説のうち、伯耆賀祥建立説が有力ということになる。

伯耆国における玄賓の伝承としては、寛保二年（一七四二）成立の地誌『伯耆民諺記（みんげんき）』に見える記述が最も古いと推定される。(4)『伯耆民諺記』は、伯耆国の玄賓伝承には、大山麓居住説と会見郡保寧寺居住説の二説があると記しているが、記述内容から阿弥陀寺伯耆賀祥建立説に立っていたとみられる。『伯耆民諺記』から約百年後の幕末から明治維新期に成立した『伯耆志』会見郡四の「加祥村」の項には、玄賓僧都伝説に関係するものが「白山権現」「僧都玄賓墓」「秦氏（私称姓）」の三項目ある。(5)その記述から、『伯耆志』も阿弥陀寺伯耆賀祥建立説に立っていたとみられる。

賀祥の白山神社跡・豊寧寺跡

白山神社と豊寧寺（保寧寺）があった賀祥周辺で調査をしたところ、「あみだいじ」という地名が現在も伝えられていることを確認できた。また、玄賓僧都がこの地に来たらしいという伝承を採集することもできた。これらのことから、玄賓が伯耆国会見郡に建立した阿弥陀寺の場所は、白山神社跡・豊寧寺跡のある伯耆賀祥（鳥取県南部町賀祥）であった可能性が極めて高いと判断しておきたい。筆者が採集した、伯耆国に伝承されている玄賓に関する伝説は以下のとおりである……「玄賓僧都と賀祥」「玄賓僧都と秦家」「あみだいじ」。

伯耆国大山周辺で調査しても、玄賓についての伝承は全く聞くことができなかったが、南部町賀祥では、玄賓僧都がこの地に来たと聞いているという語りを採集することができた。しかし、玄賓がどうこうしたという伝説は語られていなかった。

V　岡山県と鳥取県の玄賓伝承の特色

玄賓が備中国（岡山県）で湯川寺を建立し、伯耆国（鳥取県）で阿弥陀寺を建立したことについては、確実な文献に記載されていることから歴史的事実とみられる。しかし、玄賓が亡くなってから現在までの千二百年間に、備中国と伯耆国の玄賓伝説伝承状況は大きく異なる展開をみせることになった。

本章で見たように、備中国においては、玄賓の伝説を生誕地伝承圏、隠遁地伝承圏、終焉地伝承圏と三つの地域に分けることができるほど濃密な伝承状況にあることが確認された。一方の伯耆国においては、阿弥陀寺建立説のある二地域のうち、大山周辺では伝承が全く確認できず、南部町賀祥のみわずかに玄賓伝説が確認できるだけであった。大山周辺で玄賓伝承が全く確認できなかったのは、やはり、玄賓の阿弥陀寺が大山に建立されていなかったことに起因するものと考えてよいであろう。玄賓の阿弥陀寺があったとみられる伯耆賀祥では、阿弥陀寺が建立されてから少なくとも数十年の間は、立派な伽藍が維持されていたようである。これは、玄賓が亡くなってから四十七年後に当たる、『日本三代実録』貞観七年（八六五）八月二十四日の条に、玄賓が建立した阿弥陀寺の寺田十二町九段四十歩の税金を免除されたことが記されていることからうかがうことができる。

では、貞観七年以降の阿弥陀寺は、どういう状況に置かれてきたのであろうか。その一端をうかがうことのできるものに、「嘉荘翁談記」（秦家文書）、「白山権現由来」（秦家文書。仮題）と称されている文書がある。(6)これら秦家文書の記述から、十六世紀に尼子伊予守経久（一四五八〜一五四一）が没落してから保寧寺（阿弥陀寺）は次第に衰退し、寺も堂もみな壊れてしまった様子がうかがえる。このような状況であったため、寺の衰退とともに伯耆国賀祥の玄賓伝承もほとんど消滅してしまったものと推定される。

ところが、伯耆賀祥の阿弥陀寺が衰退し始めたのと同時期に当たる十六世紀前後の備中国では、伯耆のように衰退することはなく、逆に湯川寺をはじめとする諸寺院は新たな発展の時期を迎えたようである。玄賓伝承と関連のある備中国の諸寺院は、定光寺は嘉吉三年（一四四三）夢菴宗春が曹洞宗として開山、湯川寺は定光寺七世白贇全長（元和二〈一六一六〉寂）が曹洞宗として開山、大椿寺は寛永五年（一六二八）定林寺七世源嶺呑高を開山に請うて曹洞宗に改宗、大通寺は永享元年（一四二九）月渓良掬が曹洞宗として開山、深耕寺は英巌章傑（永享七〈一四三五〉寂）が曹洞宗として開山、松林寺は深耕寺二世密山章厳（延徳二〈一四九〇〉寂）が曹洞宗として開山というように、十五〜十七世紀の間に曹洞宗として新たに出発し、今日に至っている。(7) なお、備中国において、玄賓伝承と何らかの関係のある寺院の宗派は、曹洞宗と真言宗（臍帯寺、四王寺、光林寺）となっている。

結　語

以上で、岡山県の玄賓僧都伝説の特色について、鳥取県の伝承と対比して検討した筆者なりの考察を終えることとする。岡山県では現在においても、旧備中国内の各地に玄賓僧都の伝説が濃密に伝承されている。ところが、現在の鳥取県の玄賓伝承は極めて薄い。

「伝説」は、特定の土地にある具体的な事物と直接結び付いて、その内容が真実と信じられてきた話をいう。したがって、伝説と関連付けて語られていた岩や木などのモノが消滅すると、やがて伝説そのものが消滅してゆく。玄賓僧都伝説のような「高僧伝説」においては、開基伝説や来訪伝説のある寺を中心として寺の周辺にある事物等と結び付いて伝説が形成されている。そして、高僧伝説を語り伝えてゆくのは、主としてその寺の住職や信徒の人々である。このことから、核となる寺が消滅すると、伝説も消滅してしまうことになる。

つまり、伯耆国の玄賓伝説がほとんど衰滅しているのに対し備中国の玄賓伝説が現在でも語り継がれているのは、伯耆国の阿弥陀寺が消滅しているのに対し備中国の玄賓関連寺院はいまだに存続していることと関連しているとみてよいであろう。また、玄賓伝説が、伯耆国では極めて薄く、備中国では極めて濃い伝承状況となっていることの背景には、玄賓が伯耆国では阿弥陀寺一ヵ寺を建立したのに対し、備中国では湯川寺以外にも寺院を建立していたとみられることも関係していると推定される。[8]そして、玄賓が備中国（矢掛）で亡くなったと推定されることも、備中国各地に玄賓僧都の伝説が極めて濃く伝承されていることの要因の一つとなったものと思われる。

註

（1）奥田楽淡『備中略史』（『新編吉備叢書』第一巻、歴史図書社、一九七六年、所収）、一二七頁。
（2）『矢掛町史　民俗編』（矢掛町、一九八〇年）「八幡神社（宇角）」の項、三二六〜三二七頁。
（3）沼田頼輔『大山雑考』（稲葉書房、一九六一年。新日本海新聞社、復刻版一九七七年）の下村章雄による補註四二。
（4）鳥取県立博物館蔵『伯耆民諺記』写本写真によった（図録『企画展はじまりの物語』鳥取県立博物館、二〇〇八年、一一一頁所収）。
（5）安部恭庵『伯耆志』（世界聖典刊行協会、覆刻版一九七八年）。
（6）南部町祐生出会いの館蔵「郷土史料　第弐号」（板愈良、一九三六年）。
（7）『曹洞宗岡山県寺院歴住世代名鑑』（曹洞宗岡山県宗務所、一九九八年）。
（8）原田信之『隠徳のひじり　玄賓僧都の伝説』（法藏館、二〇一八年）、備中国編第七章参照。

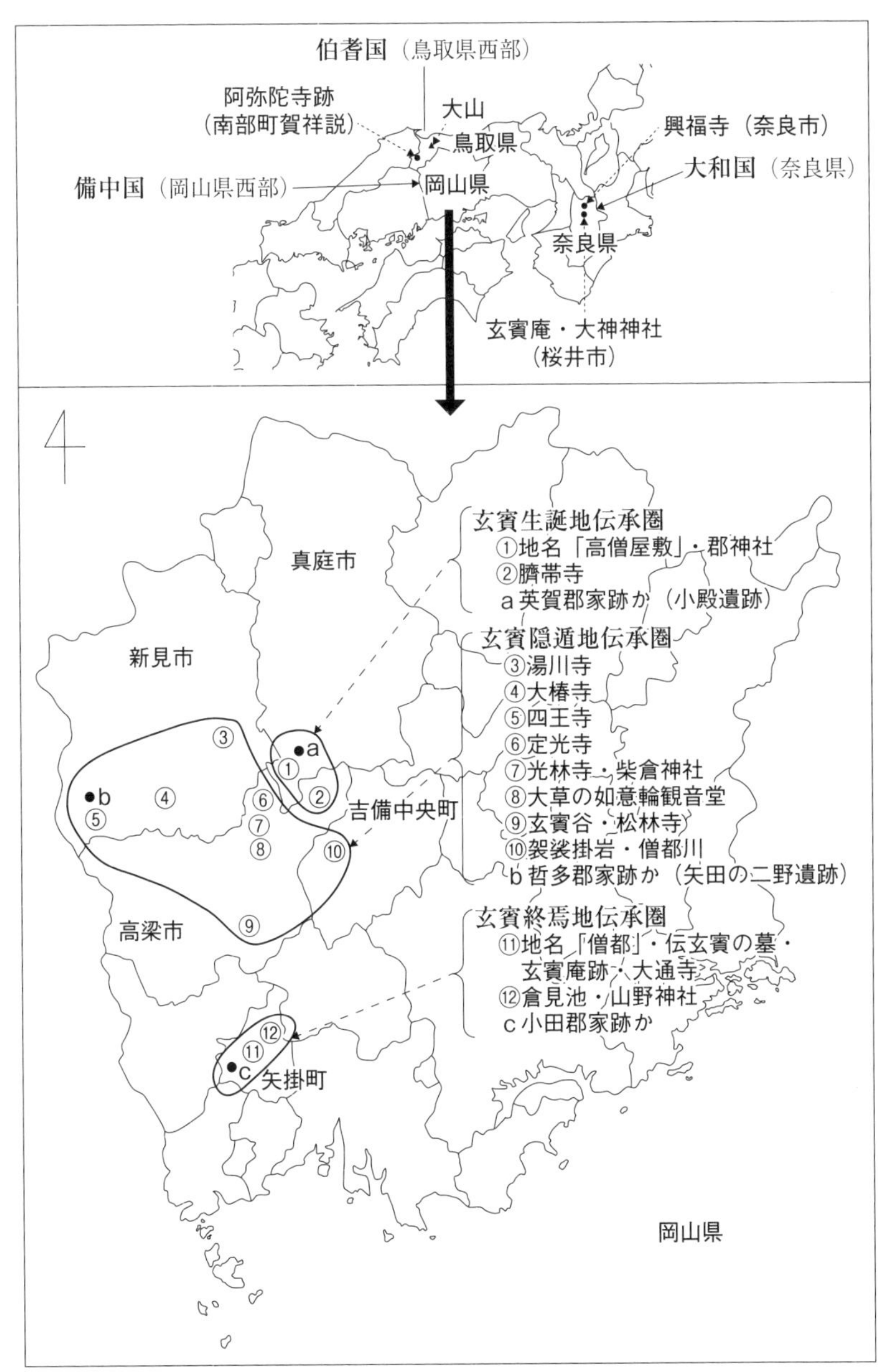

玄賓僧都伝説関係地図
（原田『隠徳のひじり玄賓僧都の伝説』264頁より）

第二章　玄賓僧都伝承の文献資料と伝説

はじめに

文献資料と口承文芸の関係は複雑である。文献から口承文芸に流れた話もあれば、口承されてきたものが文献に記された話もあるであろうし、口承だけで伝えられて文献に記されることがなかった話や、文献だけに記されて口承に流れることがなかった話もあろう。

「口承文芸」という語は、二十世紀初頭にフランスの民俗学者ポール・セビヨが考え出した新語（フランス語ではla littérature orale）を、昭和初年に柳田国男が翻訳紹介したもので、近年は「口承文学」という語が使用され始めている。[1]「口承文学」には、いわゆる「民話」のほかに、平曲（平家琵琶）・幸若舞・浄瑠璃・説経節・祭文・浪花節など、叙事的な詞章に節をつけて語る、いわゆる「語り物」と称される文学ジャンルが含まれる。

「民話」とは、民間説話（英語ではfolktale）の略称で、通常、民間に口頭で伝承されてきた説話をいう。民話の概念は研究者間で揺れがあり、今日においても明確に規定されていないが、筆者は民話を「神話・伝説・昔話・世間話を含む」と広く捉える立場をとることとしたい。[2]これら、神話・伝説・昔話・世間話について簡単な定義を示すと、以下のようになる。

「神話」は、通常、超自然的霊格の行為によって現在の存在や秩序が始まったと堅く信じられてきた話をいう。(3)「伝説」は、特定の土地にある具体的な事物と直接結び付いて、その内容が真実と信じられてきた話をいう。(4)「昔話」はムカシを語る虚構の話をいい、通常、「動物昔話」(動物が登場する話をさすのではなく、動物そのものが主人公としてあらわれる話をさす)、「本格昔話」(この名称は人間の一生を問題とするもっとも本格的な昔話という意味で用いられており、構造が複合形式によっているという特徴から複合昔話とも称されている)、「笑話」(笑いを目的とする話)の三つにジャンル分けされている。(5)「世間話」は、通常、世間にとりざたされるうわさ話をいい、奇事異聞が語られることが多い(口承文学分野で扱う学術用語)。(6)

これらの定義からわかるように、民間説話に含まれる神話・伝説・昔話・世間話の中で、最も文献資料と対比検討しやすいのは、特定の土地で真実と信じられてきた「伝説」といっていいであろう。したがって、本稿では、文献資料と対比検討する口承資料としては「伝説」を用い、文献と口承の問題を検討する素材としては玄賓僧都(七三四〜八一八)関係のものを用いることにしたい。

玄賓僧都に関する文献資料としては、『江談抄』『発心集』『古事談』『閑居友』『古今著聞集』『撰集抄』『三国伝記』などの説話集や、『元亨釈書』『東国高僧伝』『南都高僧伝』『扶桑隠逸伝』『本朝高僧伝』などの伝記類が知られている。一方、玄賓にゆかりのある地でフィールド調査をすると、現在でも玄賓にまつわる伝説が多数伝えられていることが確認できる。著者の調査では、日本で最も濃密に玄賓にまつわる伝説が伝えられているのは岡山県であった。(7)これは、玄賓が備中国の「湯川寺」に隠遁したという歴史的事実が関係していると推定される。

本章では、「玄賓庵略記」(大和国玄賓庵)・「広大山縁起」(備中国臍帯寺)・「湯川寺縁起」(備中国湯川寺)などの、玄賓にゆかりのある寺院で作成された縁起類や、各地で伝承されてきた玄賓伝説の検討を通して、文献資料と口承文芸との関係をめぐる研究の可能性について論じたい。

Ⅰ　玄賓僧都の生涯

玄賓は奈良時代末期から平安時代初期にかけて活躍した南都法相宗興福寺の高僧であった。興福寺蔵『僧綱補任』弘仁九年（八一八）の項に前大僧都玄賓が八十五歳で入滅したと記されていることから(8)、玄賓の生没年は天平六年（七三四）から弘仁九年であったことがわかる。

玄賓は学識や人格のみならず、加持祈禱の能力も兼ね備えた高僧だったようで、桓武天皇・平城天皇・嵯峨天皇という三代にわたる天皇に厚い信頼を寄せられた。しかし、玄賓は、世俗的な名声を厭い、都から離れた土地に隠遁する道を選んだ。このような姿勢から、後代、玄賓は隠徳のひじりの理想像と捉えられ、数々の説話が生み出されてゆくこととなったようである。

玄賓は、興福寺を中心として活動したかと推定されるが、常に興福寺にいたわけではなく、しばしば山中に住んだようである。天平神護二年（七六六）に弓削道鏡が法王となったが、この頃、玄賓は伯耆国の山中に潜入したらしい。これは、同族（『僧綱補任』に玄賓は弓削氏とある）の弓削道鏡の行動を嫌って伯耆国の山中に潜入したのではないかとも推定されているが（『元亨釈書』）、実際のところは不詳である。延暦二十四年（八〇五）にも玄賓は伯耆国にいたようで、桓武天皇が伯耆国に使いを遣わして玄賓を請じている（『日本後紀』）。

大同元年（八〇六）四月二十三日、玄賓は大僧都に任じられた(9)。しかし、『元亨釈書』に「大同帝詔返二輦下一。聞二僧官勅下一潜遁去往二備中州湯川寺一」(10)とあり、『南都高僧伝』にも「或本云。去大同元年任レ職。即辞退」(11)とあるように、玄賓は大同元年大僧都位を辞して備中国湯川寺に隠遁したという説がある。また一説に、大同元年に律師と僧都に任じられたが両職を辞退し、「備中国哲多郡湯川山寺」に籠居したともいう（『僧綱補任』一裏書）。これらの記述からは、玄賓が大同元年に大僧都位を辞したように捉えられるが、実際には玄賓は大僧都位を辞していない。『僧綱補任』によると、玄賓は大同元年（八〇六）から弘仁五年（八一四）まで大僧都位にあったことが確認できる。しかし、都にいつもいたわけではないようで、大同四年（八〇九）に玄賓は都に召還され、平城上皇の病平癒を祈っている（『類聚国史』）。このことから、筆者は、大僧都位にあった期間、玄賓は特別に備中国と都との往還を許されていたのではないかと推定している。

嵯峨天皇は、大同四年に即位してから、毎年のように玄賓に書や綿布などを贈っている（『類聚国史』）。弘仁五年大僧都を辞した玄賓は、備中国湯川寺に隠遁した（『僧綱補任』）。弘仁七年（八一六）八月、嵯峨天皇は玄賓の住む備中国哲多郡の庸米を免じている（『類聚国史』）。その後、玄賓は弘仁末に伯耆国会見郡に阿弥陀寺を建立（『三代実録』）するなど、備中国や伯耆国を行き来する生活をしていたものと推定される。

そして、弘仁九年（八一八）六月十七日、玄賓は入滅した（『僧綱補任』）。玄賓が亡くなったことを知った嵯峨天皇は、「哭賓和尚（賓和尚を哭す）」と題する漢詩を作成し、玄賓の死を深く嘆いている（弘仁九年成立『文華秀麗集』所収）。玄賓が入寂してから四十七年後となる貞観七年（八六五）八月、清和天皇は伯耆国会見郡阿弥陀寺の租を免じている（『三代実録』）。このことからも、玄賓がいかに尊敬されていたかがうかがえる。

玄賓僧都関係年譜

＊玄賓に関する重要事項（推定も含む）を太字にした。

西暦	年号	年齢	事歴
七三四	天平 六	一	**玄賓生誕**（僧綱補任より年齢逆算）、河内国生誕説（僧綱補任）・備中国生誕説（備中略史）あり。後、**出家して興福寺宣教に唯識を学ぶ**（元亨釈書）。俗姓弓削氏（僧綱補任）。
七四三	天平一五	一〇	（伝）東大寺承天、備中国大通寺開山（大通寺由来記録）。
七四九	天平勝宝 元	一六	行基入滅八〇歳（僧綱補任）。
七六六	天平神護 二	三三	道鏡法王となる。この頃、**玄賓伯耆国に潜入か**（元亨釈書）。
七六七	神護景雲 元	三四	最澄生誕。
七七〇	四	三七	称徳帝崩・光仁帝即位。伯耆国賀茂部秋麿二〇歳で東大寺へ（造東大寺司牒解）。
七七二	宝亀 三	三九	道鏡入滅（続日本紀）。
七七四	五	四一	空海生誕。
七八一	天応 元	四八	光仁帝譲・桓武帝即位。
七八二	延暦 元	四九	善珠六〇歳で僧正に任じられた時（僧綱補任）、興福寺での玄賓との説話あり（閑居友）。**善珠と玄賓は興福寺で隣接する房に住んでいた**（興福寺流記）。
七九七	一六	六四	善珠入滅七五歳（僧綱補任）。
八〇五	二四	七二	**伯耆在**。三月二三日桓武帝が**伯耆国に使いを遣わし玄賓を請ず**（日本後紀）。七月一五日玄賓伝灯大法師位を賜う（日本後紀）。
八〇六	大同 元	七三	**大僧都**（僧綱補任）。**備中・都兼在か**。三月桓武帝崩・五月平城帝即位。四月二三日**玄賓大僧都に任じられる**（日本後紀）。**備中州湯川寺に遁去か**（元亨釈書）。此年四月逃去（南都高僧伝）。空海唐より帰国。

八〇七		二	七四	**大僧都。備中・都兼在か**（大僧都の任期中、備中国と都との往還を許されていたか）。
八〇八		三	七五	**大僧都。備中・都兼在か。**
八〇九		四	七六	**大僧都。備中・都兼在か。**四月平城帝譲位・嵯峨帝即位。**嵯峨帝より四月二一日に書を賜り都に召還された玄賓は平城上皇の病平癒を祈る**（類聚国史）。
八一〇	弘仁	元	七七	**大僧都。備中・都兼在か。**
八一一		二	七八	**大僧都。備中・都兼在か。**嵯峨帝、五月一六日書と法服一具、一一月一三日書と綿百屯と布三十端を玄賓に贈る（類聚国史）。
八一二		三	七九	**大僧都。備中・都兼在か。**嵯峨帝、五月二〇日法服と布三十端、一二月四日書と綿布等を玄賓に贈る（類聚国史）。
八一三		四	八〇	**大僧都。備中・都兼在か。**嵯峨帝、五月一七日書と布を玄賓に贈る（類聚国史）。
八一四		五	八一	**大僧都。備中在。備中湯川山寺に隠遁**（僧綱補任）。**職を辞し本寺備中哲多山寺に籠居**（南都高僧伝）。嵯峨帝五月二三日御製詩と施物三十段を玄賓に贈る（類聚国史）。
八一五		六	八二	**備中・伯耆兼在か。**
八一六		七	八三	**備中・伯耆兼在か。**嵯峨帝、五月五日書、一〇月一二日綿百屯を玄賓に贈る（類聚国史）。嵯峨帝、**八月二〇日玄賓の住む備中国哲多郡の庸米を免ず**（類聚国史）。
八一七		八	八四	**備中・伯耆兼在か。**嵯峨帝、一〇月九日綿百屯を玄賓に贈る（類聚国史）。**弘仁末、玄賓、伯耆国会見郡に阿弥陀寺建立**（三代実録）。
八一八		九	八五	**備中在か。**六月一七日**玄賓入滅**（僧綱補任）。
八五九	貞観	元	滅後41年	二月七日、典薬頭出雲朝臣岑嗣、備中国で石鍾乳採集（三代実録）。
八六五		七	滅後47年	八月二四日、清和帝、**伯耆国会見郡阿弥陀寺の租を免ず**（三代実録）。

＊法相六祖（神叡?～七三七、玄昉?～七四六、善珠七二三～七九七、行賀七二九～八〇三、玄賓七三四～八一八、常騰七四〇～八一五）

（原田『隠徳のひじり玄賓僧都の伝説』二六五～二六六頁より）

Ⅱ　大和国「玄賓庵略記」と玄賓伝承

大和国三輪（現在の奈良県桜井市）には、玄賓が一時隠棲していたという伝承がある。玄賓と三輪との関係を記した確実な記録は伝えられていないようであるが、古いものとしては、大江匡房（一〇四一～一一一一）の談話を藤原実兼（一〇八五～一一一二）が筆録したとされる『江談抄（ごうだんしょう）』がある。古本系『江談抄』に「弘仁五年玄賓初任二律師一。辞退歌云。三輪川清キ流ニ洗天シ衣袖ハ更不レ穢云々」[12]という記述がある。ここに記されている歌が玄賓と三輪の関係を広める大きな役割を果たしてきたように思われる。『江談抄』では弘仁五年（八一四）に玄賓が初めて律師に任じられた

三輪の玄賓庵

時に辞退して歌ったものが「三輪川」の歌だと記されている。しかし、弘仁五年は大僧都の玄賓が備中国湯川寺に隠遁したとされる年であり[13]、年代が混乱していることがわかる。『江談抄』は「十二世紀の初め、匡房の薨去後あまり遠くない時期に成立した[14]」と推定されているから、少なくとも玄賓が亡くなって約三百年後の平安時代末期頃には玄賓と三輪をめぐる伝承が成立していたらしいことがうかがえる。

玄賓と三輪との関係を記した説話としては、建保四年（一二一六）以前成立と推定されている鴨長明（一一五五～一二一六）著『発心集』第一―一「玄敏僧都、遁世逐電の事」が知られており、前半部分に、山階寺（興福寺）の学僧であった玄敏（通常は玄賓と表記）僧都が三輪川のほとりに草庵を結んで隠棲していたこと、桓武天皇から

無理に呼び出されて仕方なく参上したこと、大僧都に任命されたが「三輪川のきよき流れにすすぎてし衣の袖をまたはけがさじ」という和歌を詠んで辞退してどこかへ姿を消してしまったことなどが記されている（なお、これと同文の説話が『古事談』巻三に収載されているが、両者の先後関係についての学説はまだ確定していない）。

三輪と玄賓に関わるものとしてよく知られているのは、謡曲「三輪」であろう。謡曲「三輪」には、大和国三輪の山のふもとに住む玄賓と三輪明神とのやりとりが描かれている。謡曲「三輪」の作者は未詳であるが、『能本作者註文』等に世阿弥（一三六三？～一四四三？）作とあることから、『発心集』に玄賓三輪隠棲説話が収載されてから約二百年後に謡曲「三輪」が作成されたらしいことがわかる。謡曲「三輪」の登場人物は、ワキ・玄賓僧都、前シテ・女（実は三輪明神の化身）、アイ・所の者、後シテ・三輪明神である。

現在、三輪には玄賓庵（奈良県桜井市大字茅原三七三）という寺院がある。玄賓庵には「玄賓庵略記」という縁起が伝えられている。

次に、「玄賓庵略記」（玄賓庵所蔵本）の全文を引用する[15]（考察の都合上、便宜的に記号A～Fを付した。句読点・濁点・傍線・丸括弧内の註記も原田が付した）。

■「玄賓庵略記」（玄賓庵蔵）

A　和州式上郡三輪山檜原谷玄賓庵は、そのかみかの僧都山居の地なるがゆへ、永く其名を伝ふ。僧都姓は弓削、河州の産にて、山階寺に入てより（是興福寺の旧号也）、三論宗（法相カ）の碩徳とあふかれ、瑜伽唯識の幽賾に通じ、其芳声都鄙に震ふ。然ども浮世を深く厭ひかつ僧官を篤くうれひ、跡を伯耆の国に遠く隠せり。時に人皇五十代桓武帝御不豫の事ありて、勅使くだりて加持あらむとの仰あり。其時呪力神験有て玉体たちまち常のごとくならせ給ふ。

叡感ななめならず、給賞他にことなるを拝辞し、すみやかに居をさけ此檜原の奥に膝をいるるの草廬を結び、朝夕怠なくただ苦修練行、としをつみ給ふ。

B　そののち五十一代平城天皇の勅有て宮中に招請し給ふ時、

　みは河の清き流にすすぎてし衣の袖をまたやけがさむ

との高詠叡信ますます浅からず、大僧都に任じらるべきとありければ、

　とつ国は水原きよし事しげき都のうちはすまぬまされり

如此朗吟して此檜原をもすみ捨、越路のかたにのがれくだりて、一河のわたし守となりて月日を送り晦跡をあまなひ給ふとき、一人の徒弟はからずこの物色をひそかに見とめけるをとみに察し、又他郷にけすがごとく身をかくさる。

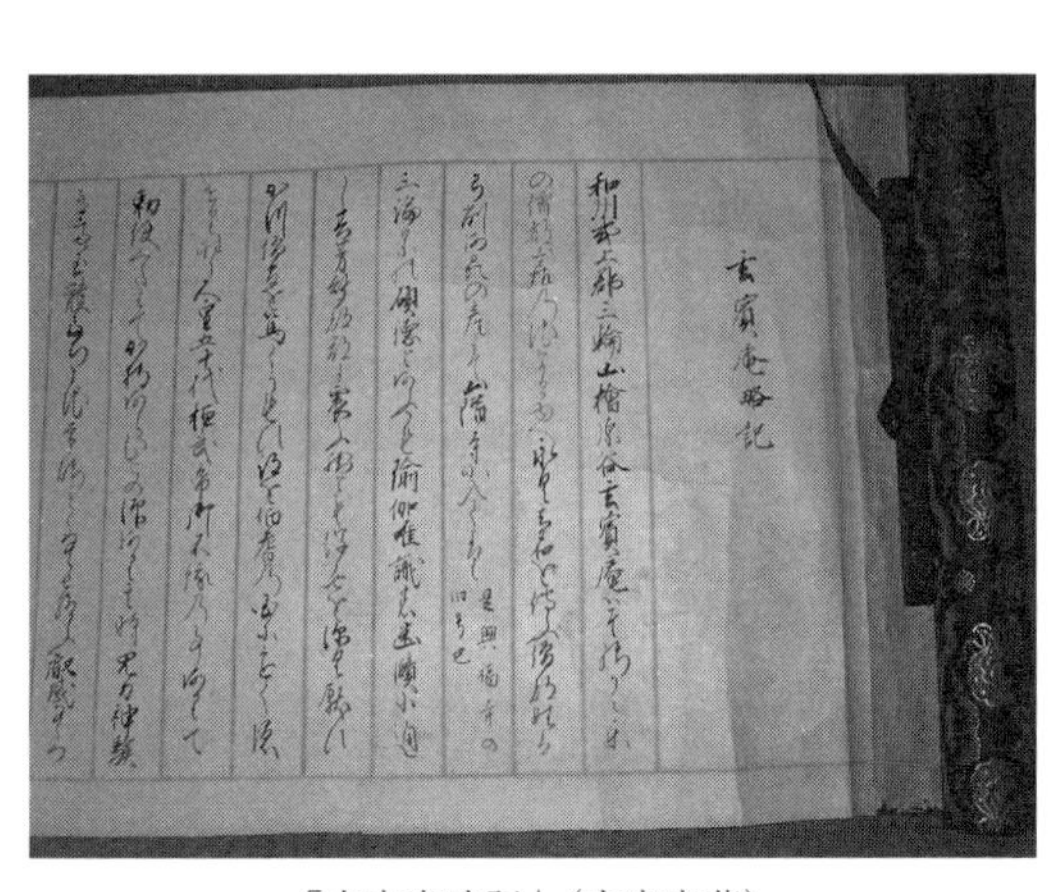
玄賓庵略記

「玄賓庵略記」（玄賓庵蔵）

C　さきに檜原の幽居をしめ給ふ時神女来りてあかつきことに下樋の水をくみて閼伽に供す。有ときかの女僧都の故衣を乞ふ。求めに応じ一領施与あるとてかく、

　三の輪の清き渡にから衣とるとおもふなやるとおもはじ

此とき神女よろこび眉宇にみつ。僧都すみところをとふに、

　恋しくは訪ひ来ませ我宿はみわの山もと杉たてる門

かくこたへおはりて所在を失す。翌日明神へ詣せらる、とき社前の老杉の枝にかの衣かかりて僧都の一詠金字

あざやかに書せり。奇なるかな、明神師の徳をしたひ給ひて現形有けるなるべし。此一株に今に枯朽せずして衣掛の杉と号す。

D　又有時僧都社参のあした路辺の田中にて菜をつむ美婦あり。試に正路をとひ給ふとて、

うつせみのもぬけのからに物とへばしらぬ山地もおしへざりけり

と吟唱したまへばかの婦人、

をしゆへとも真の道はよもゆかし我をみてたにまよふその身は

かく返詠を呈して後の在所をみず。神のかりに現し出で僧都と法縁をむすびたまへるものならむか。玄菜をつみけるところは則一の鳥居の右のかたの茶店の旧地なりとぞ。

E　僧都のちには備中国沼多（哲多カ）郡の山中に一廬を営み、道体をやしなふ。秋にいたれば、里人やま田のあれなむをうれひ僧都を労して猿鳥をおどろかしむ。

山田もるそうつの身こそ悲しけれ秋はてぬればとふひともなし

此一首はかの山中にての歎詠なりとぞ。この歌『続古今集』にいれり。五十二代弘仁帝篤く師の道風を貴み給ひ、毎歳恭くも宸翰を染させ給ひて法資たくひあらず。そののち弘仁九年六月己巳の日寿算八十有余にして庵前の地に檜木の枝を倒（さかさ）にさし入、一笠をかけ迭（たがいに）鞋一双を脱をきその去所をしらずといふ。思ふに是現身都率に生天し給ふなるべしと、諸人拝信の頭をかたむけゝるとなり。其後貴賤遺跡を仰ぎ故庵を失はず、一寺を締構し号して湯川寺といふ。僧都の行状かの寺の縁起にも委く記せるとぞ。彼倒にしられたる枝、今にゐた葉繁茂して一千年の星霜を経ぬる迄、天地とともに永く存せり。

F　此地衣かけの老杉山海西来千里地こと也といへども、信べし、其妙瑞符節を合せたるごときをや。行賀僧都

も師の旧蹤（きゅうしょう）をしたひて、此地に棲遅（せいち）し給へりとなむ。人寰（じんかん）たたりかかる岑寂（しんせき）の深谷たりといへども、有信探勝の道俗時々尋来りて、僧都の成跡（せいせき）をとひけるゆへ、旧記にのこれることども、かつ日ごろ聞およぶ説々、やや心に記せる所ばかりそこはかとなく此略記一篇をかひつけ侍る。文義のつたなきは我よくすべきにあらず。ひとへに後人の添削をまつのみ。

正二位前権大納言　（朱印）尹希　（朱印）基衡之印

A部分は、元亨二年（一三二二）に成立した虎関師錬『元亨釈書』巻第九「釈玄賓」[16]の項や、『発心集』第一―一「玄敏僧都、遁世逐電の事」を利用して作成された可能性が高い。また、傍線部の「三論宗」は明らかに「法相宗」の誤記である。応永十四年（一四〇七）～文安三年（一四四六）頃成立とされる『三国伝記』巻四―六「玄賓僧都遁世ノ事」に「山階寺ノ玄賓僧都ハ三論宗ノ碩徳也」[17]という記述があることから、傍線部は『三国伝記』の誤記をそのまま利用して記された可能性がある。A部分末に「檜原の奥」に「草廬を結び」とあることから、縁起作者は玄賓庵のある「檜原の奥」に玄賓が草庵を結んだという伝承があることを述べていることがわかる。なお、同じ伝承は、玄賓庵現住職からも聞くことができた。

B部分は『発心集』第一―一を利用して作成されたと推定される。この部分では、玄賓は大僧都に任じられた際に「とつ国」の歌を詠み、三輪檜原の地を出て越路に隠遁して渡し守になり、さらにそこから他郷に身を隠したと独自の記述をしている。

C部分は謡曲「三輪」を利用して作成された可能性が高い。この部分では傍線部に「衣掛の杉」が今も枯れずにあると記されている点が注目される。「衣掛の杉」は安政四年（一八五七）七月二十四日落雷によって折れた[18]ということであるから、「玄賓庵略記」の成立は安政四年以前ということがわかる。現在は、大神神社境内に「衣掛の杉」の切株が保存されており、由来を説明する看板が立っている。これについて神職の方に尋ねると、謡曲「三輪」と絡めた簡略な説明を聞くことができた。

D部分には玄賓と田中で菜を摘む美婦（神の化身）との歌のやりとりの伝説が記されている。傍線部に大神神社の一の鳥居の右側にあった茶店の旧地がかつて女が菜を摘んだ所とあることから、かつては大神神社に「衣掛杉伝説」の他に「神女菜摘み伝説」があったことがうかがえる。この「神女菜摘み伝説」は謡曲「三輪」成立後、大神神社周辺で新たに成立したものと推定される。この菜摘み伝説について周辺地で聞いてみたが、知っている人はいなかった。現在ではすでに伝承が途絶えているようである。

E部分は備中国湯川寺での玄賓の逸話を記している。「沼多郡」は「哲多郡」の誤記とみられる。傍線部「庵前の地に檜木の枝を倒にさし入、一笠をかけ迭鞋一双を脱をきその去所をしらずといふ」という部分のうち、現在の湯川寺周辺では、玄賓が差した枝が大木になったという伝承はあるが、笠をかけ迭(たがいに)草鞋一双を脱ぎ置いたという伝承は伝わっていない。「かの寺の縁起」とは「湯川寺縁起」を指すとみられるが、「僧都の行状かの寺の縁起にも委く記せるとぞ」と伝聞で縁起について述べていることから、「玄賓庵略記」作者は「湯川寺縁起」の存在は知っていたが実物は見ていなかったことがわかる。このことは、寛文一二年（一六七二）成立の「湯川寺縁起」には大木になった玄賓の杖は「白檀木」と記されているが、「玄賓庵略記」は玄賓が差したのは「檜木」と誤記していることからも確認できる（「湯川寺縁起」については後述する）。

F部分は縁起作者が執筆した部分と推定される。末尾の「正二位前権大納言」は、前権大納言であった藤原基衡（寛延三年〈一七五〇〉基望(もともち)より改名、一七二一〜一七九四）とみられる。『公卿補任』によれば、藤原基衡は前権大納言藤原基香の男子で、桜町天皇の延享元年（一七四四）に参議となり、光格天皇の天明六年（一七八六）に出家（法名澄観・前権大納言正二位）後、寛政六年（一七九四）五月十日に七十四歳で薨じている。[19]玄賓庵蔵「玄賓庵略記」が納めてある文箱上蓋の表書きには「玄賓庵略記　正二位藺大納言基衡卿御筆」と記されている。基衡は藤原氏の「園氏」の系譜に連なる人物なので「藺大納言基衡卿」と記されたことがわかる。これらのことから、「玄賓庵略記」の作者は藤原基衡（基望）で、玄賓庵蔵本は基衡自筆本である可能性が高いように思われる。基衡が作者だとすると、出家以降の晩年の作かと推定される。

「玄賓庵略記」のなかで特に注目したいのが、E部分の、玄賓が差した木が今でも繁って「一千年の星霜を経ぬる迄、天地とともに永く存せり」とある傍線部の記述である。ここに「一千年の星霜を経ぬる迄」と記されていることから、「玄賓庵略記」は少なくとも玄賓寂後「一千年」となる文政元年（一八一八）に近い頃の成立であることがわかる（さらに詰めるとしたら、藤原基衡が出家した天明六年から薨じた寛政六年の間の成立か）。現在の岡山県新見市土橋寺内に位置している湯川寺には、かつて玄賓の杖に由来する「白檀」の大木が生えていた。筆者の調査ではこの木が枯れたのは明治初年と伝えられているから、「玄賓庵略記」作者の時代にはまだ枯れていなかったことがわかる。おそらく、「玄賓庵略記」作者は、備中国にある湯川寺のことをいろいろ調べたのであろうが、「湯川寺縁起」は入手できず、直接湯川寺に行くこともできなかったのであろう。しかし、湯川寺のことを知る人物から聞き取りをしたようで、その人物から、玄賓の杖に由来する大木が「今」も生えていることを聞き、「今にゐた葉繁茂して」と記したものと思われる。

ここで検討しておく必要があるのが伝説との関係である。「玄賓庵略記」の記述から、少なくとも江戸時代には関連伝説が伝承されていたらしいことがうかがえた。しかし、玄賓庵周辺地や大神神社周辺地で聞き取り調査をしてみたが、残念なことに、ほぼ伝承は消滅しており、玄賓の名を知っている人さえほとんどいなかった。

そうなると、「玄賓庵略記」の記述をもとに、「玄賓庵略記」が成立した江戸時代末期の伝説との関係を中心に検討するしか方法はないことになる。当時の伝承をもとに縁起作者がどのように本文を作成したかについてまとめてみると以下のようになる。

A部分からは、玄賓庵のある「檜原の奥」に玄賓が草庵を結んだという縁起成立期当時の伝説をもとに、「檜原の奥」に「草廬を結び」と記されたことがうかがえた。B部分からは、『発心集』第一―一を利用して本文を作成するとともに、玄賓が大僧都に任じられた際に「とつ国」の歌を詠み、三輪檜原の地を出て越路に隠遁して渡し守になり、さらにそこから他郷に身を隠したという縁起成立期当時の伝説をもとに、独自の本文を作成したらしいことがうかがえた。C部分からは、謡曲「三輪」を起源として成立したとみられる「衣掛の杉」伝説をもとに、本文を作成したらしいことがうかがえた（謡曲「三輪」以前に「衣掛の杉」伝説が成立していた可能性もある）。D部分からは、大神神社の一の鳥居の右側にあった茶店の旧地がかつて女が菜を摘んだ所だという縁起成立期当時の「神女菜摘み伝説」をもとに、独自の本文を作成したらしいことがうかがえた。E部分からは、玄賓が差した木はまだ枯れていないという伝承、玄賓が差したのは「檜木」という誤伝承、玄賓が檜木の枝に笠をかけ迭(たがいに)草鞋一双を脱ぎ置いたという異伝承（現在の湯川寺周辺では伝承されていない）をもとに、独自の本文を作成したらしいことがうかがえた。F部分からは、行賀僧都（七二九～八〇三。法相宗六祖のひとり）も師の古跡を慕って「此地」（玄賓庵のある「檜原の奥」）に棲遅したという伝承を取り入れて、「此地」が由緒のある地であることを示そうとしたらしいことがうかがえた。

これらのことから、「玄賓庵略記」は、縁起が成立した江戸時代末期の伝説や伝承を積極的に取り入れて独自の文章を作成しようと試みたらしいことがわかり、注目される。

Ⅲ　備中国「広大山縁起」と玄賓伝承

玄賓の俗姓と生誕地に関しては、興福寺本『僧綱補任』弘仁九年（八一八）の項に玄賓は「河内国人。俗姓弓削連」とあり、元亨二年（一三二二）成立の虎関師錬『元亨釈書』巻第九の「釈玄賓」の項にも「姓弓削氏。内州人。」[20]とあり、元禄十五年（一七〇二）成立の卍元師蛮『本朝高僧伝』巻第四十六の「備中湯川寺沙門玄賓伝」の項にも「姓弓削氏。河州人。」[21]とあるように、江戸時代に至るまで弓削氏で河内国（大阪府）の人と認識されていたことがわかる。

ところが、興味深いことに、備中国英賀郡水田（現在の岡山県真庭市上水田小殿）には玄賓生誕地伝説が伝承されている。その地には玄賓がそこで生まれたことに由来するという「高僧屋敷」という地名が残っており、「高僧屋敷」の南西方向の山中に玄賓の母が玄賓のへその緒（臍帯）を納めたという伝承のある臍帯寺（ほそおじ、ほそんじ）という寺院がある。この、玄賓が備中国で生まれたという説は、備中国でのみ知られているようである。

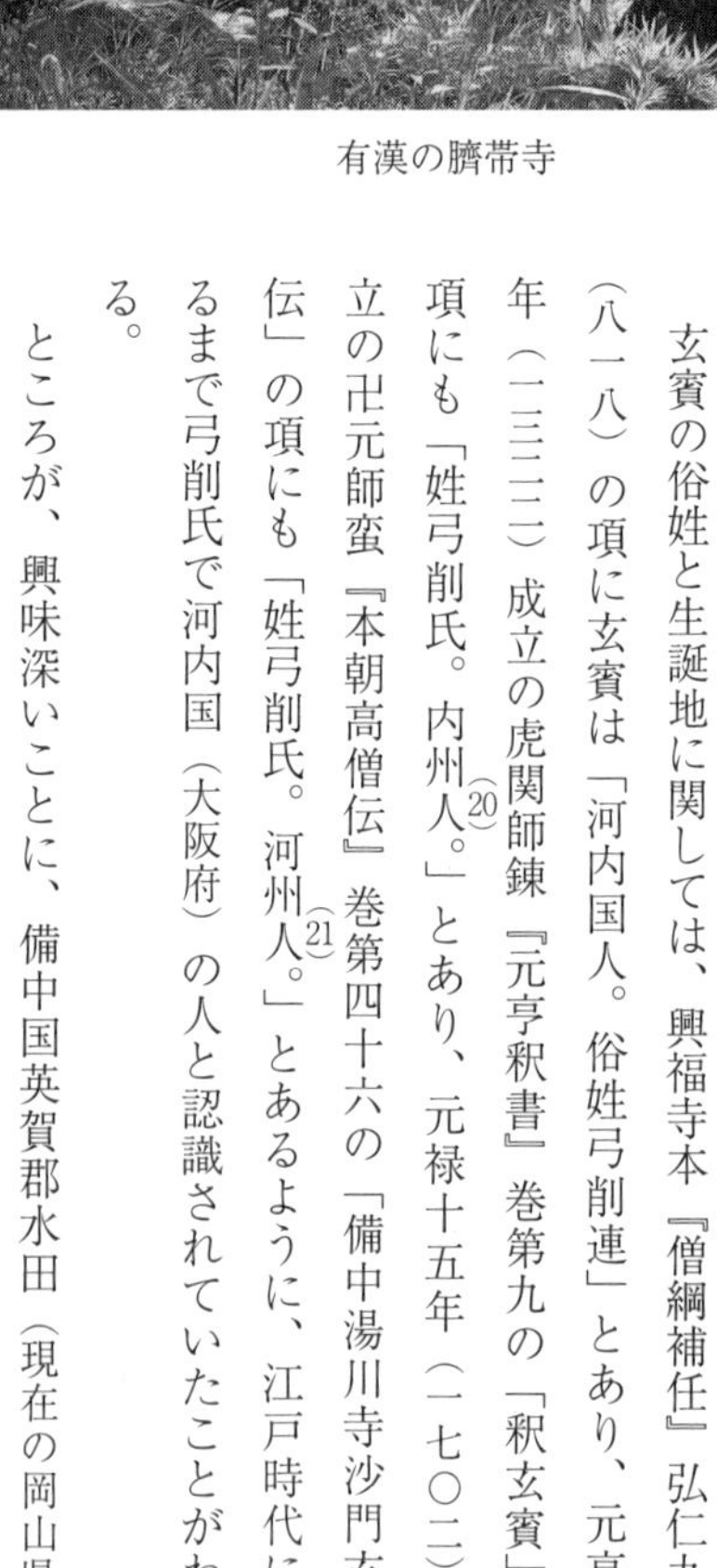
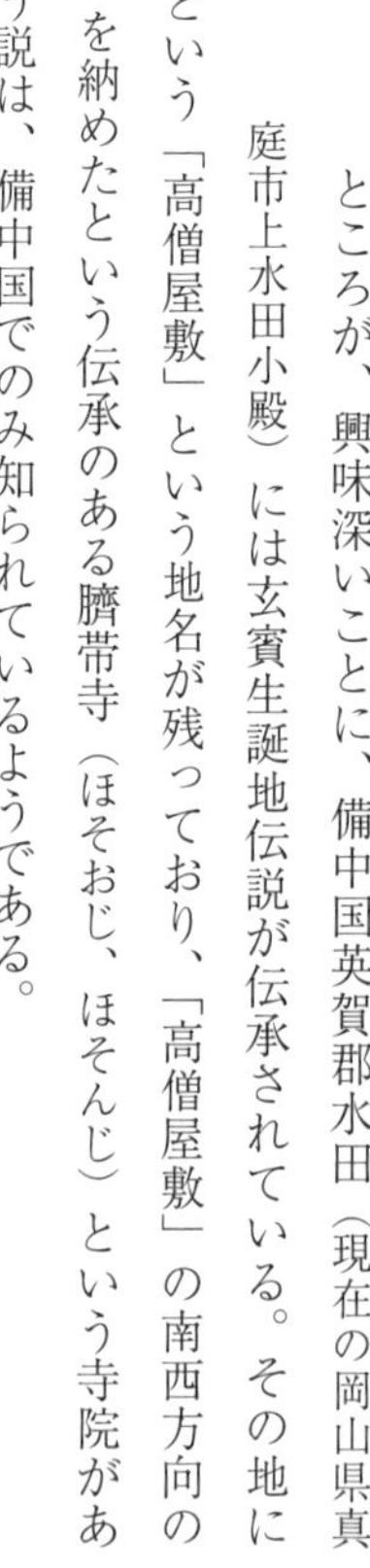

有漢の臍帯寺

岡山県高梁市（旧上房郡）有漢町上有漢九四〇番地にある広大山臍帯寺は真言宗大覚寺派の寺院で、寺伝では聖武天皇の神亀三年（七二六）に行基（六六八〜七四九）が開基したとされる。現在地に移転する前は、四峰山（四ツ畝山、よつうねやま）の山麓の堂風呂（どうぶろ）という所にあったという。臍帯寺には「広大山縁起」（片山家文書）が残されている。玄賓生誕地伝説を考えるうえで参考となる数少ない資料の一つであるため、全文を引用する[22]。便宜的にA～Cの符号を付した。

■「広大山縁起」全文

広大山縁起書写

A　抑当山の濫觴は、人皇四十五代聖武天皇之御宇神亀年中行基菩薩の創建にして、本尊聖観音自在菩薩の御長六尺有余の立像幷に脇土（士カ）不動・毘沙門共に是行基尊都一刀三礼して刻せ給ふ尊作也。此時行基本尊に誓して鬼門除災之願を発し梅之木の以㆔散杖㆒当寺境内巌穴を加持し給ふ。忽涌泉滔々たり。以㆔此水㆒符を調へ一切衆生の疾病、難産の女に施す時は、必ず安全なさしめんとの御誓なり。此水あらん限りは我誓願空しからずと示し給ふ。今本堂の後ろに涌出す阿伽井の水是なり。奇成哉此霊水不浄の意味ある時は内に水音有てもかならず不出、清浄の法を修する時は速に出る事顕然たり。猶示曰く弥誓願空しからずば此散杖も末世に磐も止んと側の地にさし給ふ。宜哉一老木となれり。依是を散杖木と云伝う。天正之度、当国一円兵乱す。四ツ畝忍山城攻之砌（みぎり）、為㆓太閤秀吉㆒境内焼亡す。悲哉此散杖過半枯木となり、今の散杖は実生之再木也。当寺四ツ畝より西南にあたり、是より四ツ畝丑寅に当れり。代々鬼門除災の祈願地なり。往昔より四ツ畝に並ぶ堂婦路の山上当寺旧跡なり。鎮守六社大権現鎮座し給ふ。中興加持の地に移す。今の寺是なり。

B　当国出生玄賓僧都、母の胎内に託する事十二カ月、母公大いに案じ給ひ、当山に祈らせ給ふ。則夢中に霊童来り、「仏縁の男子無難に出生すへし」と教ありて、十三カ月に平産あり。困（因カ）て七十五日を経て、母子共一七日参籠仕給ひ、厚く仏恩を礼敬し、臍の帯を納め給ふ。猶童子の行末を祈給と云如、仏教生長ののち僧と成、名を発、海内て当国七名人の其壱人なり。則阿賀郡湯川に庵居し給へば、程近く折々登山有。山寺の渡業は如斯と鹿を呼て牛にかへ田畑を耕し戯給ふと云。僧都の歌／山田もる僧都の身こそ悲しけれ　あきはてぬれば問う人もなし／奇篤広大成霊場たるをもつて広大山ととなへ、臍帯奉納の以(二)因縁(一)臍帯寺と改給ふ。其先、細尾寺と云り。妊娠胎中為(二)守護(一)加持帯を出す事是也。猶出産長引くものにかねの帯を授るも矢張此因縁也。

C　永正の頃、松山城内に障災有て不(レ)止。占方に問給へば、是より丑寅に当り希有之霊仏あり。是を祈給へば速に治るべし。是全鬼門の災也とす。則諸士に命じて尋ね給ふに此本尊也。仍て鬼門除災の御祈禱を示給ふ。其夜則示現ありて障化速に去しより、今に至って松山御城鬼門除災の霊場と定り、正五九月鎮札納来る事今に退転なし。天正年中より当国一円兵乱す。四ツ畝再度落城の砌、残兵院内に忍と疑ひ伽藍悉く焼亡す。時に不思議と本尊三体回録(禄カ)殃なく逸爵として灰の中に残り給ふ。煙風にあたり給ふ色も見えずとなん。仏願不(レ)遠此年の大将陣中に狂死せしと云伝。可(レ)恐々々。別して女子の難産をあわれみ給ひ、一度登山して結縁の輩はかならず平産成しめんとの御誓也。嗚呼、星霜遠く積るとも、仏徳の著明事如(レ)是。其外奇談あげて数るに不(レ)遑と云々。／茲本尊開扉の時正に至るといへども、貧寺小且難(レ)為以(二)何朝昏(一)悲泣袂を湿す。依(レ)之発(二)大願(一)有無の両縁の壇門を叩、密法の祈禱を修し、施主の以(二)多力(一)開扉満願至今日十方の善男女迎へ拝礼あり。心中の諸願を備へ、奇篤広大の霊験を受給へ。心信請願の輩は患病平癒災障消除富貴開運の場に至らん事、夢々疑あるべからず。穴賢々々。

今月今日　　現住法印　英学　謹白

広大山臍帯寺の縁起であるこの「広大山縁起」には、行基伝承と玄賓伝承に関する記述がみられる。

A部分には行基による寺院創建伝説が記されている。神亀年中（七二四〜七二九）、行基が四ツ畝山（四峰山）の堂婦路（堂風呂）という所に寺を創建したが、天正（一五七三〜一五九二）の頃に兵火で焼亡したため、現在地に移転したという。行基が本尊の聖観世音菩薩と脇侍の不動・毘沙門の計三像を彫ったという仏像造立伝説や、行基が梅の木の散杖で巌穴を加持すると泉が湧いたという「杖つき井戸（弘法水）」の伝説、行基が地に差したその散杖が根付いて老木となり「散杖木」と呼ばれていたという「杖梅」の伝説など、全国に広く分布する話型が縁起に取り込まれていることがわかる。今の本堂の後ろに涌出している阿伽井の水は一切衆生の疾病や難産の女性に効験があるという。

B部分には玄賓伝説が記されている。備中国で出生した玄賓は、母の胎内で十二ヵ月たっても生まれなかったため、母が細尾寺で祈ると、夢で霊童が「仏縁のある男子が無事に生まれるであろう」と告げ、十三ヵ月で生まれた。よって、七十五日を経て、母子共に参籠して仏恩を謝して臍帯を納めた。長じて名僧となり、阿賀郡湯川に庵居し、近いので折々この山寺に登ってきた。臍帯奉納の因縁から、細尾寺を臍帯寺と改めたという。

C部分には、永正（一五〇四〜一五二一）の頃より備中松山城（高梁市）の鬼門除災の霊場とされたこと、天正年中の四ツ畝城落城の際に焼亡したが本尊三体は焼け残ったこと、寺を焼いた大将が陣中で狂死したこと、寺に参詣した女性は安産することなどが記されている。この「広大山縁起」（片山家文書）を草したのは、縁起の末尾に「現住法印　英学　謹白」とあることから、臍帯寺現住職三十七世大本一学氏より四代前の三十三世英学氏であったらしいことがわかる。江戸時代末期から明治時代初期頃の土地の伝承を参考として、英学氏がおそらく明治期にまとめたものと推定される。さらに作成年次を詰めるなら、C部分の「茲本尊開扉の時正に至るといへども」という記述から、この縁起が臍帯寺で三十三年に一回行われてきた観音堂御開扉の法要のうち、明治二十八年（一八九五）

の観音堂御開扉の際に作成されたものとみられる。

次に、玄賓伝説との関係を検討したい。玄賓生誕地とされる真庭市上水田小殿周辺地および臍帯寺のある高梁市有漢町上有漢周辺地で調査すると、玄賓の伝説が複数採集できた。採集した伝説の概略を簡略に示すと、以下のようになる。(23)

○「玄賓生誕地高僧屋敷と臍帯寺」……玄賓が生まれた地を「高僧屋敷」と呼び、玄賓の母親が寺に参って男子が生まれたので、へその緒を臍帯寺に納めた。

○「高僧屋敷と行者様」……玄賓が生まれた地を「高僧屋敷」と呼び、その敷地にある玄賓を祀る小祠を土地では「行者様」と呼んでいる。

○「臍帯寺の開基と移転の由来」……臍帯寺は行基開基とされ、最初四ツ畝山の堂風呂にあったが、安土桃山時代初頭頃兵火で焼けて現在地に移転した。

○「玄賓の母と臍帯寺」……玄賓の母が十月十日を過ぎても子が生まれなかったので、臍帯寺の観音様へお参りになって安産を祈願すると無事に生まれた。

○「郡神社と玄賓の下馬とがめ」……玄賓が馬に乗って郡神社の前を通ったところ、馬が暴れたので「これは偉い神を祀ってあるのだなあ」と言って下馬した。

地名「高僧屋敷」や郡神社のある上水田小殿は、かつては英賀郡の政治的中心としての位置を占め、近くには白鳳期に建立され吉備寺式瓦が出土する英賀廃寺があった。この地ならば玄賓生誕地伝説が生じてもおかしくないことがわかり、非常に興味深い。(24)

これらの伝説のうち、「広大山縁起」と共通するものは、A部分が「臍帯寺の開基と移転の由来」、B部分が「玄賓の母と臍帯寺」と「玄賓生誕地高僧屋敷と臍帯寺」の後半部分ということになろう。

ほかの「高僧屋敷と行者様」は玄賓の生誕地「高僧屋敷」に関するもの、「郡神社と玄賓の下馬とがめ」は地名「高僧屋敷」の近くにある郡神社と玄賓との関わりに関するもので、「広大山縁起」には記されていない。これは、「広大山縁起」は臍帯寺の縁起であるため、寺と直接には関係しない「高僧屋敷と行者様」と「郡神社と玄賓の下馬とがめ」は、縁起に記されなかったとみてよいであろう。

特に「郡神社と玄賓の下馬とがめ」は、『上房郡誌』にも「玄賓僧都嘗て騎馬にて廟前を過ぎんとし馬前（すす）まず、異み里人に正せしに古来有位有官の人廟前を過ぎ欠礼せば忽ち神罰ありと聞き馬を下りて罪を謝したり、乃ち僧都其の霊験に感じ贈位を請ひ現今の地に社殿を造り奉遷し正一位郡大明神と称す」(25)と記されているように、郡神社の前を乗馬で過ぎると落馬するという「下馬とがめ」の伝説として知られている（玄賓に限らない）。これは郡神社の霊験をたたえる話となっているため、臍帯寺の縁起に記されなかった点も納得できる。

以上のことから、「広大山縁起」は、臍帯寺の縁起であるため、臍帯寺に関する伝説を中心として記されていることがわかる。そのため、開基としての行基伝説、寺名由来としての玄賓臍帯奉納伝説を中心に縁起が作成されていた。玄賓臍帯奉納伝説は、周辺地でもよく知られたものなので、少なくとも江戸時代には成立していたものと推定される。一方で、玄賓生誕地伝説のある地（真庭市上水田小殿）では、郡神社の霊験を主とする「郡神社と玄賓の下馬とがめ」の伝説などは、郡神社下馬とがめ伝説に玄賓伝説が取り込まれて成立した可能性もあり、玄賓伝説の広がりの一端がうかがえた。

文献の場合、その文献の編纂意図が、記述内容に大きく影響を与える。文献と口承文芸の関係を考える場合にも、一つ一つの文献や伝説事例ごとに、ていねいに分析してゆく必要があるように思われる。

Ⅳ　備中国「湯川寺縁起」と玄賓伝承

玄賓が確実に滞在していた備中国湯川寺（現在の岡山県新見市土橋寺内二一五五番地）には、寺の由来を記す「湯川寺縁起」が伝えられている。筆者がかつて湯川寺周辺で調査した時、湯川寺にある仏像の一つに首が抜けるものがあり、その仏像の中に寺の由緒を書いた巻物が昭和の初め頃まではあったという話を聞いたが、巻物の行方を突き止めることができなかった。その後、江戸時代末期の嘉永年間（一八四八〜一八五四）に成立したと推定されている備中国の地誌『備中誌』を読み直していたところ、「湯川寺縁起」の全文が引用されていることに気付いた。そして、内容を精査した結果、『備中誌』所収「湯川寺縁起」が、湯川寺の首が抜ける仏像の胎内にかつて納めてあったという「寺の由緒を書いた巻物」と同一のものであることがわかってきた。(26)

次に、『備中誌』所収の「湯川寺縁起」全文を引用する。(27)便宜的にA〜Lの符号を付した。

■「湯川寺縁起」全文

湯川寺縁起　法皇山

A　抑当寺開基玄賓僧都と申奉るは河内国弓削氏なり。奈良の都の御時唯識を興福寺の宣教に禀（稟）給ひしより、朝には行鋭し暮には業を勤て持戒怠事なし。智行共に兼備たり。やむことなき人にてぞいますかりし。ひたすらに世を厭ふ心深して、寺の交を好み給はず。されは上壱人を始て下万人に至て伏仰し奉ると普く此上人に帰す。然りといへ共緇侶（しりょ）の世に諛（へつらひ）て猥に僧官に営するを患ひ、就中其頃道鏡法師とて此族の僧有て平城帝に媚て剃帝御寵愛の余り道鏡に大師の尊号を賜ふ。本朝大師の号濫觴于此云々。

B　彼作業の拙きを疾みて山階寺を逃て、三輪山の辺に僅なる庵を結ひて住給ひし也。桓武天皇延暦の頃聞召、強て召出しければ、進み難くして懇に参給ふと雖、猶本意ならすや思ひ給ひけん、此時僧都の宣下をなし給ふを辞して歌を誦て奉らしめ給ふ。

三和(輪カ)川の清き流れにす、ぎてし衣の色をまたは穢さし

となん奉らる。か、る程に、弟子にも仕わる、人とも知られず、何地ともなく失給ふ。さるべき所に尋ね求むれども、更になし。いひがひなく日を歴にけり。彼あたりの人はいわす、斯て、世の歎にてそ有ける。

C　斯世の交をいとひ、国〳〵にさすらい、或時は渡し守と成て船に棹さして月日を送り給ふ。寺を失ひては十年はかりして、弟子なる人、事の便有て、越前の国方へ趣(赴)き侍るに、道に大なる川有。渡しを待得て乗たる程に、此渡しを見れは、頭はかつつかみと云ほどに生ひて、法師のきたなけ成麻の衣着たるになん有ける。「怪しの様や」と見に、流石に見馴たるやふに覚ゆるを、「誰にか似たる」とおもひ廻らすに、うせて年ころに成ぬる我師に見なしつ。「ひか目」と見に、露違へくもあらねば、悲しくて涙のこぼる、を押て、さりげなくもてなしけるに、彼も、見知れる気色ながら、殊さら目見合せす。走り寄て、「いかてか、斯」といわほしけれと、人繁く侍し程に、「上りさま、夜なと、居給へる所に尋行て、のとやかに聞へむ」とて、過にける。斯て、帰るさに、其渡しを越るとて見れば、あらぬ渡守也。目くれ、胸塞りて、所の人に細かに尋ぬれば、「さる法師ニ侍りし。年頃此渡し守にて侍りしを、左様の下臈てもなく、常に心をすまして、念仏を唱へて、数〳〵に船賃取事もなく、只今うち喰ふ物なんどの外には、貪る心もなく侍しかば、此里人もいみじういとおしみ侍りしに、いか成事にか有けん、過る頃、何方へか失てけり」と答へ侍りし程に、弟子悔敷わりなく覚て、其月日

を計るなり。我見合せし時にてそ有けるとなん。身の有さまを知れぬとて、又去給ふにぞ有べし。

D　亦或時は、奴と成、人に随ひ馬を飼なとし給ふて、伊賀国に、或郡司の元に、怪しげなる法師の来りて、「人や使ひ給ふ」とて、そゝろに入来るありけり。是を主の男見て、「和僧の様成物置て、何角はせん。最用なし」といふ。法師のいふ様、「己等ほどの者は、法師とて、男にかわる事なし。何業なりとも、身に給わん程の事は仕らん」といふ。「左あらば、よし」とて止む。悦んで、いみじう真心に仕へ侍れば、殊に痛わる馬をなん、預りて飼せける。斯て、三年計り経程に、此主の男、国の守の為に、聊便なき事を聞給ひて、境の内を追払はる。父・祖父の時より住馴たる者なれば、所領も多く、奴も其数有けり。他の国へうかれ行ん事、かた〳〵ゆか敷歎なれはと、遁るへきかたなくして、啼〳〵出立んとする間に、此法師、或者に逢て、「此殿には、いか成御歎の有て侍るか」と問ふ。「我等式の人は、聞ていかゞは」とて、殊の外にいはるを、「何とてか、身の怪敷に寄ん。頼み奉りしも、年頃に成ぬ。内隔給ふへきに非す」と、懇に問は、事の起りを有の儘に語る。法師聞て、「己か申さん事も用ひ給ふへきにあらねと、何角は、忽に去給ふべき。物は思わさる事侍物を。先上京して、何度も事の心を申入て、猶叶わすは、其時にこそは、何方へもおわせめ。己かほの〳〵知たる人、国司の御辺に侍り。尋ねて、申侍らはや」といへは、思ひの外に、人〳〵、「いみしうもいふものかな」と、怪しみ乍、主に此よし語るに、近く呼寄て、自ら尋ね聞て、ひたすら是を頼むとしもなけれと、思ふ方のなき儘に、此法師打具して、上京しけり。其時、国司は、大納言何某の知るわりてなん有ける(給カ)。京に到着て、彼みなもと近く行寄て、法師のいふ様は、「人を尋て行んに、此形の怪しくはへるに、衣・袈裟尋給ひてんや」といふ。則、かりてきせつ。主の男を具して、彼を門に置て、差入て、「物申侍らん」と云に、爰等集る者共、此人を見て、はら〳〵とおり跪くを見に、伊賀の男、門のもとより是を見て、愚におほへんやは。「浅間し」

と守り奉る。即、斯と聞て、大納言急き出給ひて、もてなしさはかる、さま、殊の外也。「扨も、いかに成給ひにけるかとおもひばかりなして過し侍るに、定かにておわするこそ」と、かきくどき給へは、夫をは、言葉少なにて、「左様の事は閑に申侍らん。けふは、さして申入へき事有てなん。伊賀国に、年頃相頼みて侍りつる者、計らさる外にかしこまりを蒙りて、国の内を追はる、とて、歎き侍り。最愛しう侍るに、若し、深き犯しならすは、此法師に許し給わりなん」と聞ゆ。大納言「とかく申へきにあらす。左様にておわし侍らば、わさとも思ひ知べき男にこそは侍るなれ」とて、元来もまさらまに、悦へき様の庁宣を給せたりければ、悦て出ず。又、伊賀の男あきれまとへるさま、理り成。さま〳〵に思へと、余り成事は、中〳〵、得打出さず。「宿に帰りてのとかに聞へむ」と思ふに、衣・袈裟の上に有つる庁宣を差置て、きと出つる様にと頓て何地となく隠れにけりとそ。

E　又或時は田夫と成て、田主と守り給ふにや。僧都の御歌とて、

山田もる僧都の身こそあはれなれ秋はてぬれはとふ人もなし

F　潤州の曇融聖は、橋を渡して浄土の業とし、蒲州の明康法師は、船に棹して往生を遂たりとなむ。代替り国隔たりと雖、共法徳の至り是同し。有かたき智行也（此文解しがたし。読者察し給へ。）

G　平城天皇御脳（悩カ）有て、上人伯耆の山陰に跡を印せし旨聞し召及て、勅して護持の冥助を乞しめ給ふ。化するに地なふして自鉢嚢（嚢）を負ひ、草鞋をはきて花洛に入、護念の験掲焉として叡慮平癒ならしめ給へは、輙（輒）遁て伯耆に帰り給ふ。猶頻りに輦下に帰らしめんとて僧官の詔下ると聞て伯耆を遁れて備の中津国、今の湯川寺に閑居し給ふとて又歌を詠して奉りぬ。

H　とつ国は山水清しことしけき君か御代にはすますまされり

となん詠侍りける。とつ国とは遠つ国といへるにこそ。実にも都遠き境ひ山水の清き流れは御心もすみ侍らんかし。此地人家遠くして山峨々たり。谷深ふして水の流れ絶ず松嵐長へにして景趣尋常の地にあらず。されはこの国此山に御法跡を残し給ふは有かたき。又弘法大師に勅してとはせ給ふ御消息にも、「山ふかくいみじくおもひすましておわする」よし訪らひ給ふとなん。

I　嵯峨天皇の弘仁年中、其操履を貴ひ給ひ、詔問して不絶、毎年白布を贈り給ふ。忝くも宸筆を被成候。／其詔曰、

「賓上人晦跡烟雲凝思練若。春向覚花而猥(獨カ)坐。夏蔭提樹而閑眠。持戒之光能耀昏暗。護念之力自済黎庶。比来炎暑禅居如何。朕機務之暇不忘寤寐。地遠心近。一念即到。羅綺錦繡想斥逐。白布一束備法資。願師領之。約文申意。」云々。

弘仁元年夏六月。／不如之(本ノマヽ)哲多郡に宣下有て、上人在世の中は米租を許し給ふ。只鉄をのみ貢すへきとなん。是併上人の供養を労らひ給ふと也。

J　伝へ聞、和州に住給ひし時、かけまくも三輪明神一女の姿と現し上人の法衣を授り給ふと也。神すらしかなり。况(況)や人間に於ておや。誰か此上人の法味を仰かさらん。弘仁四年六月寂・寿八十八有余。凡星霜を考ふるに、弘仁四年より今寛文十二年に至る迄春秋八百六十年に及ふといへ共、其法跡の一宇相続して留于今誠に上人の徳不陰者也。

K　上人賛云、「人之有道也。吾不得而計矣、王者天下之至尊也。沙門天下至貧也。然龍腰者曲于恩矣、圭(奎)昼者屈于賓矣、以斯而言貴不必貴賤不必賤矣、皆有道乎大哉道乎今何鮮矣哉」

L　私云、此湯川寺地貧而米穀乏矣。是上人之可謂叶御心者歟。

今も猶昔の法や唱ふらん峯の松風谷の水音
玄賓自作の木像有しか、自火の節焼失して伝わらず。今存するものは白檀木。是は上人の杖也といひ伝ふ古木と見ゆる也。

冒頭のA部分は、元亨二年（一三二二）に成立した虎関師錬『元亨釈書』巻第九「釈玄賓」の項の前半部分を原拠として作成されたものとみられる。[28]

BとC部分は、建保四年（一二一六）以前成立と推定されている鴨長明『発心集』第一―一「玄敏僧都、遁世逐電の事」と同文的同話となっている。[29]ただし、「湯川寺縁起」作者は、『発心集』の「玄敏」という表記を採用せず、通常の表記である「玄賓」を採用している。

D部分は、『発心集』第一―二「同人、伊賀の国郡司に仕はれ給ふ事」を出典としており、全くの同文的同話となっている。

E部分は、『発心集』第一―一の末にある「又、古今の歌に、／山田もる僧都の身こそあはれなれ／秋はてぬれば問ふ人もなし／此れも、彼の玄敏の歌と申し侍り。雲風の如くさすらへ行きければ、田など守る時も有りけるにこそ」という箇所から、傍線部分を利用して縁起作者が本文を作成したとみられる。これらから、縁起作者は、出典の『発心集』第一―一のうち、話末の道顕の部分を除いた玄賓の説話すべてを使い切り、A部分の一部、B・C・E部分のほぼ全体で利用していることがわかる。

F部分の前半は、『発心集』第六―九「宝日上人、和歌を詠じて行とする事　幷　蓮如、讃州崇徳院の御所に参る事」の、宝日の説話の後に記されている「潤州の曇融聖は、橋を渡して浄土の業とし、蒱州（蒲カ）の明康法師は、船に棹さして往生をとげたり」という一文をそのまま引用している。縁起作者が『発心集』を手元に置いて本文を作成したことはほぼ間違いないため、F部分前半の出典は『発心集』第六―九の宝日説話の後の一文としてよいであろう。F部分の後半「代替り国隔たりと雖、共法徳の至り是同し。有かたき智行也」は、縁起作者が執筆した部分とみられる。

G部分は、縁起作者が執筆した部分と推定される。

H部分は、承久四年（一二二二）頃の成立とされる慶政『閑居友』上―三「玄賓僧都、門お閉して善珠僧正お入れぬ事」の最初の部分を出典として利用しているとみられる[30]。

I部分は、『元亨釈書』巻第九「釈玄賓」の項の中間部分（嵯峨天皇が玄賓に贈った書を引用した部分の前後）を原拠として作成されたものとみられる。

土橋の湯川寺本堂

J部分は、縁起作者が執筆した部分とみられる。このうち、前半の「伝へ聞、和州に住給ひし時、かけまくも三輪明神一女の姿と現し上人の法衣を授り給ふと也。」という部分は、謡曲「三輪」を原拠としていると推定される。J部分で問題となるのが後半の記述である。玄賓の没年を記す「弘仁四年六月寂・寿八十八有余」という部分は明らかな誤記であるが、縁起作者には何らかの根拠があったと推定される（「文献X」に記載されていた可能性もある）。おそらく、縁起作者は『元亨釈書』玄賓伝を読んでいなかったと考えられる。『元亨釈書』玄賓伝を読んでいたならば、A部分の天皇名の誤記、I部分の嵯峨天皇宸翰年月の誤記、J部分の玄賓没年の誤記などの大きな誤りは犯さなかったと考えられる。J部分で注目されるのが、「弘仁四年より今寛文十二年に至る迄春秋八百六十年に及ふ」という、縁起執筆年を記した部分である。「湯川寺縁起」が出典とした『発心集』には、流布本に慶安四年（一六五一）片仮名版本と寛文十年（一六七〇）平仮名版本がある。寛文十二年（一六七二）という縁起成立年から考えると、縁起作者は、これら流布本のどちらかを利用したと推定される。あるいは、『発心集』版本が備中国にも広く流布したことにより、改めて湯川寺の玄賓が脚光を浴び、縁起作成の契機となったとも考えられ、興味深い。

K部分は、『元亨釈書』巻第九「釈玄賓」の項の末尾部分を原拠として作成されたものとみられる。縁起作者は『元亨釈書』玄賓伝の末尾の「賛」を全文引用している。I部分の嵯峨天皇宸翰引用箇所と同様、誤字・脱字が多い（「文献X」の誤りをそのまま転記した可能性が高い）。

湯川寺の僧都千年供養塔

L部分は、縁起作者が執筆した部分と推定される。「今存するものは白檀木。是は上人の杖也といひ伝ふ古木と見ゆる也」とある白檀木は、土地の伝承によると、明治の初め頃まで枯れずに立っていたという。現在でも、玄賓が湯川寺を去る際に地面に立てていった白檀の杖から芽が出て大木になったという伝説（「杖の大木」）が湯川寺周辺に伝承されている。

「湯川寺縁起」は、J部分に「弘仁四年六月寂・寿八十八有余。凡星霜を考ふるに、弘仁四年より今寛文十二年に至る迄春秋八百六十年に及ふ」とある。このことから、縁起作者が玄賓の寂年を弘仁四年（八一三）と誤認していることと、縁起成立年が寛文十二年（一六七二）であることがわかる。湯川寺本堂の前には、高さ一・五メートル、幅〇・九メートルの石碑がある。表に「僧都千年供養塔」とあり、「維時文化九壬申三月三日立□／導師萬崖老□（師カ）施主西方熨斗屋長蔵」と彫られていることから、この石碑は、阿賀郡西方村の熨斗屋長蔵が文化九年（一八一二）に玄賓入滅後一千年を記念して建立したものであることがわかる。玄賓の入滅年は弘仁九年（八一八）であるため、入滅年から文化九年までは九九四年間となり、計算が合わない。これまでは、計算間違いであろうと単純に考えられてきており、筆者もそう考えていた。ところが、弘仁四年（八一三）に玄賓が入滅したとして計算すると九九九年になり、一年を加えるとちょうど一千年になる。施主であった阿賀郡西方の熨斗屋長蔵は、「湯川寺縁起」に記載された玄賓の入滅年「弘仁四年」に基づいて「僧都千年供養塔」を建立したとみてよいであろう。このことから、文化九年（一八一二）の時点には、本章で引用した「湯川寺縁起」が湯川寺に所蔵されており、それは、昭和の初め頃までは湯川寺堂内の首が抜ける仏像の中に納めてあったという「寺の由緒を書いた巻物」と同一内容のものであったと判断される。縁起を作成したのは、寛文十二年時に湯川寺住職でもあった定光寺第十世天溪恕道であった可能性が最も高いように思われる[31]。

「湯川寺縁起」の確実な出典として認められるものとしては、『発心集』第一―一（ほぼ全部）・第一―二（ほぼ全部）・第六―九（一部）と『閑居友』上―三（一部）があり、出典の可能性もあるが原拠とみた方がよいものとしては『元亨釈書』巻第九「釈玄賓」の項がある。縁起作者は、土地の伝説はほとんど採用せず、説話集等の文献資料をつなぎ合わせて縁起を完成させている。「湯川寺縁起」は、十七世紀の一地方における説話集および説話集所収説話の受容のされ方の一事例としても注目される。

興味深いのは、玄賓の中心的逸話として「湯川寺縁起」に引用されている「渡し守伝説」や「馬飼伝説」が、現在の湯川寺周辺部では全く伝承されていない点である。これは、北陸地方の渡守伝説や伊賀国の馬飼伝説が他地域の話であるため、縁起が作成された頃には一時的に広まったかもしれないが、やがて忘れ去られてしまったためかと考えられる。あるいは、「湯川寺縁起」は、湯川寺の仏像内に秘蔵されていたと伝承されていることから、あまり読まれることがなかったため、縁起に引用されている渡し守伝説や馬飼伝説が広まらなかったかとも考えられる。

ところが、おもしろいことに、湯川寺の南方に位置する備中国川上郡近似村（現在の岡山県高梁市落合町近似）玄賓谷の近くの高梁川の渡口（渡し場）で、玄賓が数年間渡し守をしていたという伝承がある。この渡し守伝説に関しては、備中国浅口郡鴨方村（現在の浅口市鴨方町）に生まれた江戸中期の儒学者西山拙斎（一七三五～一七九八）が「渡口――昔玄賓所棹舟処也――」という漢詩を詠んでおり、少なくとも今から二百年以上前には玄賓高梁川渡し守伝説が成立していたことがわかり注目される。これは、玄賓が北陸地方で渡し守をしたという説話がこの地で取り込まれて成立した伝説だと推定される。

湯川寺周辺で調査すると、玄賓に関する伝説を多数採集することができた。表題のみを示すと以下のようになる。「茶がよく育つわけ」「カワニナに尻が無いわけ」「尻無川の由来」「西条柿がならないわけ」「柚がならないわけ」「庚申山で雉が鳴かないわけ」「桓武天皇に薬石を献上」「秘坂鐘乳穴で石鍾乳採取」「俊足の玄賓さん」「三尾寺や雲泉寺に立ち寄った玄賓」「埋められた黄金千駄と朱千駄」「杖の大木」「遠くから祈って鎮火（火を消す和尚）」「旅中は臼で寝る」[32]（三一～三三頁参照）。

これらのうち、「湯川寺縁起」に記されている伝説は、「杖の大木」のみであった。湯川寺縁起作者の時代にも「杖の大木」以外の複数の伝説が伝承されていたものと推定されるが、なぜ湯川寺縁起作者は「杖の大木」以外の伝説を縁起に記さなかったのであろうか。著者は、このことについて、湯川寺縁起作者は著名な文献を引用することで縁起の権威を高めようとしたため、意図的に、土地で伝承されていた「杖の大木」以外の伝説類を記さなかったのではないかと推定している。

結語

以上で、玄賓僧都関係資料を中心とした、文献資料（特に縁起）と口承文芸（特に伝説）との関係についての筆者なりの考察を終える。

本稿では、大和国玄賓庵、備中国賸帯寺、備中国湯川寺という、玄賓にゆかりのある寺院で作成された縁起類と、各寺院周辺地で採集した伝説との関係に焦点を当てて検討した。

大和国玄賓庵「玄賓庵略記」は、玄賓と玄賓庵に関する伝承を中心にまとめようという編纂意図を有していたとみられる。玄賓が「檜原の奥」に草庵を結んだ、三輪檜原の地を出て越路に隠遁して渡し守になり、さらに他郷に身を隠した、衣掛の杉伝説、神女菜摘み伝説などを記し、玄賓が差した木は湯川寺ではまだ枯れていないという伝承を調査して独自の本文を作成していた。このことから、縁起作者が、成立期の江戸時代に伝承されていた伝説類を縁起の中に積極的に取り入れて独自の文章を作成しようと試みたらしいことがうかがえた。「玄賓庵略記」作者は、玄賓の伝説に強い興味を持っていたとみられる。

備中国賸帯寺「広大山縁起」は、賸帯寺に関する伝説を中心にまとめようという編纂意図を有していたとみられる。開基としての行基伝説、寺名由来としての玄賓賸帯奉納伝説を核として縁起が作成されていた。玄賓に関する周辺地の伝説類を多く縁起にまとめておこうという意図はなかったように思われる。「広大山縁起」作者は、行基伝説と玄賓伝説に等分の興味を持っていたとみられる。

備中国湯川寺「湯川寺縁起」は、玄賓と湯川寺に関して著名な文献を中心にまとめようという編纂意図を有していたとみられる。先行文献の影響を強く受けて成立していることが確認できるが、周辺地の伝承の影響はあまり受けていないことがうかがえる。これは、縁起作者が、著名な文献を引用することで縁起の権威を高めようとしたとみられ、玄賓に関する周辺地の伝説類を多く縁起にまとめておこうという意図はなく、「杖の大木」以外の伝説は記さなかったのではないかと推定された。「湯川寺縁起」作者は、土地の玄賓伝説よりも中央の文献に記載された玄賓像に興味を持っていたとみられる。

これらのことから、文献資料と伝説においては、特定の法則のようなものを導き出すのは困難で、一つ一つの事例ごとに独自の関係があることがわかってきた。文献資料と口承文芸の関係については、個別に検討する必要があると結論付けておきたい。

註

（1）『岩波講座　日本文学史』（岩波書店、一九九七年）の第一六巻と第一七巻は「口承文学」の巻である。

（2）福田晃編『民間説話——日本の伝承世界——』（世界思想社、一九八九年）、福田晃他編『日本の民話を学ぶ人のために』（世界思想社、二〇〇〇年）参照。

（3）民間説話の中に神話を含めない立場もあるが、アイヌ民族や奄美・沖縄においては、現在でも民間伝承の中に神話が生きていることから、筆者は、民間説話の中に「（民間伝承としての）神話」を含める立場をとることとしたい。山下欣一「「琉球王朝神話」と民間神話の問題」（「琉大史学」七、一九七五年）参照。

（4）柳田国男監修『日本伝説名彙』（日本放送出版協会、一九五〇年）、福田晃他編『日本伝説大系』全一五巻・別巻

二巻（みずうみ書房、一九八二～一九八九年）参照。

（5）柳田国男監修『日本昔話名彙』（日本放送出版協会、一九四八年）、稲田浩二・小澤俊夫編『日本昔話通観』全三一巻（同朋舎、一九七七～一九九八年）、関敬吾『日本昔話大成』全一二巻（角川書店、一九七八～一九八〇年）参照。

（6）日本民話の会編『シリーズ・日本の世間話』全五冊（青弓社、一九九二～一九九三年）参照。

（7）原田信之『隠徳のひじり玄賓僧都の伝説』（法藏館、二〇一八年）参照。

（8）『大日本仏教全書』第一二三冊、七八頁。註(7)の原田信之『隠徳のひじり玄賓僧都の伝説』の口絵に、該当部分の写真を掲載している。

（9）『日本後紀』大同元年四月二十三日の項に「大法師玄賓為二大僧都一」とある。また、興福寺本『僧綱補任』にも大同元年の項に大僧都玄賓の名があり、「四月丙子任。法相宗。興福寺」と割註が記されている。ただし、正しくは延暦二十五年（八〇六）四月二十三日。大同元年（八〇六）は五月十八日からなので、四月二十三日は正式には延暦二十五年であった。

（10）『大日本仏教全書』第一〇一冊、二四〇頁。

（11）『大日本仏教全書』第一〇一冊、五一七頁。

（12）江談抄研究会編『古本系江談抄注解』（武蔵野書院、一九七八年）、二七一頁。

（13）興福寺本『僧綱補任』弘仁五年の項に、大僧都の玄賓が「遁去住二備中国湯川山寺一」（『大日本仏教全書』第一二三冊、七七頁）とあり、『南都高僧伝』には玄賓が「弘仁五年甲午今年辞レ職籠二居本寺備中国誓多山寺一。」（『大日本仏教全書』第一〇一冊、五一七頁）とある。

（14）篠原昭二項目執筆「江談抄」（『日本短篇物語集事典』東京美術、改訂新版一九八四年）。

（15）「玄賓庵略記」の翻刻としては、『三輪叢書』（大神神社社務所、一九二八年）所収本文、『大神神社史料』第二巻（大神神社史料編修委員会、一九七九年）所収本文があるが、誤植が多い。

（16）『大日本仏教全書』第一〇一冊、二四〇頁。

(17)池上洵一校注『三国伝記(上)』(三弥井書店、一九七六年)、二〇九頁。
(18)中山和敬氏『大神神社〈改訂新版〉』(学生社、一九九九年)、一六七頁。
(19)新訂増補国史大系『公卿補任　第四篇』(吉川弘文館、一九八二年)、三六四、三九六、四〇二、四〇六、四一〇、四一六、五二三、五六〇、五六七頁。新訂増補国史大系『公卿補任　第五篇』(吉川弘文館、一九八二年)、四一頁。
(20)『大日本仏教全書』第一〇一冊、一〇八頁。
(21)『大日本仏教全書』第一〇三冊、六三八〜六三九頁。
(22)『有漢町史　地区誌編』(有漢町、一九九七年)の「資料(二)広大山縁起書写(片山家文書)」の項、四二一〜四二三頁。
(23)註(7)の原田信之『隠徳のひじり玄賓僧都の伝説』、備中国編第一章参照。そこに、語りを翻字したものを掲載している。
(24)『岡山県の地名』(平凡社、一九八八年)の「水田郷」の項に「上水田小殿に英賀郡衙跡と推定されている遺跡があり、近くに郡神社も存在し、英賀郡の政治的中心としての位置を占めたと考えられる。また白鳳期に建立され吉備寺式瓦をもつ英賀廃寺も上水田にあり、備中南部の勢力と密接な関係にあったことを示している」とある。
(25)『上房郡誌』(名著出版、一九七二年/私立上房郡教育会、一九一三年の複製)の「郡神社」の項、一一〇八頁。
(26)註(7)の原田信之『隠徳のひじり玄賓僧都の伝説』、備中国編第四章参照。
(27)『備中誌　下編』(日本文教出版、一九七二年復刻)、一四六二〜一四六八頁。
(28)『大日本仏教全書』第一〇一冊、二四〇頁。
(29)『発心集』は、三木紀人校注『方丈記　発心集』(新潮日本古典集成、新潮社、一九七六年)により、青森県立図書館蔵慶安四年刊本と大阪女子大学図書館蔵寛文十年刊本を参照した。
(30)『閑居友』は、小島孝之校注『閑居友』(新日本古典文学大系『宝物集　閑居友　比良山古人霊託』、岩波書店、一九九三年)によった。
(31)註(7)の原田信之『隠徳のひじり玄賓僧都の伝説』、備中国編第四章参照。
(32)註(7)の原田信之『隠徳のひじり玄賓僧都の伝説』、備中国編第二章と第三章参照。

後醍醐天皇伝説編

第一章　新見市大佐の後醍醐天皇伝説

はじめに

後醍醐天皇（一二八八〜一三三九）は元弘の変の失敗により隠岐に流されることになり、元弘二年（一三三二）三月七日京都を出発し、美作国院庄を経て、四月上旬頃隠岐に着いたという。『太平記』巻四には後醍醐天皇は元弘二年三月七日京都を出発し美作国院庄を経て京都を出てから二十六日目に隠岐に着いたとあり(1)、『増鏡』には三月七日京都を出発し美作国を経て四月一日頃出雲国やすきの津から隠岐行きの船に乗ったと記されており(2)、『花園天皇宸記』には三月七日に京都を出発し十四日（十四日後か）に出雲国で乗船したとある(3)。つまるところ、史実上の遷幸の道筋は不明と言わざるをえないが、後醍醐天皇は元弘二年三月七日に京都を出発し、中国地方を通って四月上旬頃隠岐に着いたことは確かなようである。このため、岡山県には北部地方を中心に後醍醐天皇にまつわる伝説が非常に多く残っている。後醍醐天皇が腰掛けて休んだという美作市（旧作東町）や真庭市（旧八束村）の休石、天皇が姿を映して嘆いたという勝央町の姿見橋、天皇の脱いだ衣だという久米郡美咲町（旧柵原町）の衣石、天皇が手を洗ったという津山市の御手洗の湯、天皇が水を飲んだという新見市哲多町の井戸ほか、枚挙にいとまがない(4)。

岡山県の北西部に位置する新見市大佐周辺地域では、後醍醐天皇は大井野や君山のあたりを通ったとされ、後醍醐天皇にまつわる多数の伝説が伝承されている。伝説とともに注目されるのが、大佐大井野御所原にある後醍醐神社と大井野君山にある熊野神社（旧社名十二社権現）との関係である。土地の伝説によると、天皇は大井野君山の十二社権現に止宿した後、大井野御所原に来たという。また、これらの神社には近世に成立したと推定される縁起類が存在しており、縁起類の内容と現在の伝承との関係や相違点などにも興味を引かれるものがある。

本章は、新たに採集した後醍醐天皇にまつわる口頭伝承や縁起類の検討を通して、新見市大佐周辺の人々の間で語り継がれてきた後醍醐天皇伝説の一側面を考察することを目的とする。(5)

Ⅰ　大佐大井野の後醍醐伝説

では、具体的な事例をみながら大佐周辺の後醍醐天皇伝説の語りの実際を検討してみることとする。大佐の後醍醐天皇伝説は、大佐大井野地区周辺の伝説と大佐君山地区周辺の伝説にさらに細分することができる。話型としては、地名や事物の由来と結び付けて語られるものと、天皇の不思議な力を語るものとに大きく分けることができる。まず、大佐大井野地区周辺の伝説から検討してみる。

〈事例1〉「大井野（王居野）、御所原」

大井野いうのが、やはり、後醍醐天皇に、王様の王ですわ。オオイノは井戸の井じゃない、居るいう字ですわ、元は。野は野原。王様の居った所じゃと。後醍醐天皇にまつわる名前だということが、いわれとる。せえからまあ、一説には、学校の下（しも）の方へ大きな池があって、池の形がなんぼか、あの、沼地です。私らの小さい時にはあって、今でもまあ、一つの、一メートル区画位の、まあないでしょうかなあ。池が、残っとるはずですが。まあそういうような、とこで、井戸の大きな、いう所じゃいう名前が、現在に至っとる。大体元は、王居野いう、王様の居った所じゃいう。御所原は、御所ヶ原いうのが、元です。せえで、御所原（ごしょはら）御所原で、今頃は、いっておる。やはりそりゃあ後醍醐天皇に、まつわることで。今は御所原いう。ここにあるのが、御飯石（ごはんいし）。へえから御飯石いうのが、甘蕨に関係する。(6)

〈事例1〉では、大井野と御所原という地名の由来を語っている。大井野という地名は、王様の居った野という意味で、元は王様の王と居住の居という字を用いて「王居野」と表記されていたが、後に、村の中央に大きな井戸があることから大きな井戸の野と書くようになったということである。『阿哲郡誌　上巻』「上刑部村」の項にも「本村は往昔の刑部郷に属す。正徳三年（原田註・一七一三）山奥村を置き、寛永五年（原田註・一六二八）初めて大井野村と称す。後醍醐天皇隠岐御遷幸の途次、本村の御所原に休らはせ給ひしとて、王居野と書きしものを、後村の中央に大なる井ありしより大井野と称するに至りしといふ」(7)と記されていることから、そのような伝承が昔から存在していたことがうかがえる。御所原（ごしょはら）という地名は、元は御所ヶ原と称されたそうであるが、今、そこには後醍醐神社（口絵表）があり、神社の下の広場には御飯石（ごはんせき）という長方形の石がある。この御飯石にまつわるものとして、次のような話が伝承されている。

大佐大井野の後醍醐神社

〈事例2〉「甘蔗」

後醍醐天皇がなあ、追われてなあ、隠岐の島に流された時に追われてここへ来ちゃったんだ。ここへなあ。せえであそこへ大きな池があろう、あれは前に細せえなあ、あそこへお藤いうお婆さんがおったんじゃ。それの使い池だったんじゃ、こまい。それを今度、大きゅうしてなあ、大きゅうしたんじゃが。せえで、そのお藤お婆さんのとこで、食事されたんじゃ。そのお婆さんがなあ、こんな薪(たきぎ)の上へなあ、こまい束を一把(わ)採ってきて置いとったんじゃ。それをなあ、囲炉裏——昔は囲炉裏じゃったけんなあ——せで囲炉裏ぃ、その団子焼いちゃったんじゃそうな。天皇さんが腹が細いけえ、

「婆や、あのおいしそうな団子くれんか」言うて。せえからあの、出したら「こりゃおいしいのう」言うて食べちゃったんだそうな。せえで食べ食べ、「角の枝木の上にあんた、青い、柔らかそうなもんがあるがあれを煮て食べさせてくれんか」言うちゃったいうて。

「そりゃ煮て食べさせてあげるけどなあ、これは、ゆがかにゃな、ゆがかにゃぁにごうて食べられません」言うたんじゃ。そしたらなあ、天皇さんが、

「大事ないけえ煮てくれえ」言うちゃった。へえから婆も素直に、それを煮て出いたんじゃ。すぐ切って入れて、出したら、

「婆こりゃにがいもんかやあ。にがいこたあなあで、食べてみい」言うちゃったいうて。食べたら本当、にごうなかった。

「不便なもんだなあ。それはほんならなあ、皆してやりゃあええけど、皆してやりようがないから、これを採った場(じょう)だけなあ、ええたい、ゆがかんでもなあ、食べれるようにしてやるけんなあ」言うて、そこで座って言う

ちゃっただけ。それのにそこへ、こがあななあ、ほんのこんな場のようなとこへ、生えて。外へ、ちょっとここへ外へ生えとっても、生え違うの。せえで、これが外へ出りゃあ違うのが出るし、外から内へ入ってそっから出てもそりゃまた違うん。利口な婆さんだったらしいで。池のほとりいなあ、住んどっちゃったんだそうな。こっちの方になあ。

せえじゃけえこの、大井野いうとこにゃなあ、藤猫は昔は飼われん言うとった。せえで名前、藤と名の付くものは全然。人間でもへじゃけえ藤いう名の人は一人もおらんで。よそから来ちゃった人でも、藤いう名は、名前を変えてなあ、おってじゃけえ。大体、大井野一体は。昔からなあ。それでその、お藤婆さんがどうようなって、死んだんかそこのとこはわからんけどなあ。

蕨採ったのがそこの奥だけどなあ。ついそこのとこだけどなあ。今あ、林、杉植えとるけんなあ。生えんけえなあ。

採って帰っとったのをなあ、普通の蕨だったんで、それはなあ。普通の蕨でゆがかにゃいけん蕨だったんじゃ。それを採って戻ってなあ、婆さんが枝木の上へ置いとったんじゃそうな。それを煮て食べさしてくれえ言うてじゃから、それを煮て出したらそういうて言うちゃったいうて。「にがいことあない、おいしいぞ、婆、食べてみい」いうて言うちゃったいうてなあ。せえから食べてみたら本当ににごうなかったいうて。せえで、甘蕨いう名ぁ付けちゃった。

そりゃあなあ、その木が大きゅうならんうちにゃあなあ、採りょうた。行って。よけいも生えんけどなあ。生えたの行って採りゃあなあ、普通の蕨の、白れぇ粉がふいとるんじゃ、蕨いうものは。あんたら知っとるか知っとってないか知らんけどなあ。それがなあ、その蕨にゃあ粉が無ぁの。すべっとして青い黄色ぃの。せえじゃけえようわかりょうた。せえじゃけえなあ、昔ゃああの、護符にでもなるいうてよそから護符に採りに来ようたそうだよ、おこりが落ちるいうて。護符にするいうてなあ。昔はよその方から採りに来ようたと。どうして飲むんか、まあ煮て飲むんかどういうにかまあ、そのなあ、薬になるんか、何が治るいうとこでその、来ょうたんだそうな。

その団子をなあ、そこへ入って団子をもろうて、それを食べ食べ、へえで、それを煮てもろうてその団子とその蕨を煮てもろうたのを食べたんじゃ。せえで、

「これは婆、えりゃあおいしい団子だなあ。何というもんなら」いうて言うちゃったいうてなあ。せえから婆さんがなあ、

「時は浮き世いうもんです」言うたいうて。せえから今度はあの、隠岐の島へ行ってからなあ、病気しちゃったんじゃそうな。天皇さんがなあ。そうしたらあの、ここはなあ、大井野じゃあなあ大野原いう所じゃった。昔はな。せえで、大野原じゃああんまり何が高いけえなあ、井の字を入れてなあ、野原の野を入れて大井野にしてやるけえ言うちゃったいうて。せえであそこの御飯石(ごはんせき)さん見てならこがあに井の字をこう書いてある。今頃は埋まっとるかどんなか知らんけどなあ。あの、垣をしてあった中に石があったろう。あれが、あそこで御飯を食べちゃった。あれが御飯石さん。あの石の上で御飯食べちゃった。それを食べちゃった。せえで、

「大井野で食べたなあ、時は浮き世をもういっぺん食べたい」言うちゃったいうてなあ。へえから家来がここへ、来たんだそうな。そうしたら、婆が、

「申し訳ないことを言いました。時は浮き世いうのは嘘です」言うて。昔はこうして臼をひいてなあ、臼の下へ出る糠(ぬか)だったんじゃ。それの団子だったんじゃ。せえで、「臼糠団子だけどなあ、この貴いお方がなあ、食べられるいうのが時が浮き世ならこそこれでも食べてんだ思うたけえ時は浮き世言うたんだ」と。利口な婆さんだったろ

う。昔な。「申し訳ありません」言うて断りしたいうて。へえじゃけえこの大井野いう所はあれやで、いわくのある所で。天皇さんやなあ。今頃は神も仏も、若い者は、粗末にするけど、昔はとてもとても。[8]

〈事例3〉「甘蕨」

あの蕨いうのを知っとられますかなあ。後醍醐天皇が来られた時にそのう、お婆さんいう人がおられたそうですよ。その人がその、蕨を採って来るからいうことで、蕨を採ってそのお婆さんは来たんです。まあいがく（註・ゆがく）いうことを聞いとってんかなあ。蕨を採って来たらにがいでしょう。あれ灰汁出しするいうんかな。それをせんでもいいからいうことで、へえであの、灰汁を出さん蕨があることは聞いとるんですけどね。この大井野で。それは囲炉裏の場（じょう）なんですけど、へえでいがかんでもええいうことは聞いとるんですけどね。今林になってそれがないんですけど、その蕨いうものは。この、土地はありますけど。へじゃけえそのお婆さんが折った蕨いうたらほんの囲炉裏の間ぐらいのもんでしょう。昔の、囲炉裏を知っとってかなあ四角な。あのくらいの大きさのおかた場（じょう）じゃないですかなあ。へえでその蕨を、いがくいいますけどねえ、その灰汁出す炭酸を入れてするだけど、それをせんでもいいいうことで、ねえ。そういうて、後醍醐天皇が言われたいうことはちょっとは。だいたいは、いがかにゃあにがいでしょう。炭酸を入れてちょっと湯をかけて、するんですがそれをせずに食べられたいうことなんでしょう。そのまあ後醍醐天皇が採られた時にね。甘蕨いうことを言うんですけどな。山がありますよ、実際に。土地はあります。そのかわり今は、檜（ひのき）かな杉かな、植えてあるんですけど。現地はありますけど、蕨は実際生えませんわな、杉の下ですけえな。あれは甘蕨いうとこなんですけどね。私が嫁に来た（昭和）二十九年頃は何も植えてなかったんですけどね。いつごろ植えられたもんかはどうも私も詳しゅうはわかりませんけど。[9]

〈事例2〉と〈事例3〉は、後醍醐天皇が蕨の灰汁を抜いてくれたので、それ以来、そこに生えている蕨は苦くなくなったという由来を語る「甘蕨」の伝説である。この話は、大井野の後醍醐天皇伝説では最もよく聞くことができる話であるが、通常は、〈事例3〉のように後醍醐天皇が蕨の灰汁を抜いてくれたエピソードを比較的簡略に語るものが多い。〈事例2〉のように天皇とお藤婆さんとの会話を交えて、団子と蕨を天皇が御飯石の所で食したと詳細に語られるものは珍しい。甘蕨の伝説は、他の地域では弘法大師や武田信玄などが灰汁を抜いたとされているように、歴史上有名な人物と関連付けて語られている。大佐町大井野では、実際に「甘蕨」という地名があり、近年までそこに苦くない蕨が生えていたそうである。実際に自分も食べてみたが、確かに苦くなかったという話も複数の人から聞くことができた。〈事例1〉の後半部分に語られているように、かつてはおこりが落ちるといって護符としてよそから採りに来る人もあったそうである。現在はそこに杉が植えられてしまったため、生えなくなって残念だと多くの人が語っていた。

〈事例4〉「御飯石」

今も、後醍醐天皇の下に池がありますわなあ。あの根際(ねき)ぃ垣ぃして、御飯石(ごはんせき)いうて、石ぃ垣しとりましょう。あれん中に石がある。あれへ茶碗の跡と箸の跡がある。せえであがぁして、囲うてなあ、保存してあるわけですわ。線が入っとるのが箸で、茶碗の跡はええしこうわからんけどなあ、ちょっと、あるなぁあるんだけど。(10)

〈事例4〉は、大井野御所原というところに今もある御飯石について語ったものである。〈事例1〉と〈事例2〉の後半部分にも語られているように、天皇がこの石の上で御飯を食べたので御飯石と呼ばれるようになったという。〈事例4〉で、石には茶碗の跡と箸の跡があると語られているが、実際にその石を見てみると、確かに石の表面に茶碗や箸の跡のように見える何本かの線が彫ってあった。この線がいつの時代に彫られたものかは不明で、線を彫った由来を知っている人もいないし、記録も存在していない。現在、この御飯石のある場所は、「大井野御所原公園」として奇麗に整備されており、御飯石も低い柵で囲まれている。宝暦三年（一七五三）成立の『備中集成志』には、後醍醐天皇が隠岐に遷幸した時に御輿を止めたことを述べ、「今碁盤石トテ御輿休之旧跡有。亦奇妙ノ蕨出生。当地ニ後醍醐大明神ト奉レ崇社頭有。于今祭典虧ル事ナシ」[11]と記されている。このことから、少なくとも宝暦三年以前から後醍醐神社があり、祭典が行われ、「甘蕨」が生えていたことがわかる。問題となるのが、『備中集成志』に「碁盤石トテ御輿休之旧跡有」とあり、「御飯石」と記していない点である。また、嘉永六年（一八五三）頃に成立したと推定されている『備中誌』には、「『(備中)集成志』に元弘の頃　後醍醐帝隠岐国へ遷幸の時此地に御輿を止め奉りし処今に碁盤石とて其跡有り。／後醍醐大明神　一条殿石　二条殿石　吉田殿屋敷／御所山蕨　産物大わらび湯をかけず直煮にて用ゆ」[12]と記してある。これにも「碁盤石」のことは記されているが、「御飯石」の名は出てこず、別に一条殿石や二条殿石という石があったことが述べてある。現在、大井野地区には御飯石しかなく、碁盤石も一条殿石や二条殿石も存在していないが、これは何を意味しているのであろうか。

大井野の御飯石

　幸いなことに、これらの石をめぐる問題を解くてがかりとなる文献が存在する。それは、近世末期頃に成立したと推定される『後醍醐天皇縁記写（起カ）』（109頁～に全文の翻刻を掲げた）である。この縁起の冒頭には「備中国阿賀郡王居野村ノ内御所原ニ御鎮坐マシマス後醍醐天皇幷御飯石、末社狼宮ノ縁記ヲ委ク奉(レ)尋ニ」とあり、石に関しては「又傍ニ御飯石有リ。是ハ其時帝君御飯石ニ御腰ヲ被(レ)懸御飯ヲ為(二)被(レ)食、上謂ヲ以テ末世ニ御飯石ト云ナリ。亦御盤石ト云事ハ此処ニ御逗留有テ御徒然ノ余リ小石ヲ拾ヒ黒白ニ色ヲ付碁盤石ニテ碁ヲ打テ御慰給シ謂ニ依テ碁盤石ト云ナリ。今ニ結垣ノ内ニ祝祭ル也。(13)」と記されている。一見すると、この地に「御飯石」と「碁盤石」の二つの石があったようにも読めるが、冒頭部分に「御所原ニ御鎮坐マシマス後醍醐天皇幷御飯石」とあり、御飯石の説明の後にすぐ続けて「亦御盤石ト云事ハ」と記し、さらに「今ニ結垣ノ内ニ祝祭ル也」とあることから、この縁起は「御飯石」には「碁盤石」という別称があることを説明しようとしていることがわかる。現在、「大井野御所原公園」にある「御飯石」は表面が平らな長方形の石であるから、確かに「碁盤」代わりに使用することも可能である。このことから、近世末期頃には、この石の上で帝が御飯を食べ、さらに、小石を拾って黒白に色を付けて碁を打ったという伝承があり、「御飯石」を「碁盤石」とも称していたと推定される。したがって、『備中集成志』などの近世の文献に「碁盤石」と記されているのは、今の「御飯石」のこととみてよいであろう。

ただし、『備中誌』にある「一条殿石」「二条殿石」のことはよくわからない。昭和四年（一九二九）発行の『阿哲郡誌　上巻』に、『備中記』という書に「御輿石・一条殿石・二条殿石」とあるが「されど其石は伝はらず(14)」と記されていることから、昭和の初期頃にはすでに一条殿石や二条殿石がなくなっていたことがわかる（『備中記』にいう「御輿石」は、『備中集成志』に「碁盤石トテ御輿休之旧跡有」とあることから類推すると、「碁盤石」すなわち「御飯石」の別称の一つではないかと考えられる）。これらの石について土地で調査してみたが、「一条殿石」「二条殿石」に関しては、そのような石の名を聞いた人さえ存在しなかった。興味深いのは、現在では「一条殿石」「二条殿石」

のみならず「碁盤石」の名を聞いた人までもいない点である。確実に伝承は衰退してきているようである。

〈事例5〉「血を吸わないヒル」

あの、蛭（ヒル）いうものを知っとられますか。あれは、血を吸わないいうことですよ、下組（しもぐみ）では。今はまあ薬をしますからヒルいうものはおらんのですけど。それは、天皇さんが口を封じとるいうて聞きましたで。封じるいうたら、早う言やあ、かまないいう意味かな。せえで下組の田んぼのヒルは食いつかんのじゃいうこと。下組だけよ。へで中組（なかぐみ）や上組（かみぐみ）行ったら、ヒルが食いつくんじゃいうて。あの刑部（おさかべ）の方へ行ったら、こうして血い出しょうる人がおってでしょう、田ごしらえに行った時に。それが、下組のヒルは、天皇さんが封じたいうてから。吸い付くなあ吸い付く。まあ、今頃は、全然ヒルいうものが、今、薬をするでしょう、おらんのですけど、昔はその、吸い付っとい ても、血が出んですわな。ただ吸い付くいうだけで、食い付かんいうんかな、まあ口を封じてありゃあ食い付かん。下組だけいうことを聞いたんですけど。中や上組行きゃあ食い付くんですいうて。[15]

〈事例5〉は、後醍醐天皇が口を封じたので下組ではヒルが血を吸わないという話である。〈事例2〉〈事例3〉の甘蕨と同様に、後醍醐天皇に不思議な力があったことを述べようとした伝説といえよう。

大井野地区は、北方から順に上組・中組・下組に別れている。上組と中組の氏子が八幡神社（中組に鎮座）の祭事を受け持ち、下組の氏子一五軒が後醍醐神社（下組に鎮座）の祭事を受け持っている。かつて、八幡神社の夏祭りは旧暦六月一日に、秋祭りは旧暦九月十五日に行われ、後醍醐神社の夏祭りは旧暦六月二十一日に、秋祭りは旧暦九月二十一日に行われていた。しかし、昭和の末頃から、八幡神社と後醍醐神社の秋祭りを合同で新暦十月の第四日曜日に行うようになったということである。

昔、下組は一六軒あったそうで、四軒で一年当屋を受け持ち、四年に一回当屋が回ってくるという。筆者は平成十一年（一九九九）十月三十一日に実施された後醍醐神社の秋祭りを見に行った。午後一時半頃、神社に氏子の人々が自家用車で集まり始め、二十数人集まった午後二時頃神輿（みこし）倉より神輿が出された。戸部宮司による祝詞と話の後、本殿に神輿がつけられ、人々が神輿を担いで急な石段を降り、御飯石のある大井野御所原公園の広場まで移動した。広場には八幡神社の神輿も来ており、二つの神輿の前で祝詞が上げられた（これは、二つの神社が合同で秋祭りを行うようになってからとのことである）。この時点で三十数名集まっていた。祝詞が終わると神輿をそれぞれトラックの荷台に乗せ、トラックで集落を走り回り、午後五時頃神社に到着。後、約一時間本殿で飲食して終わる（ただし、当屋四軒と宮司さんはその後当屋に行って飲食し、遅くとも十時頃までには終わるということである）。土地の人が集まっただけのこじんまりした祭りであったが、かつては多くの人が遠くからも集まってきて、屋台も四、五軒来たそうである。近年は各地の祭りで、人手不足から神輿がトラックの荷台に乗せられるようになってきているが、大井野地区でも同様の状況であった。

祭事の状況をみてもわかるように、後醍醐神社は大井野地区の中でも特に下組の氏子の人々により守られてきた。このことから、〈事例5〉のように、上組や中組ではヒルが血を吸うが、下組ではヒルが血を吸わないという伝承が生じることになったのであろう。単に後醍醐神社が距離的に近いので霊験が現れやすいと捉えられてきた面もあるかもしれないが、下組で特に霊験が現れやすいとされる点には、祭事を担ってきた下組の人々の心意が反映しているとみてよいように思われる。

〈事例6〉「お藤池」

そのお婆さんが使う池だった。使うなあ、洗い物したりする池だった。お藤池いうて。それで今の大きい池になったのは、今七十何年なって、私がここへ来てからの、そのお藤さんの池をこう、こっちこっちこっちこっち大きゅうしてなあ。せえで、大きゅうなったんだけどなあ、池が。七十何年前は、小さかった。私がここへ来てから、何だけえ。まだ七十一年か二年か位になるだけで、あの大きな池になったのは。池を大きゅうしい出たのは、知っとるんだけえなあ。（池を大きくする）前は（今の）半分もあらへん。こまい。私が（嫁に）来た当分だけえ、そないな池があるゆうこたあ知らなんだんじゃけ。してから、あそこへお藤さんの池が、お藤婆さんの池があって、その池を大きゅうするんじゃいうて、聞いただけでなあ。まんだ、嫁に来る時はあんた、そがんとこの方までひょろひょろ行って、何が何やらわからへんけえ。今頃の嫁さんのようにゃあねえ、昔の嫁はあんたぁ、お舅さんの言うように、はけにゃあできんもん。[16]

大井野のお藤池

〈事例6〉の「お藤池」は、御飯石のすぐ近くにある小さい池である。後醍醐天皇に蕨を差し上げたお婆さんの名前がお藤だったそうで、その池はそのお藤婆さんが使う池だったのでお藤池と呼ばれているそうである。この話を聞いた平成十一年（一九九九）時点で満九〇歳であった〈事例6〉の話者が、大正十五年（一九二六）に大井野に嫁に来てまもなく池が倍以上に拡張されたという。このお藤池に関しては、『阿哲郡

誌　下巻』「甘蕨」の項に「大正十五年東宮殿下本県行啓記念として御飯石の滸(ほと)りに池を掘り、名づけておふじ池といひ、辺りを劃して後醍醐神社の神苑とせり[17]」とあるから、大正十五年に東宮殿下岡山県行啓記念としてお藤池を倍以上に拡張し、御飯石周辺を「後醍醐神社御神苑」として整備したらしいことがわかる（その後、神苑は平成二年〈一九九〇〉に再整備され、現在は「大井野御所原公園」となっている）。しかし、それから百年近くたった今では、お藤池が拡張されたことを知っている人はほとんどいない。このお婆さんの名前がお藤だったということから、大井野地区では藤という名前を付けてはいけないとされ、よそから嫁に来た人が藤という名であったなら名前を変えたそうである。また、蕨を後醍醐天皇に差し上げたのは、お藤というお婆さんと夫の「余市」というお爺さんだったという伝承もあり、大井野地区では「お藤」とともに「余市」という名も付けないという[18]。

〈事例7〉「狼さん」

へえであの、したぐらさんが狼さんじゃけえなあ。へじゃけえ昔ははやり病がついたらなあ、みんなあの狼様を迎えて、帰って、しょうたんでなあ。あれがしたぐらさん。天皇さんの、まあ、召使い。魔の物が荒らいてなあ、作物を荒らいていけんけえ、せえで何したら、狼さん自分じゃあどうにもならんけえなあ、ありゃあ隠岐かなあ、隠岐から迎えたんかなあ狼さん。隠岐にゃあ狼さんがおるけえ。狼神社いうのがあるけえそっから勧請しとる。「そっからなあ、勧請して来い。自分が召使い、まあ召使いのようなもんだ、家来だなあ。家来にして自分が何してやるけえ」いうて（後醍醐天皇が）言うちゃったいうて。せえでそっから勧請して戻ってここへ。（狼さんは）古い古いそりゃあ。そりゃあ何年か年数は知らんけれどがその、足利尊氏かなあ、あれに追われてここへ、あの、あっちこっち来ちゃった。ここを通って隠岐の島へ行っちゃったんだけどが。そうじゃけえだいぶなあ、狼さんもだいぶ働いたったんじゃ。こないしてあっこへこうして狼さんがおってんだろう。あれは今、脚が一本のう、細うなってちびて折れたん。ちびるわきゃぁないでしょうあっこへちゃぁんとこうしておるだけなのに。それが不思議とそれがちびてなあ。せえから代えてあげたんじゃ三本脚になっちゃったけえ。いっつもあのしものひらになあ、こがあなまぁりい（丸い）くぐり穴があるでしょう。戦争時分にはなあ、あれえずうっとなあ、狼様がまわってじゃけえ、あかだまがあの穴へ付きよったんじゃなあ。せえでうちらの子らあでも、兵隊じゃあのうても、学徒で兵隊と一緒におったんだけどな、へえでも向こうらで敵の玉をくぐって三人おって両ひらへおったんだそうだけど、両ひらへおってもこれ真ん中へおって結局これ一人まめに戻ったんで。せえで、うちの分家があのかみへ分家がある。その分家の親父もなあ、戦争のたんびに出て行ったけどなあ、狼様のお守りをいただいて、後醍醐天皇のお守りをいただいて、その何を、窓をくぐった、なかなかあの窓にくぐった毛がいただけんのんじゃ。狼さんなあ。それをいただいて、送ってやった。あの送ってやったのは、皆元気で戻ったで。それだけ、あらたかな神さんじゃあるんで。(19)

狼神社のくぐり穴（社殿の横壁に開いた丸い穴）

〈事例7〉は、後醍醐神社の本殿に向かって右側にある狼神社（口絵裏）という小さな社の由来を語ったものである。ここの狼神社の狼さんは隠岐の狼神社から勧請したもので、後醍醐天皇の家来であるという。後醍醐神社の狼さんは霊験があらたかなことで有名で、大井野地区の人から話を聞くと、昔、夜道を守ってくれたとか、戦争で命を守ってくれたなどという不思議な話を多く聞くことができる。『後醍醐天皇縁記写』は、村の童子が「碁盤石」を動かしたところ、たちまち数万の狼が現れてほえたという故事を紹介し、「此狼ハ後醍醐帝ノ御供シテ隠岐国ヨリ来シ狼ナリ。因茲、今ニ至テ末社狼大明神ト号ス」と記している。(20) 後醍醐神社末社の狼神社では狛犬の代わりに二匹の狼が据えられており、後醍

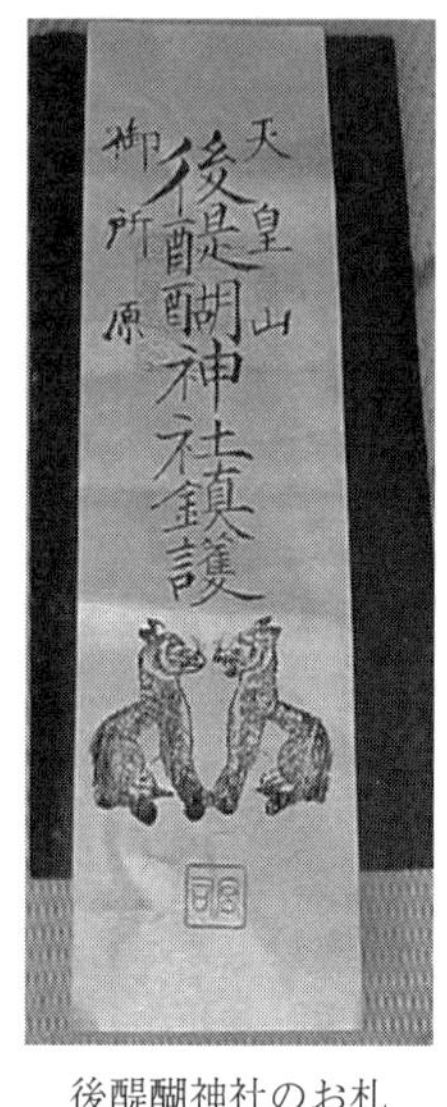

後醍醐神社のお札

醐神社のお札にも向かい合った二匹の狼が描かれている。狼は全国的には山の神の使者神として広く信仰された。狼を祀る神社は岡山県内でもいくつかある。津山市桑上の貴布弥(きぶね)神社の末社である奥御前(おくみさき)社は狼を祀り、俗に狼様と呼ばれ、信者は岡山・鳥取・島根の三県にいるという。(21) また、高梁市津川町今津の木野山神社の末社山宮でも狼を祀っている。(22) 狼を祀る社には、供物として塩を供えること、社殿の裏に狼の出入りする穴が開けてあるなど、いくつかの特徴がある。後醍醐神社の末社の狼神社でも、供物として塩を供え、社殿の横に狼の出入りする穴が開けてある。後醍醐神社の狼神社では、今でも時々その穴に狼がくぐって付着した毛が付くそうで、それをお守りとすると特に霊験があらたかだといわれている。

〈事例8〉「犬が飼えないわけ」

せえから、犬が飼われんいうことは聞いとります。犬が、荒くなるいうんかな。下組は犬ぅ飼われんのですいうて。犬は、いい犬でも荒うなるいうんかな、気が荒うなるいうてええか。ほじゃけえ下組じゃあ飼う人もおってですけど。私も犬を飼うとったんですけどね、へでも二年でも飼うたんか、飼うてみたけど、どえりゃあ逃げようと

するんですよ。まあうちらの方は天皇さんが近いでしょう、へえでいけんのかなあ思うて思うたんですけえど、おりにくいいうんかな。ものすごう、逃げようと逃げようとするんですよ。せえからそれぎり鎖を切って逃げたまんままあ構わなんだですけど。まあ飼う人も二軒ほどおってんですけどね、下組で。うちらのようにねき（根際）でないでしょう。犬も気が荒くなるいうことは聞いたんです。だけえ天皇さんが嫌ういうか、まあそれはわかりませんよ。下組は犬ぅ飼われんいうことは聞いとるんですけど、それが天皇さんに関してか、狼さんに対してのかはわかりません。気が荒くなるいうことは聞いとるんですけど。私も飼うてみたけど、ようじっとしとらんですね、犬そのもんが。天皇さんのねきで、まあおりにくいですわなあ、動物でみたら。物は言わんですけど。あれで私ら思うたんですけどね、犬ぅ嫌ういうことを聞いて、そうじゃろうなあ思うて。ものすご逃げようとして。へえから大体犬にもな、逃げたら帰ってくるもんでしょう。全然帰って来なんだ。鎖切って逃げたまま。私らも、捜しもませなんだですけど。おりにくかったんでしょうな、犬そのもんでみたら。[23]

〈事例8〉は、大井野下組では犬の気が荒くなるため飼えないという話である。後醍醐神社から近ければ近いほど気が荒くなるという。〈事例8〉の話者は、犬の気が荒くなることについて、天皇さんが嫌うのか狼さんが嫌うのかわからないと語っているが、後醍醐神社の守護神が狼であることや、〈事例7〉に狼神社の横に開けてある穴に今でも時々狼がくぐって付着した毛が付くと語られていることなどからもわかるように、大井野地区では通常、犬が荒くなる原因は「狼さん」によるものと思われているようである。昔は犬を全く飼わなかったそうであるが、最近は飼う家も一、二軒あるという。しかし、やはりなぜか気が荒くなってしまうとのことであった。後醍醐神社の霊験に関しては、『後醍醐天皇縁記写』に「神光新ノ事ハ、先猪鹿ヲ御防、又疫病或ハ鳥獣ハ勿論、諸災ヲ防禦シ給フ。難(レ)有御事ナリ。[24]」と記されている。このうち、猪や鹿などの獣の害を防いでくれるという点は、農作物を荒らす猪や鹿などを駆除してくれる益獣としての狼に対する信仰に基づくものとみられる。

〈事例9〉「骨接ぎ柳」

川端の方だったんだそうなけどなあ、柳があったんじゃそうな。せえで骨接ぎ柳いうてな。その柳でどうかすりゃあ骨がつきょうたんだろうなあ。骨接ぎ柳いうてな、あったんだそうな。あのう、明治十九年だいうたかなあ、あのう、大水になあ、その川端の、川のほとりぃなるけえ流れたんだそうなその柳は。

その柳でなあ、おおかた、添え木をすりゃあおおかた治りょうたんじゃろう。当て木をなあ、しょうたんだろう思うんじゃ。どがあことしょうたんか知らんけど。まあ骨接ぎ柳いうんだけえ、なんだろうけどなあ。それで、後醍醐天皇がそれをなさったんか、いうていうんだが。ちょうどお藤さんの、前だったんだけえなあ。(池の向こう側の)川べりの方になあ(柳があった)。せえでおおかた、骨接ぎ柳だいうてそれをすりゃあ、おおかた、蕨のように言うちゃったんじゃないか、何かなあ。せえでそれをすりゃあ治りょったんじゃないかなあ。今頃のように一にも二にも病院へ飛んで行くいうて医者がおらんけえなあ。色んなことをして、治ったらそれで治ったいうて言うんじゃろうじゃないかなあ、わからんけど。どげんことしようたんか、それも知らんけどなあ。まあ骨接ぎ柳があったいうこたあ、うん。(25)

〈事例9〉は、お藤池のすぐ向こう側に流れている大井野川の川端にあったという柳の木にまつわる伝説である。その柳の木は骨接ぎ柳と呼ばれていたそうである。明治十九年(一八八六)の大水で流されて今はないということであるが、かつてはそこに後醍醐天皇にまつわるという柳があり、それを利用して治療すると早く治癒するという伝説があったということである。ただし、この伝説を知っている人は少なく、筆者が調査した範囲では、〈事例9〉

の話者一人だけであった。〈事例6〉で大正十五年（一九二六）にお藤池が拡張されるのを実際に見たことを語っているように、明治四十二年（一九〇九）生まれのこの話者だけが知っている事柄は多い。このことから、かつて骨接ぎ柳の伝説が大井野地区で広く語られていた可能性は高いのではないかと考えられる。明治十九年というと、この話者が生まれる二三年前になるから、話者が百年近く前にここにお嫁に来た頃にはその柳を知る人々がいたが、柳そのものが大水で流されてなくなってしまったため、この骨接ぎ柳の伝説は土地の人々から忘れられてしまったものと推定される。

〈事例10〉「経塚」

その時に、付いて、後醍醐天皇の付き添いに女が付き添いをしとったんが死んだのが、そこへあっこへ木があるでしょう、大きな木が、杉がついそこへ。あれが、経塚いう所。それが、それの付き添いに来とったお婆さんが死んだのをここへ祀ったいう話がある。そういう話は聞いたけど。せえでまあ、お寺の和尚（おっ）さんにこうに聞いたら、「そりゃぁあっかあ、まあそりゃあそう、そのお婆さんを埋めとるかもしれんけど、大体経塚いうとかぁえっとあるらしいが、あっちこっち。経塚にゃあ経本か刀を埋めて祀ってあるもんだ」いうことをお寺の和尚さんは言われた。うん。わしが聞いたにゃあ、そのお婆さんが、付き添いで歩きょうたんが、ちょうどその時死んで、あっこへ埋めたんじゃ。せだからあの経塚の下へ行ってなあ、まっすぐ見りゃあ、天皇さんの今の後醍醐天皇がほん真向かいに見えますわなあ。真正面へ、ずうっと。いうことは聞いとるけど、そりゃあまあちょっとの話でなあ。わしらもちょっと年寄りから聞いた話ですけえわかりませんけどなあ、そりゃあ。

それが本当か嘘かはわからんなあ、どうも。あっこはなあ、あれなんじゃあ。杉の下へ宮をしとるけどなあ、こうまい（小さい）小宮を。あの大きな杉へ。あの杉はそりゃあ、根際ぃ行ったらもう、大きなもんだ。天皇さんの杉たあ大きいような。後醍醐天皇の杉たあ大きい位の杉。(26)

〈事例10〉は、後醍醐天皇が大井野に来た時に、付き添いに来ていたお婆さんが死んだのでそこへ葬り、そこを経塚と呼んでいるという話である。その経塚は、後醍醐神社の向かい側の山のふもとに生えている巨大な杉の木の根元にあり、そこには小さい社が祀られているそうである。この話を知っている人は、筆者が調べた範囲では、この経塚の社を祭っている〈事例10〉の話者のみであることから、土地の伝説として広く知られた話柄とすることはできない。しかし、この経塚に、天皇の付き添いに来ていたお婆さんが亡くなって葬られているという伝承は興味深いものがある。

経塚は、経典を書写して後世に伝えるため経筒や経箱に入れて地中に埋納し、塚を築いたものをいう。経典のほか、仏像、仏具、装身具等も供養のために埋納された。日本では円仁（七九四〜八六四）が唐から伝えたとされ、平安時代から江戸時代まで行われた。新見市大佐においてもいくつかの経塚の存在が確認されていることから(27)、後醍醐神社の向かい側の山のふもとにあるこの塚が、経典等を埋納した経塚であっても不思議ではない。また、この塚に、いつの時代かそこで行き倒れた旅人のお婆さんが葬られたことがあった可能性も考えられる。おそらく、経塚についての伝承に、後醍醐天皇伝説が結び付いたものであろうと推定される。あるいは、この経塚にまつわる伝説も、〈事例9〉の骨接ぎ柳の伝説のように、かつて大井野地区で広く語られていたが次第に忘れられてゆき、この経塚の上の小社を個人の家で祀っている〈事例10〉の話者のみがかろうじて伝承してきた可能性もあるのではないかとも考えられ、注目される。

Ⅱ　大佐君山の後醍醐伝説

では次に、大佐君山地区周辺に伝承されている後醍醐天皇の伝説をみていく。

〈事例11〉「鳴かないカジカ」

カジカが、川でガアガアガアガア、ぬくうなると鳴くでしょう。あれが、ここへ天皇が泊まられて、「あれやかましい」言うたらせえから鳴かんようなって、それからこっちは、カジカは鳴かんのじゃと、これが。せえで、もし鳴けばまんが悪い。大体、ここでは、全然鳴かん。君山では大体、学校のへんからこっちは、大体。せえですけえ鳴かんですわ、大体。そういうて言われたいう話ですわ。今でも大体、わしも聞いたことがない。蛙のちいとやせたような格好したやつ。青いやつはここにおる。カジカは今の茶色のような色をしとりますけえな。あいつは、おるなああの、今こそ年寄りではあ行きませんけど、若い時はようガスランプ灯(とも)して、魚取りに行きょうりましたけどなあ、そんな時におるなあおる。あんまりそうあのう、根雨へんの日野川のほどはおりませんけど。たまにひょこひょこおるんですよ。普通の蛙よりやせた、格好しとりますけんなあ。まあ、聞いたことがないですわ、カジカが鳴く声は。根雨へんの日野川へ出ると、やかましゅうやりますけんなガウガウて、鳴きますけえ。(28)

〈事例11〉は、後醍醐天皇が君山に泊まられた時にカジカが鳴いてうるさいので、「あらやかましい」と言われると、それ以来君山地区ではカジカが鳴かなくなったという話である。これに関して、『後醍醐天皇縁記写』には、「弥生ノ末方」、天皇が君山の十二社権現に泊まられた時に蛙が鳴いてうるさいので「かはす啼たつ田の池の夕暮にきかましものは松風の音」と詠まれると数万の蛙が一時に鳴き止んだことを述べ、さらに「非常ノ草木サヘ大君ノ御心ニ叶フ也。（中略）末世ノ今ニ至ル迄蛙ノ鳴ヌ因縁ハ奇特ニモ又難㆑有御事也」(29)と記されている。〈事例11〉は、蛙の鳴き声さえ自由にできる後醍醐天皇の不思議な力を語ろうとしたものといえよう。この話柄は君山地区では最もよく聞くことができるものであるが、〈事例11〉のように特に「カジカ」だけが鳴かなくなったとカジカ蛙に特定して語られる場合と、単に「蛙」が鳴かなくなったと語られる場合とがある。

〈事例12〉「裸茅（ハダカの地名由来）」

ハダカというと、そこの熊野さん、お宮さんがあそこへありますが、あれからずっと入って、そこの私んとこへ流れて来とる谷川がそこへ。あれの源流の方が、ハダカいうとこです。地名が。この、あの場所へ橋ぃ掛けとるあの谷です。カタカナで、ハダカと書いてある。

ハダカいう名前は、茅（かや）。後醍醐天皇が飯食うか何かの時に、こう、そこらへんの茅取って箸にしたと。その茅をこう、むいたいうようなことから、袴（はかま）のない茅が生えとる。箸ぃするために茅の軸で箸にしたおりに、こう葉が袴になって付いとるでしょう。それをこうもいで、それを食べ終わってから土ぃ差した。そうしたらそう、袴のない茅が生えた。そういうようにまあ、聞いとりますけど(30)。

〈事例12〉は、君山の北方で天皇が食事をされた時、カヤを取って袴（はかま）をむいて箸にして、食べ終わってからそれを土に差すと、それ以来ハカマのないカヤが生えるようになり、食事をされたその場所がハダカと呼ばれるようになったというものである。〈事例12〉は、後醍醐天皇の不思議な力を語る話であるとともに、ハダカの地名由来となっている。

〈事例13〉「君山」

君山いう地名は、後醍醐天皇が泊まられて、その君は天皇の君を一字もろうて君山いう地名が付いたんじゃないかいうて、聞いとります。(31)

〈事例13〉は、天皇が当地に泊まられたことから君山という地名が付いたという地名由来となっている。『備中誌』に「抑此君山は後醍醐天皇のおわしまし、故にいふと里俗はいひ伝へたり(32)」とあり、『後醍醐天皇縁記写』にも「斯テ只一夜ノ御宿ヲ被(レ)成トモ此所ヲ君山ト云(33)」と記されていることから、少なくとも江戸時代末期頃から君山の地名由来が土地で語られていたことがわかる。

〈事例14〉「菅の爪痕」

これもウソかホントかようわからんのですが、菅(すげ)という、菅笠(すげがさ)編む草が、あるんですわ。あの、湿地帯に。それで、それへ持って行って、ちょっとこう、後醍醐天皇がつまれて、爪の痕が付いとるいうて。たくさんの中に、たまに、三日月形の印の付いたのがあるんですよ。根っこからちょっと、一〇センチほど上がったとこへねえ。それを後醍醐天皇がこうやられたんじゃいうて、私ら子どもの頃から聞いてきとるけど。これも、だげないうことですわ。ウソかホントかこれもわからん。(34)

〈事例14〉は、天皇がスゲに爪の痕を付けると、それ以来三日月形の印のついたスゲが生えるようになったという話である。後醍醐天皇の不思議な力を語るものであるが、この話は、君山では、弘法大師の爪痕として語られることもあるそうである。また、〈事例11〉「鳴かないカジカ」も、弘法大師が蛙を鳴かないようにさせたと語られることがあるようである。(35)ある話型に別の著名人の名前が入れ替えられて伝承されていく有様がうかがえ、注目される。

君山の熊野神社（十二社権現）

この他、君山のすぐ北の岡山県真庭郡新庄村二ツ橋に「逆栗（さかぐり）」があり、後醍醐天皇が栗の木の枝を折って逆さに差すと逆さに芽が出るようになったらしいという話を聞くことができた。しかし、この話は、新庄村では後鳥羽上皇の「しだれ栗」の伝説として語られており、今でもそこに何代目かの栗の木が生えている[36]。筆者が「逆栗」の話を聞いた話者は、後鳥羽上皇の「しだれ栗」を後醍醐天皇の伝説と混同したものと推定される。あるいは、〈事例11〉や〈事例14〉と同様に、ある話型に別の著名人の名前が入れ替えられて伝承される状況の一端を示す事例とも考えられ、興味深いものがある。

〈事例15〉「盗まれた熊野神社の名刀」

大工さんが、名刀があったんかなんかわからんけど、刀が中へあったのをはめ外しの細工をして大工さんが後からこっそり入って持って逃げたいうことは聞いとりますけどなあ。その剣（つるぎ）を、後醍醐天皇が置きなさったんか、誰かが奉納したかいうことは、聞いとらん。わからん。あれが、熊野さんができた時点で、奉納してあったんだろうと思うんですわ。後醍醐天皇が奉納されたんか、氏子が奉納したかいうことは全然わからんけど。どうも、話によれば、かなりのええ刀じゃったいうことですわ。せえで、宮大工さんが、戸をはめ外しのうまい細工をしてぇて、後からこそっと来て、それを外して、持って逃げた、いうことは聞いとりますけどな[37]。

〈事例15〉は、天皇が泊まったという伝承のある熊野神社（旧社名十二社権現）に奉納してあった名刀を、宮大工が細工をしてこっそり持って逃げたという話である。〈事例15〉の話者は、「その剣を、後醍醐天皇が置きなさったんか、誰かが奉納したかいうことは、聞いとらん。わからん。」と語っているが、『後醍醐天皇記写』に、元弘二年（一三三二）三月十五日に天皇が君山に来た時に「御剣を納め、十二社権限（現カ）と奉称、地名を君山と称す[38]」と記されているので、天皇が刀を十二社権現に奉納したという伝承があったらしいことがわかる。この天皇の刀に関しては、『後醍醐天皇縁記写』に「猶亦右宮殿ニ帝御横刀給御剣ヲ被(レ)為(ニ)忘置(一)於今ニ十二社権現ノ御宝ト奈利（ナリ）、則此宮殿ノ棟木ノ裏ニ彫込御宝ト奉(レ)崇[39]」と、さらに詳細に記されている。これによると、十二社権現に泊まった天皇は問題の刀を奉納したのではなく置き忘れたとされている。興味深いのは、その後、その刀を十二社権現の社殿の棟木の裏に彫り込め、御宝として崇めたという経緯が語られている点である。また、「今ニ十二社権現ノ御宝ト奈利（ナリ）」とあることから、『後醍醐天皇縁記写』が作成されたと推定される江戸時代末期にはまだこの刀が存在していたらしいことがわかる。〈事例15〉は、十二社権現の社殿の棟木の裏に彫り込めてあったこの天皇の刀を、その後、社殿の造営か修理か何かの際に宮大工が細工をしてこっそり持って逃げた事件がかつてあったらしいことを語る伝承のようである。「話によれば、かなりのええ刀じゃった」というその盗まれた刀がいつ奉納されたものかは今となってはわからないが、天皇が刀を奉納した（あるいは置き忘れた）という話が伝承され、比較的近年までその「後醍醐天皇の名刀」が君山の十二社権現にあったらしいということは、非常に興味深いものがある。

Ⅲ　大佐周辺の後醍醐伝説

大佐大井野地区や君山地区周辺に伝承されている後醍醐天皇の伝説はおおよそ以上のようなものであるが、次に、大佐周辺の後醍醐天皇伝説をみる。大佐君山の十二社権現で一泊した後、天皇は大井野に行って御所原で食事をした後、千屋（ちや）の休石で休憩したそうである。

〈事例16〉「千屋の休石」

せえから、千屋に、あの温泉の下（しも）の部落の中に、休石（やすみいし）いう所ですが、あそこへも、何か食事された茶碗の跡やら箸の跡があるいうことを聞きましたけどなあ。へえで天皇が休まれて、その石が休石いう名前が付いた。(40)

千屋の休石と後醍醐神社の小祠

〈事例16〉は、後醍醐天皇が休んだという千屋の「休石」のことを語っている。現在でも、新見市千屋の休石という集落に「休石」と称される大きな石が祀られており、それが天皇の休まれた石だといわれている。この石について『阿哲郡誌　上巻』の「休石」の項には「千屋村花見の伯耆街道に沿ひ、休石と称する部落あり。路傍の右側に長二間幅五尺余の盤石あり。伝へ曰ふ、後醍醐天皇隠岐御遷幸の時、御輿を此岩上に駐め給ひしと。依て石を休石と言ひ、遂に地名ともなれるなり。此所に小祠あり後醍醐神社と称し之を祭（祀）る。付近の地に入野、成地等の名あるも帝の通御に因みありと、古来里俗之を信ぜり」[41]と記されている。ここに述べられている後醍醐神社という小祠は「休石」のすぐ横に建ててある本当に小さなもので、旧村社であった大井野御所原にある後醍醐神社のように正式な社殿を持つものではない。また、ここにも記されているように、「入野」「成地」などの地名も後醍醐天皇にまつわるものだと言われている。『後醍醐天皇記写』には、天皇が花見村の休石で輿を休めた時に「夜は明地月は入野に身はなり地いつも花見のやすみ石かな」という歌を詠まれたと記されている[42]。

〈事例17〉「明地峠」

（御飯石で御飯を食べて）へえから花見の方へ歩いて行ったら、そこで夜が明けたいうて、やっぱり明地峠（あけちとうげ）いいますけどね。そこへ今トンネルが出来とるんですけど、それを越したら、根雨（ねう）いうとこへ出るんかな。明地峠、あっこへその後醍醐天皇が行ったら、そこで夜が明けたいうことでへえで明地峠いうことを聞いとりますけど[43]。

〈事例17〉は明地峠と名が付いた由来を語っている。土地の伝承では、千屋の休石で休憩された後、天皇は北方の峠に向かい、そのあたりで夜が明けたというので明地峠と名が付いたといわれている。そうして、後醍醐天皇は、明地峠から伯耆（鳥取県西部）に入り、さらに隠岐に向かったという。

〈事例16〉の休石は新見市北部にあるのであるが、後醍醐天皇に関する伝説は、新見市豊永の地名「赤馬（あこうま）」（天皇が乗っていたのが赤馬だった）、新見市草間の地名「馬繋（まつなぎ）」（天皇が馬をつないで休んだ）、新見市唐松の地名「位田（くらいだ）」（天皇が田に位を賜った）、新見市唐松の鍾乳洞「こおもり穴」（天皇がおこもりになった）、新見市唐松の岩「鞍掛け岩」（天皇が岩に馬の鞍を立て掛けて休んだ）など、新見市各地にも多数残っている。そのうちの一つに、新見市唐松字位田の「かいごもり祭り」がある。

備中国の奇祭として知られている「かいごもり祭り」は、岡山県新見市唐松字位田（小字皆籠）に鎮座していた国司神社の頭屋（当屋）祭りで、明治四十三年（一九一〇）に岩山神社（新見市唐松字宮組三三八六番地）に合祀されてからは、引き続き岩山神社で行われている。祭りは毎年旧暦正月の亥の日に行われ、新見市重要無形民俗文化財に指定されている。かつては、祭事が行われる山に神職一行が登る正午頃になると、唐松集落の住民は全戸が雨戸を閉めて宮、頭屋、各自の家などにこもり、外出も煙を出すことも音をたてることも禁止された。現在でも唐松地区の住民の多くが戸を閉めて宮、頭屋、各自の家などにこもり、外出も煙を出すことも音をたてることも控え、地区の小学校でも午前中で授業が打ち切られ児童を自宅に帰らせている。祭事の行われる弥山は現在でも年に一回神職が祭りの際に登るだけで、平素は誰も登らない聖地とされ、これを犯すと「タタリ」があるという。最近まで、祭事の内容も全く公開されない秘祭であった。祭りの起源は、元弘二年（一三三二）に後醍醐天皇が隠岐遷幸の際にこの地を通り、一時休息したことに由来するといわれている[44]。

このように、後醍醐天皇が通ったという伝説は岡山県の各地にあり、それに関して、途中での天皇奪還を恐れ、一行はいくつもに分かれて山陰越えをしたためという言い伝えまであり、興味深いものがある。

Ⅳ　『後醍醐天皇縁記写』と後醍醐伝説

大井野御所原の後醍醐神社は江戸時代末期に火災にあったそうで、関連する文書はほとんど焼失して残っていないが、明治期に転写されたと推定される縁起類が三種類ある（いずれも戸部氏蔵）。その一つが本稿で度々引用した『後醍醐天皇縁記写』である[45]。大佐町の後醍醐天皇伝説を解明するてがかりとなる記述が多くあるため、全文の翻刻をあげることとした（旧字体・異体字等は原則として通行の字体に改め、句読点を付した。なお、註記は丸括弧でくくった）。

■『後醍醐天皇縁記写』（翻刻　全文）

後醍醐天皇縁記写

備中国阿賀郡王居野村ノ内御所原仁御鎮坐摩志満須
後醍醐天皇并御飯石、末社狼宮乃縁記於委ク奉尋仁、
此御神者、天神七代地神五代人皇乃始メ神武天皇与利
九十五代乃帝、後醍醐天皇ト奉申。此帝波、則元応
元未歳仁御位仁為附給テ宝祚於知漏志食（シロシメシ）賜テ
四海遠雖（二）治給ト（一）爰仁百怨敵其元於尋仁北条時　」1オ
政ヨリ九代乃後胤相模入道高時、威勢奢リ天位モ
不恐増長而元応年中仁笠キ城ニテ三位局藤房卿
諸共仁囚擒給フテ終仁隠岐国ェ被流給テ三百七
十余日者籠鳥乃御苦ミ誠ニ無勿体次第也。其
後伯劢（耆カ）船上山ニ有臨幸、其時名和伯耆守長利
御味方奉申。又危時、長利方便ヲ巡シ暫ク御身乎
奉隠シ所奈利。其時王居野ヨリ壱里半北ハ備・作・伯
三ケ国ノ境ニ君山ト云在所有リ。長閑成ル春ノ日モ早　』1ウ

入相ニ奈利気留(ナリケル)。此村乃氏神者十二社権現ト申シテ則
有宮殿。此社ニ御止宿ヲ被遊ケル頃志毛(コロシモ)弥生乃末方、
田面ノ蛙乃鳴ク声頻也。然ル処、藤房卿嗚呼(ああ)姦敷
ノ蛙ト宣フ。君御取敢ニ不給御製

かはす啼たつ田の池の夕暮に
　きかましものは松風の音

被詠気留(ケル)。其時数万乃蛙一時ニ鳴キ止ケル。非常ノ草
木サヘ大君乃御心ニ叶フ也。無勿体毛、相模入道高 」2オ
時ハ君ヲ奉苦メ天罰ニテ正慶二年稲村ケ崎加多ト
云所ニテ新田義定(貞)、楠正成両将ニ被亡。北条時政ヨリ
九代乃栄花煙ト奈利気留社(ナリケルコソ)口惜ク次第也。斯テ
只一夜乃御宿ヲ被成トモ此所ヲ君山ト云。末世ノ今ニ
至ル迄蛙ノ鳴ヌ因縁ハ奇特ニモ又難有御事也。猶亦
右宮殿ニ帝御横刀給御剣於被為忘置於今ニ
十二社権現乃御宝ト奈利(ナリ)、則此宮殿ノ棟木乃裏ニ
彫込御宝止奉崇。扨其翌日ニモ成利気礼波(ナリケレハ)、王 』2ウ
居野ヘ社ソ(コ)附キ給フ山分ノ事奈礼波(ナレハ)夕乃御膳ヲ
差上度ト三位ノ局藤房卿ヲ始メ御近習ノ人々

支度仕給フ。其折蕨ヲ為持姥来ケル。其時君宣曰ク「其草ハ何ト云草ゾ」ト尋給エハ、姥答テ曰ク「此草ハ蕨ト申物ナレト灰汁ヲ入ユカヒテ後奈良テハ喰ハレ不申」ト語リケル。其時君宣曰ク「其儘喰ヨウニシテヤル」トノ勅依之於今其所ノ蕨ヲ甘蕨迚テ色毛違ヒユカカスニ其儘被喰ナリ。

又傍ニ御飯石有リ。是ハ其時帝君御飯石ニ御腰ヲ被懸御飯ヲ為被食、上謂於以テ末」(3オ)世ニ御飯石ト云奈利。

亦御盤石ト云事ハ此処ニ御逗留有テ御徒然ノ余リ小石ヲ拾ヒ黒白ニ色ヲ付碁盤石ニテ碁ヲ打テ御慰給シ謂ニ依テ碁盤石ト云ナリ。今ニ結垣ノ内ニ祝祭ル也。且ッ又此碁盤石ヲ為動ハ数万乃狼顕出。則猛虎ノ如吼ナリ。此狼」(3ウ)者後醍醐帝ノ御供シテ隠岐国ヨリ来シ狼奈利。因茲、今ニ至テ末社狼大明神ト号ス。其後君御情運開ケ再ヒ重祚御位ニ為附給テ建武元年ニ吉野ノ都ヘ御遷幸有テ其後暦応元年ニ崩御仕賜ト云々。

誠ニ御政徳新ナリ。然後享保年則其村童子
何弁モ無ク件ノ碁盤石ヲ動シケル。忽チ数万ノ狼顕
出、猛虎ノ如吼故、氏子中モ恐入。其時小野彦太夫ト
申者為本願ト、則両神主留部和泉守・地職筑前守、請待シテ祈侍ル　」4オ
所、忽然ト数万ノ狼治リケル。綺麗ノ神徳故同年
十天巳秋、御社殿ヲ始テ建立須。則碁盤石乃霊
ヲ御宮殿ェ奉遷。神光新ノ事ハ、先猪鹿ヲ御
防、又疫病或ハ鳥獣ハ勿論、諸災ヲ防禦シ給フ。
難有御事ナリ。因茲、後醍醐天皇縁記書如件。

詩有リ

四海一魚元応掌、後醍醐帝舎斯郷、漸辞隠
嶋凌防敵、強戦船峯配軍将、楠子智謀流　』4ウ
湊水、名和忠節満山岡、伝聞五百年前跡、朽
詒碁盤苔盛昌。　」5オ

この縁起は、代々後醍醐神社の宮司をしている戸部氏が所蔵しているものである。この縁起の末に、享保年間に村の童子が「碁盤石」を動かすとたちまち数万の狼が現れてほえたので、留部和泉守・地職筑前守両神主に祈ってもらったところ、忽然と治まった。そこで享保十年（一七二五）秋に初めて社殿を建立したと記されている点が注目される。後醍醐神社には、棟札が多数残っている。それらを調べると、最も古い棟札に、安永二年（一七七三）

に社殿を改修したことが記されていた。宝暦三年（一七五三）成立の『備中集成志』にすでに「後醍醐大明神」の社名が見えることから、享保十年に社殿を建立したというこの縁起の記事は、正しい建立年を示しているとみてよいのではないかと思われる。

縁起本文に、数万の狼が現れてほえるのを祈って治めたと記されている留部和泉守と地職筑前守両神主のうち、留部氏は現在大佐の大佐神社で神主をしている戸部宮司の祖先だということである。江戸末期から現在までの間に留部―冨部―戸部と改姓してきたそうで、実際、文化二年（一八〇五）の後醍醐神社の棟札に「留部」、君山の十二社権現の宝暦八年（一七五八）や弘化三年（一八四六）の棟札に「冨部」、明治二十二年（一八八九）の十二社権現の棟札に「戸部」の名が見える。

大佐神社

また、もう一方の地職（識）氏は、古老によれば戸部氏の前に神主をしていたというが、宝暦八年の十二社権現の棟札に「冨部」「地識」、文化二年の十二社権現の棟札に「冨部」「地識」、弘化三年の十二社権現の棟札に「冨部」「地職」の名が見えることから、かつては『後醍醐天皇縁記写』に記されているように留部氏と地職氏が共にこの地域の神主をしていたことがわかる。

この『後醍醐天皇縁記写』は、社殿を初めて建立したと記されている享保十年（一七二五）をさほど下らない頃に作成されたものと推定される。縁起末尾の漢詩に「伝聞五百年前跡」とある点も、江戸時代末期の成立をうかがわせる（単純に、後醍醐天皇隠岐遷幸の年である元弘二年〈一三三二〉から五百年後として計算すると一八三二年になる）。また、縁起に出てくる神主名が「留部和泉守・地職筑前守」と記されていることから、この縁起が作成されたのは留部氏と地職氏が共にこの地域で神主をし、かつ留部氏が「冨部」という表記になる前かとも推定される。ただし、留部氏の表記に関しては、宝暦八年（一七五八）の棟札に「冨部」と記された後、文化二年（一八〇五）の棟札に再度「留部」と記されているものがあるので、一七五〇年前後から一八〇〇年前後にかけて「留部」と「冨部」の両表記を並行して使用していた時期があったとみられる。少なくとも、棟札に再度「留部」の名が見える文化二年以前の成立ではないかと類推することは可能であろう。

一方、後醍醐天皇が御所原に来る前に一泊されたという君山の十二社権現には縁起が残されていないが、関連資料はいくつか残されている。棟札も多数あり、その中で最も古いものは宝永四年（一七〇七）のものであった。後醍醐神社が建立されたと推定される享保十年（一七二五）より古いことから、十二社権現の方が古くからこの地にあったことは確かなようである。興味深いのは、十二社権現の世話をしている氏子の一軒が保存している古文書の中に、『十二社権現宮再建立勧化帳』が三種類残っている点である。それぞれ、文政十二年（一八二九）、弘化二年（一八四五）、慶応四年（一八六八）の年号が記されており、後醍醐天皇が止宿された由緒ある社殿の再建をしたいが、小さい村のため自力で再建できないので、助成を願いたい旨の記述が同文で記されている。神社再建のために天皇止宿の伝説を積極的に利用した様子がうかがえ、興味深いものがある。慶応四年の年号が記されている勧化帳に「君山村世話人元治郎」と記されているが、この元治郎という人物は、この勧化帳を保存している氏子（大正九年〈一九二〇〉生）から四代前の先祖だということである。[46] 君山は、伯耆国へ抜ける近道だったそうで、伯備線ができる前はかなり人通りが多かったという。この勧化帳を保存している家は江戸時代には宿屋のようなこともして

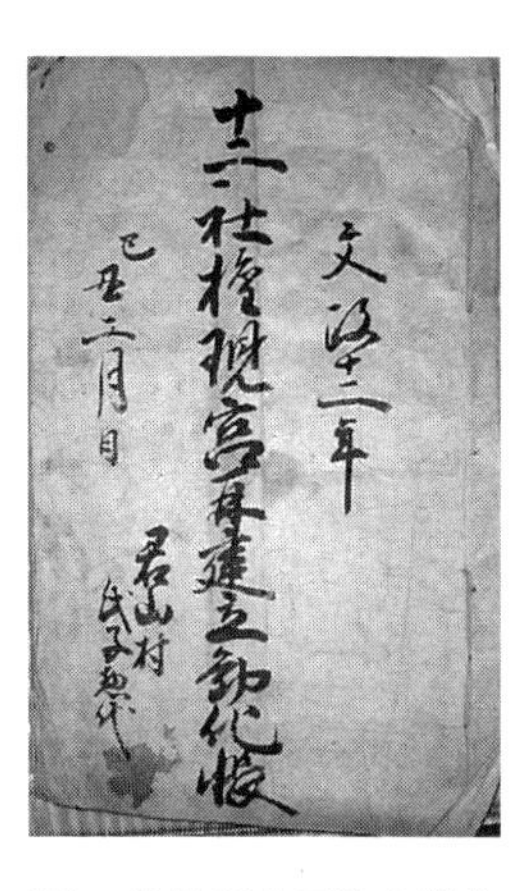

『十二社権現宮再建立勧化帳』（文政12年〈1829〉）

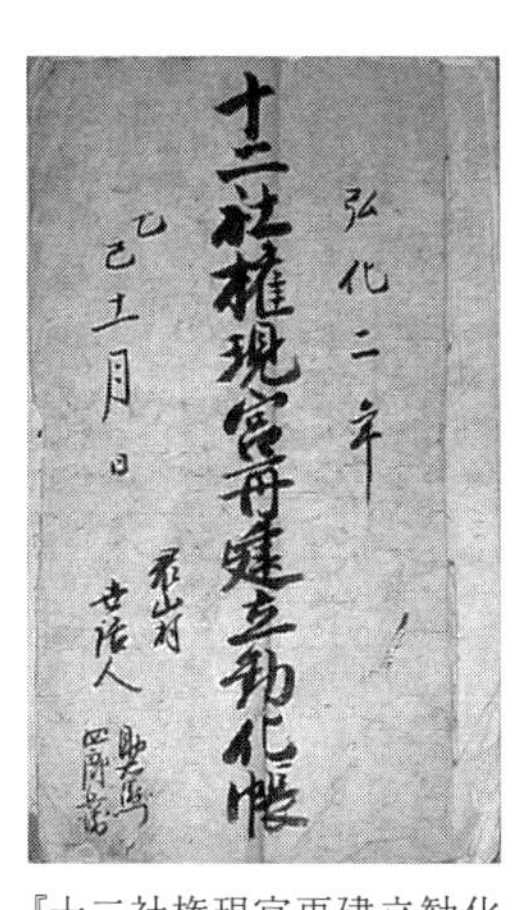

『十二社権現宮再建立勧化帳』（弘化２年〈1845〉）

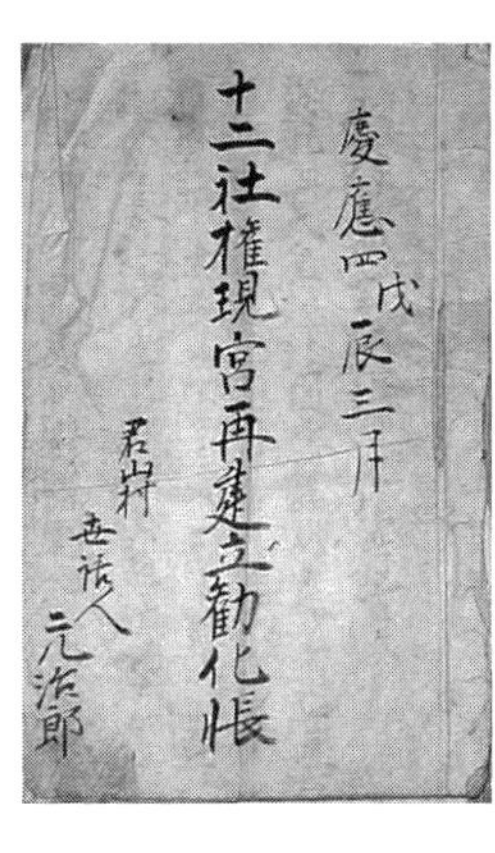

『十二社権現宮再建立勧化帳』（慶応４年〈1868〉）

いたそうで、江戸時代末期の止宿帳が残されている。伯耆国へ抜ける街道筋であったために、君山に後醍醐天皇伝説が生じることとなったとも推定され、注目される。

結　語

以上、本章では、主として新見市大佐の人々の間で語り継がれてきた後醍醐天皇に関する伝説の全体像をまとめることに重点を置いた。大佐の後醍醐天皇伝説は、後醍醐神社のある大佐大井野地区周辺の伝説と、十二社権現（現社名熊野神社）のある大佐君山地区周辺の伝説に分けることができる。大井野地区周辺の伝説としては「大井野（王居野）の地名由来」「御所原の地名由来」「甘蕨」「御飯石」「血を吸わないヒル」「お藤池」「狼さん」「犬が飼えないわけ」「骨接ぎ柳」「経塚」などがあり、君山地区周辺の伝説としては「鳴かないカジカ」「裸茅（ハダカの地名由来）」「君山」「菅の爪痕」「盗まれた熊野神社の名刀」などがある。

これらの伝説は、地名や事物の由来と結び付けて語られるもの（「大井野（王居野）の地名由来」「御所原の地名由来」「御飯石」「お藤池」「狼さん」「犬が飼えないわけ」「経塚」「裸茅（ハダカの地名由来）」「君山」「盗まれた熊野神社の名刀」）と、天皇の不思議な力を語るもの（「甘蕨」「血を吸わないヒル」「骨接ぎ柳」「鳴かないカジカ」「菅の爪痕」）とに大きく分けることができる。しかし、例えば「狼さん」は狼神社の由来と結び付けて語られるものではあるが、数万の狼を家来として従えたという天皇の不思議な力を語るものともなっているため、それらは完全には分けにくい。

戸部氏蔵『後醍醐天皇縁記写』（享保十年〈一七二五〉以降まもなく成立か）の記述から、近世に豊かな後醍醐天皇伝説が成立していたことや、「御飯石」に「碁盤石」という別称があったらしいことがうかがえた。

また、嘉永六年（一八五三）頃に成立したと推定されている『備中誌』に名が見えることから、かつてはあったらしい「一条殿石」や「二条殿石」が現在はなく、そのような石があったことさえ現在の大井野地区の人々は知らないことや、一部の話者しか知らない伝説（「骨接ぎ柳」「経塚」など）が存在していたことから、かつては現在より豊富な後醍醐天皇伝説が存在していた可能性も推測できた。そして、大井野御所原の後醍醐神社や君山の十二社権現（現社名熊野神社）に残された関連資料から、神社の再建や修理のために天皇止宿の伝説を積極的に利用した様子や、神社を懸命に世話した歴代の神主や氏子の人々の活動の様子がうかがえた。

註

（1）日本古典文学大系『太平記』（岩波書店）による。
（2）日本古典文学大系『増鏡』（岩波書店）による。
（3）『増補　史料大成　三　花園天皇宸記　二』（臨川書店、一九六五年）、一九六頁。
（4）立石憲利『岡山の伝説』（日本文教出版、一九六九年）など。
（5）大佐での調査は、平成十一年（一九九九）の七月から十二月にかけて、複数回行った。

(6) 話者は岡山県新見市大佐大井野下組の男性(昭和四年生まれ)。平成十一年(一九九九)七月十一日・原田調査、採集稿。

(7) 『阿哲郡誌　上巻』(社団法人阿哲郡教育会、一九二九年、復刻版一九七六年)、四〇九～四一〇頁。

(8) 話者は岡山県新見市大佐大井野下組の渡辺しげのさん(明治四十二年生まれ)。平成十一年(一九九九)七月十日・原田調査、採集稿。

(9) 話者は岡山県新見市大佐大井野下組の女性(昭和五年生まれ)。平成十一年(一九九九)七月十日・原田調査、採集稿。

(10) 話者は岡山県新見市大佐大井野下組の佐藤一義さん(大正十三年生まれ)。平成十一年(一九九九)七月十一日・原田調査、採集稿。

(11) 石井了節『備中集成志』(吉田書店、一九四三年)、一三八頁。

(12) 吉田徳太郎編『備中誌』上・下(日本文教出版、初版一九〇三年、再版一九六二年)、一三八五頁。

(13) 戸部廣徳蔵『後醍醐天皇縁記(起カ)写』による。ただし、引用に際し一部表記を改めた。全文の翻刻を本章Ⅳ節に掲載した。本縁起は、江戸時代末期成立と推定されるが、戸部氏蔵本は明治期以降に書写されたものとみられる。本文は罫線入りの用紙五枚に記されている。

(14) 註(7)の『阿哲郡誌　上巻』、二二九～二三〇頁。

(15) 註(9)の大井野下組の女性。

(16) 註(8)の大井野下組の渡辺しげのさん。

(17) 『阿哲郡誌　下巻』(社団法人阿哲郡教育会、一九三一年、復刻版一九七六年)、八九九～九〇〇頁。

(18) 大佐町史編纂委員会編『大佐町史　上巻』(大佐町教育委員会、一九七九年)、一一二九頁。

(19) 註(8)の大井野下組の渡辺しげのさん。

(20) 註(13)の『後醍醐天皇縁記写』による。

(21) 『備中町史　民俗編』(備中町史刊行委員会、一九七〇年)、二八四頁。

(22) 三浦秀宥『岡山の民間信仰』(日本文教出版、一九七七年)、五六～六二頁。

(23) 註(9)の大井野下組の女性。
(24) 註(13)の『後醍醐天皇縁記写』による。
(25) 註(8)の大井野下組の渡辺しげのさん。
(26) 註(10)の大井野下組の佐藤一義さん。
(27) 註(18)の『大佐町史　上巻』、三三六～三四〇頁。
(28) 話者は岡山県新見市大佐大井野君山の国司田武さん（大正九年生まれ）。平成十一年（一九九九）十二月十二日・原田調査、採集稿。
(29) 註(13)の『後醍醐天皇縁記写』による。
(30) 註(28)の大井野君山の国司田武さん。
(31) 話者は岡山県新見市大佐大井野君山の国司田萬寿美さん（大正十五年生まれ）。平成十一年（一九九九）十二月十二日・原田調査、採集稿。
(32) 註(12)の『備中誌』、一三八四頁。
(33) 註(13)の『後醍醐天皇縁記写』による。
(34) 註(28)の大井野君山の国司田武さん。
(35) 國學院大學説話研究会編『語りつがれてきた大佐町の昔話』（大佐町教育委員会、一九九七年）所収、「弘法大師「鳴かん蛙」」、四～五頁。
(36) 森本清丸編『新庄村史　前編』（新庄村教育委員会、一九六六年）、五四～五五頁。
(37) 註(28)の大井野君山の国司田武さん。
(38) 戸部廣徳蔵。近世末期頃成立と推定される戸部氏蔵『後醍醐天皇縁記写』より新しいものではないかと思われる。
(39) 註(13)の『後醍醐天皇縁記写』による。
(40) 註(31)の大井野君山の国司田萬寿美さん。
(41) 註(7)の『阿哲郡誌　上巻』、二一九頁。
(42) 註(38)の『後醍醐天皇記写』による。

(43) 註(9)の大井野下組の女性。

(44) 本書、後醍醐天皇伝説編第二章参照。

(45) 註(13)参照。

(46) 註(28)の大井野君山の国司田武さん。元治郎―源三郎―伴治郎―義治―武と続いたということである。

第二章　備中国の奇祭「かいごもり祭り」と後醍醐天皇伝説

はじめに

備中国の奇祭として知られている「かいごもり祭り」[1]は、岡山県新見市唐松字位田（小字皆籠）に鎮座していた国司神社（「お国司さん」とも呼ばれている）の頭屋（当屋）祭り[2]で、明治四十三年（一九一〇）に岩山神社（新見市唐松字宮組三二八六番地）に合祀されてからは、引き続き岩山神社で行われている。祭りは毎年旧暦正月の亥の日（亥が二回あれば初めの日、三回あれば中の日）に行われ、新見市重要無形民俗文化財に指定[3]されている。かつては、祭事が行われる山（弥山または御山などと呼ばれている）に神職一行が登る正午頃になると、唐松集落の住民は全戸が雨戸を閉めて宮、頭屋、各自の家などにこもり、外出も煙を出すことも音をたてることも禁止された。明治四十二、三年の頃までは、正午から、唐松集落に通じる道・渡し場のすべてである田津・大峠・川合の渡しの三ヵ所に柵を設けて通行を禁止し、青竹を持った番人が監視して外部から人が入るのを厳重に禁じたという[4]。

現在でも唐松地区の住民の多くが戸を閉めて宮、頭屋、各自の家などにこもり、外出も煙を出すことも音をたてることも控え、地区の小学校でも午前中で授業が打ち切られ児童を自宅に帰らせている。祭事の行われる弥山は現在でも年に一回神職が祭りの際に登るだけで、平素は誰も登らない聖地とされ、これを犯すと「タタリ」があるという。近年まで、祭事の内容も全く公開されない秘祭であった。

祭りの起源は、元弘二年（一三三二）に後醍醐天皇が隠岐遷幸の際にこの地を通り一時休息したことに由来するという。「かいごもり祭り」の「かいごもり」の意味としては、「かいごもり（皆籠）」説、「カヤごもり（茅籠）」説、「かい（接頭語）＋こもり（籠）」説などがあり、はっきりしていない。本章は、備中国唐松の「かいごもり祭り」について、祭事の内容、祭りの起源説、「かいごもり」の語源説などについて考察を加えることを目的とする。

Ⅰ　祭りの概要

まず、「かいごもり祭り」の概要について、筆者の調査をもとにして述べる(5)。

平成九年度（一九九七）のかいごもり祭りは、二月十四日（旧暦正月の初めの亥の日）に行われた。

祭りに直接関与する社人（二人）・供人（ともびと）（一人）・頭屋（三家）・迎え人（二人、現在は一人）は古くから定まっており(6)、平成九年度は田中家が頭屋を務めた。午前十時頃、岩山神社に神職の人々や唐松集落の氏子の数人が集まり、祭りの準備を始めた。

頭屋の田中さんが前夜から粟を水に浸して今朝ついたという小さい粟餅数十個（一升分）を持参し(7)、頭屋の藤田さんが重ね餅（普通の白い鏡餅）を一重ね持参した。これらは山での祭事に使用される。

元供人の山室保さんと現供人の山室滝乃さん父子が、神饌の麹（酒造りの麹）を作る。藤沢さん持参の甘酒麹と杉さん持参の御飯(8)を交互に栗の木の皮で作った箱(9)に入れる(10)。箱は二つ作られ、それぞれ榊の小枝に結び付けられる（一つは中御崎での神事で、もう一つは弥山での神事で用いられる）。それを置いておけば、昔は一年したらお酒になっ

唐松の岩山神社

ていたという。かつて酒を造っていた瓶（かめ）（三升位入る瓶）が山の小祠にまだあるそうだが、今は壊れているという。平成八年（一九九六）まで六〇年登ったという元供人の山室保さんが最初に登った時にはすでに酒は造っていなかったそうである。今は栗の木の皮で作った箱に麹を入れて、お酒の代わりにそれを納めている。

その他、一二本の榊と一二本の矢柄（閏月がある年はそれぞれ一三本）が二組（昼の神事用と夜の神事用）、トビシバ（稲の籾種を白紙に包み、榊の小枝に結び付けたもの）、薙刀（なぎなた）、幣などが用意される。

準備ができると、祭事が行われる弥山に登る社人（渡辺重彦宮司と藤沢和利副神官）と・供人（山室滝乃さん）の三名による神事が始まり、午前十一時半頃には終わった。その後、一端解散し、再び午後一時半頃に岩山神社に神職の人々や唐松集落の氏子の数人が集まり、短い神事の後、午後二時頃社人と・供人の三名が神社を出発した。神職のこの三名は、紋付き袴に烏帽子をかぶった正装をしており、人気のない道を、国司神社がかつてあった場所に再建されている小祠に向かって歩いて行った。国司神社跡の小祠で大祓を上げた後、小祠のすぐ横を流れている田津川のコリ取り場で神職の三名は裸になってコリを取って身を清め、白足袋に草鞋（わらじ）を履き、再び国司神社跡の小祠で短い祓を上げた後、午後三時頃弥山に登って行った。筆者が見たのはここまでで[11]、以降の神事は聞き取り調査による。

神職三名は国司神社を出てからすぐ御納（おのう）を上げる[12]。石の鳥居[13]のところに着いてから、榊一二本と矢柄一二本を、東西南北天地の六ヵ所にそれぞれ二本ずつ地に差してゆく（矢立ての結願）。そこにある小祠に粟餅と重ね餅と酒一升を置いて祝詞を上げ、さらに登る。中御崎（剣御崎ともいう）(14)に着くと、薙刀とトビシバと神饌の麹を小祠にお供えして祝詞を上げ、さらに登る。山頂の奥宮に着くと、もう一つの神饌の麹をお供えして祝詞を上げ、大きな御幣を立ててお祓いを上げる。お山銭（現在は十円銅貨一二枚、閏月のある年は一三枚）を置いておき、一年後に交換する。祝詞を上げた後、唐松地区の各地区ごとにサイコロを振って当年の吉凶を占う。(15)次に物見嶽から唐松全域を見渡して占う。屋外に人影があれば盗難があり、煙が立つと火難があるという。

それらの祭事が済んだら、弥山を降り、中御崎を経て石の鳥居のところまで降りる（結願成就）。迎え人の森脇さんが酒肴を用意して石の鳥居のところで出迎え、祝詞を上げ、迎え酒を飲んだ後、頭屋の家に入る。以前は、迎え人が石の鳥居のところから唐地屋敷まで(16)案内し、祝詞を上げて迎え酒を飲んだという。一行の下山を知ると初めて、唐松地区の人々は自由な外出が許される。

頭屋に着くのは、だいたい午後五時から五時半頃になる。それから頭屋で神主が祝詞を上げ、当年の吉凶占いの結果を報告し、祝宴が午後九時頃まで続く。この祝宴には頭屋三家の親戚と社人・供人の神職のみが参加する。祝宴が終わると神主は神社に帰って祭神に報告し、社人・供人は各自の家へ帰る。

この日の深夜十二時頃から、社人・供人によって夜の神事が行われる。神田で行われるこの夜の神事は、誰も見ることが許されていない秘儀である。神社から神田へ行くまでに、神社の前で一回、橋を渡ったところで一回「オー」と御納を上げる（これを聞いた者は凶事があるという）。神田で、一二本の榊と一二本の矢柄（閏月がある年はそれぞれ十三本）を苗になぞらえてお田植えを行い、お祓いをする。苗が残ると苗の立ちが良い、苗が足りないと苗の立ちが悪いとされる。

次に神田に植えた矢柄と榊の上に「ワセ（早稲）、ナカテ（中稲）、オクテ（晩稲）」と三回米をまき、音によって作柄の吉凶を占う。音が高い場合を良いとし、低い場合を悪いとする。それが終わると、道路に上がって、国司神社の方に向かって祈り、昼の神事と同様に、夜の神事でも二回目のサイコロによる吉凶占いを行う。午前一時半か二時頃に夜の神事が終わる。

翌日、神主が全戸にトビシバを配ったそうだが、現在は行われていない。以上が「かいごもり祭り」の概要である。

Ⅱ　甲籠城主伊達氏と甲籠社

はたして、この「かいごもり祭り」はいつ頃から始まったのであろうか。土地の伝承によると、元弘二年（一三三二）の後醍醐天皇隠岐遷幸の頃から現在まで、祭事が行われる弥山に六九〇年以上毎年登り続けているという。この地域への後醍醐天皇隠岐遷幸の史実は確認できないが（次節参照）、祭りの起源は文献上どれほどさかのぼれるのであろうか。祭事を行っていた国司神社は明治四十三年（一九一〇）に岩山神社に合祀され、岩山神社も何度も火災にあっており、文献資料は全く残っていない。そのため、資料による祭りの起源の確認は極めて難しい。

管見によれば、「かいごもり祭り」について記してある文献資料で最も古いと推定されるものは、『備中誌』である。『備中誌』は江戸時代末期に編纂された備中国の地誌で、編者は不詳である。[17] 嘉永六年（一八五三）までの記事があることから、その頃に成立したと推定されている。その『備中誌』英賀郡巻之一の「上唐松」の項に「甲籠社（こうごめしゃ）」についての記述があり、この中に記されている祭事は唐松地区の「かいごもり祭り」だと推定される。次に該当部分を引用する。

> 甲籠社　甲(かぶと)を神体とす。此主は、昔当地の城主也しか伊達常陸介宗衡とも、又は其子右京亮信衡也共云。祭礼は毎歳正月亥ノ日にて、他の神事と違ひ当日規式に社司のみ参詣し、一村は前日食事なと用意し家内不レ残引籠りて戸をさして不出と也。扨、社の脇に甕を埋あり。是は前年甘醴酒(あまざけ)をこの甕に造り込土中に埋有を、当年祭礼に出し用ひて、神にも捧け社人も是を呑事とす。其味甚甘美也と云。又当年祭礼の日醸して瓶に入土中に埋置て、又翌年の神事に用ゆると也。
>
> 又、社の側に物見の瀧と云有。此処より社人一村を臨見て、人家に吉凶有事を察す。凶事有家には妖気立昇と云。神事の式終りて、社人其地の里正の家に至り、一村の者を集め、人々の吉凶を告一ヶ年の戒慎を示す。(18)

唐松集落で行われる祭礼である点、「毎歳正月亥ノ日」に行われる点、一村残らず戸を立てて家内に引き籠もる点、神事で甘酒を造る点、物見の瀧（物見嶽か）から一村を臨み見て吉凶を判断する点、神事が終わって社人が村の人々に一ヵ年の吉凶を告げる点などから、ここに記されている祭事が唐松の「かいごもり祭り」であることは間違いない。

しかし、問題となるのは、この祭事が行われる神社が「甲籠社」だと記されている点である。現在、唐松集落で聞き取り調査を行うと、誰に聞いても「甲籠社」なる神社は聞いたことがないとの返答であった。「甲籠社」なる神社は、現在唐松には存在しないのではないかと思われる。(19)

この問題に関係する『備中誌』の関連記事を検討すると、英賀郡巻之一の「上唐松」の項に「甲籠社」と「甲(こう)籠城(ごめじょう)」が、「下唐松」の項に「鬼山城」と「甲籠　国司大明神」が分類所収されている点が注目される。「甲籠　国司大明神」の項の下に「祭礼正月亥の日二ツの時は初亥三つの時は中の亥の日也」と割註が付され、「皆籠壱町五反歩九十間」、山の「半腹に鳥居あり」などと記されているところから、ここの「国司大明神」は唐松位田字皆籠の国司神社で、「甲籠」は「かいごもり」らしいと推定される。「鬼山城」跡は、この国司神社の北東部に近接する山の上にある。[20]

一方、「甲籠城」跡は、鬼山城の北東約一キロの山上にある。[21]「甲籠城」跡の「一の壇」には石切の土台が残っており、これは城跡に後世建てられた祠の土台跡らしいと推定されている。[22]

宝暦三〜七年（一七五三〜一七五七）成立の石井了節著『備中集成志』の「甲籠城」の項に「上唐松村／城主伊達常陸守宗衡、同右京亮信衡[23]」とあるように、「甲籠城」城主は伊達常陸介宗衡、伊達右京亮信衡であった。先に引用した『備中誌』「甲籠社」の項の冒頭に「甲を神体とす。此主は、昔当地の城主也しか伊達常陸介宗衡とも、又は其子右京亮信衡也共云。」とあることから、「甲籠社」は、「当地の城主」すなわち「甲籠城」城主伊達常陸介宗衡または其子右京亮信衡を祀った神社であることがわかる。「甲籠城」跡に残っている祠の土台跡は、かつて城跡にあった「甲籠社」のものと推定してよいのではあるまいか。

これらのことから、『備中誌』編者は「甲籠城」跡に祀られていた「甲籠社」の「こうごめ」と、国司神社の「かいごもり」の「かいごもり祭り」を混同し、「甲籠社」の項に誤って「かいごもり祭り」の記事を記してしまったと推定される。

「かいごもり祭り」の起源説としては、後醍醐天皇起源説のほかに甲籠城主伊達氏起源説があるようであるが、『備中誌』編者の誤解に基づく「甲籠社」の項の記述から伊達氏起源説が生じることとなったと推定される。昭和六年（一九三一）発行の『阿哲郡誌』に一説として「かいごもりのかいは皆にあらず、文法上の接頭詞なり、後醍醐帝の御通輦（ごつうれん）は事実に非ずして、此の祭の起源は甲籠城主たりし伊達四郎左衛門重興奥州地方より流浪して此地に入るや、村民敵の追躡(ついじょう)を恐れて各戸を閉ぢて相警(いまし)む、此の事実より起りしものと信ず。位田は上古の制度公私田(くしでん)の位田職田功田口分田の私田より起りしものならん」[24]と記してあるのが伊達氏起源説である。

甲籠城の築城者は伊達四郎兵衛重興とされ、大永元年（一五二一）に奥州伊達郡からこの地方へ移り、出雲の尼子氏の麾下に属し、唐松をはじめ約三千石を領したという。[25]しかし、寛正四年（一四六三）十月二十六日付「新見庄代官本位田家盛注進状」に「当国之国人にていられ候たちへ方、たて方、彼両人へ御はう所を付申」[26]と、だて（伊達）氏の名が記されていることから、伊達四郎兵衛重興より少なくとも二、三代以前にこの地方へ入部していたと考えられている。[27]伊達四郎重興より数代以前に、この地方へ伊達氏が移ってきていたらしいことから考えると、甲籠城主伊達四郎重興起源説は説得力に欠けると言わざるをえない。

『備中誌』編者の誤解に基づく記述から伊達氏起源説が生じたと推定される点、伊達四郎重興より数代以前にこの地へ伊達氏が移ってきていたらしい点、唐松地区の人でこの伊達起源説を知る人が少ない点などから、「かいごもり祭り」甲籠城主伊達四郎重興起源説は誤解に基づく付会説とみてよいのではあるまいか。

Ⅲ　後醍醐天皇隠岐遷幸伝説

「かいごもり祭り」は、明治四十三年（一九一〇）に岩山神社に合祀されるまでは国司(くにし)神社で行われていた。明治二十年（一八八七）七月調査の「神社明細帖(帳)」（阿賀郡唐松村）の「国司神社」の項に、「国司神社　(1)祭神　大国主命　相殿　後醍醐天皇、(2)社格　無格社、(3)祭日　旧正月亥の日、(4)勧請　不詳、(5)社地　壱町七畝弐拾七歩、(6)地種　官有第一種、(7)鎮座　唐松村字皆籠、(8)氏子　無し　信徒二百四十人、(9)

唐松の国司神社

建物　無し　石鳥居　高九尺、（10）由緒　当社祭神大国主命、後醍醐天皇ニシテ元弘年中帝隠岐国御巡狩ノ時輦ヲ此地ニ（字屋敷ト云）駐メ給ヒ、又白嶽峯ノ険阻ヲ登リ給ヒテ仮に御座アリシ時、里人挙ゲテ玉座ノ傍ニ守衛シ一昼夜籠リシ跡ナリシト云（字皆籠ト云）。後ニ里人追慕シテ此白嶽峯ニ社殿ヲ造営崇敬セントスレドモ絶壁ニテ造営スルコト能ハズ、唯仮ニ御座ノ跡ニ帝ノ御魂ト大己貴命ヲ鎮斎キ奉リテ今ニ里人崇敬セルト申伝ヘリ。」[28]と記されているように、国司神社の祭神は大国主命と後醍醐天皇である。

　右の「神社明細帖（帳）」に「建物　無し」とあることから、明治二十年七月の「神社明細帖（帳）」調査時には建物がなかったことがわかる。しかし、国司神社跡の石鳥居の前に設置されている石碑の上段に「抑本社、後醍醐帝ノ遺蹟ニテ、数百星霜ヲ経。宮殿頽破ニ至リ再建（中略）信徒ノ醸金ヲ碑ニ鏤（キザミ）、永ク功績ヲ表彰ス。明治廿七年」と記され、その下段に神社再建のために誰が何円寄付したかが小字で多数列挙され、石碑の左端に「新築中万事世話人」云々と記されていることから、長年月の間に壊れてしまった国司神社を人々が醵金し合って明治二十七年（一八九四）に再建したことがわかる。[29]しかし、明治四十三年に岩山神社に合祀された際、再建された社殿は破壊され、その廃材が長く岩山神社の敷地の隅に積み上げてあったという。『備中誌』が記すように、もし「かいごもり祭り」が江戸時代末期に「甲籠社」で行われていたならば、明治二十七年の再建碑に「抑本社、後醍醐帝ノ遺蹟ニテ、数百星霜ヲ経。宮殿頽破ニ至リ再建」と記すはずはなく、やはり『備中誌』の誤記と考えざるをえない。

弥山の中腹にある石鳥居に寛政三年（一七九一）建立と記されていること、「かいごもり祭り」とみられる『備中誌』の記事の存在、明治二十七年の国司再建碑の記述内容などから、少なくとも江戸時代からは確実に祭事が続いていることがわかる。(30)

問題は、後醍醐天皇隠岐遷幸伝説との関係をどう捉えるかという点である。『太平記』巻四によれば、元弘の変の失敗により隠岐に流されることになった後醍醐天皇は、元弘二年（一三三二）三月七日京都を出発し、美作国院

唐松国司神社前の石碑。田津川に流れ着いた大石に刻んだと伝えられている。

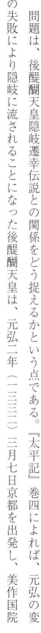

唐松の田津川（2001年撮影）。この川で神職が水ごりを取って身を清める。

庄を経て、京都を出てから二十六日目に隠岐に着いたという。[31]『増鏡』では三月七日京都を出発し、美作国を経て、四月一日頃出雲国やすきの津という所から隠岐行きの船に乗ったと記されている。[32]また、『花園天皇宸記』では、元弘二年三月七日に京都を出発し、十四日（十四日後ヵ）に出雲国で乗船したと記されている。[33]

史実上の遷幸の道筋は不明であるが、後醍醐天皇は、元弘二年三月七日に京都を出発し、四月上旬頃隠岐に着いたことは確かなようである。このため、岡山県の北部には、後醍醐天皇にまつわる伝説が非常に多く残っている。備中新見地域だけでも、新見市大佐の甘蕨（あまわらび）（天皇が食べて以後甘くなった）、新見市千屋（ちや）の岩「休石（やすみいし）」（天皇が腰掛けて休んだ）、新見市豊永の地名「赤馬（あこうま）」（天皇が乗っていたのが赤馬だった）、新見市草間の地名「馬繋（まつなぎ）」（天皇が馬をつないで休んだ）、新見市唐松の地名「位田（くらいだ）」（天皇が田に位を賜った）、新見市唐松の鍾乳洞「こおもり穴」（天皇がおこもりになった）、新見市唐松の岩「鞍掛け岩」（天皇が岩に馬の鞍を立て掛けて休んだ）など、多くの伝説が残っている。

各地に多くの後醍醐天皇伝説が残されているのは、途中での天皇奪還を恐れ、一行がいくつもに分かれて山陰越えをしたためという言い伝えまであり、[34]後醍醐天皇伝説の史実性は解決不能の問題であるが、新見市唐松の「かいごもり祭り」も、こうした一連の後醍醐天皇伝説の一つとして、後醍醐天皇起源説が説かれる必然性はそれなりにあるのである。

Ⅳ 「かいごもり」の語源説

では次に、かいごもり祭りの「かいごもり」の語源説について検討してみることとする。

一、「かいごもり（皆籠）」説

後醍醐天皇が隠岐御遷幸の際、正月亥の日にこの地をお通りになり、この社殿に一時御休息になった。村の男子は天皇をお護りするために神社に集まり、婦女子は恐れ多いということでみな（皆）家に閉じこもって（籠）謹んだ。この様子を聞いた天皇はお喜びになり、神社に甲冑と一矢を御奉納になり田に位を賜った。そこでこの地を「位田」と呼ぶようになり、祭りを「皆籠祭」と言うようになった。(35)

二、「カヤごもり（茅籠）」説

後醍醐天皇が隠岐御遷幸の際にこの地をお通りになり、御一行が位田集落の大阪で下馬され、付近の大岩（クラカケ岩）に身を隠されて敵の追撃を逃れられた。その時この付近は身の丈に余るカヤ（茅）が密生していたため敵の眼につかなかったという。その故事によって「カヤごもり」といい、それが訛って「カイごもり」となった。(36)

三、「かい（接頭語）＋こもり（籠）」説

甲籠城主伊達四郎重興が奥州からこの地へ来た際、村人が敵の追撃を恐れて各家に閉じこもって警戒したことによる。「かい」は「皆」の意味ではなく、接頭語だという。(37)

第一の「かいごもり（皆籠）」説が土地で一般に言われている説であるが、「みんな」が籠もることから「皆籠」と呼ばれるようになったのならば、「みなごもり」と呼ばれるのではないだろうか。「かい」に漢字「皆」が当てられるようになったのは、後になってからのことではないかと推定される。第二の「カヤごもり（茅籠）」説は、土地でこの説を知っている人が少なく、神事の中に茅を使用するか、茅に隠れるかの動作が残っておらず、その痕跡も見いだせないことから、「茅ごもり」が語源である可能性は低いのではないかと推定される。第三の甲籠城主伊達四郎重興起源説は、本章Ⅱ節で考察したように『備中誌』の誤解に基づく付会説とみられる。しかし、語源説としては、動詞に添えて意を強め、語調を整える接頭語「かい（「かき」のイ音便）」＋「こもり（籠）」説がもっとも妥当ではないかと思われる。神社の権威を高めるために後醍醐天皇伝説が取り込まれ（あるいは本当にさる貴人が来たのかもしれないが）、祭事では村人「みんな」が籠もることから接頭語「かい」に漢字「皆」が当てられるようになり、「皆籠」と表記されるようになったのではないかと推定される。

結　語

以上で、備中国の「かいごもり祭り」をめぐる問題に関する筆者なりの考察を終える。祭事の内容・秘儀性・伝統持続力の強さ等々、「かいごもり祭り」は極めて興味深い祭りといえよう。

「かいごもり祭り」の起源説としては、甲籠城主伊達四郎重興起源説と後醍醐天皇起源説があるわけであるが、甲籠城主伊達四郎重興起源説は、本章Ⅱ節で考察したように『備中誌』の誤解に基づく付会説とみられる。後醍醐天皇起源説は、史実は不明であるが、岡山県の北部に多く残されている一連の後醍醐天皇伝説の一つとして、後醍醐天皇起源説が備中国唐松で説かれる必然性はそれなりにあることがわかる。

「かいごもり」の語源説としては、「かいごもり（皆籠）」説、「カヤごもり（茅籠）」説、「かい（接頭語）＋こもり（籠）」説があるが、本章Ⅳ節で考察したように、動詞に添えて意を強め、語調を整える接頭語「かい（「かき」のイ音便）」＋「こもり（籠）」説がもっとも妥当ではないかと思われる。

唐松の国司神社は大国主命と後醍醐天皇が祭神とされている点、新見地域に多くある大国主命を主祭神とする国司神社の最初の勧請が永承元年（一〇四六）にさかのぼる点[38]、後醍醐天皇隠岐遷幸は三月であったにもかかわらず、祭りの日が旧暦「正月亥の日」である点から、「かいごもり祭り」は後醍醐天皇隠岐遷幸以前から行われていた正月の「コモリ」の祭事であった可能性もある。元が正月の「コモリ」の祭事であったとするならば、「かいごもり祭り」の起源は元弘二年の後醍醐天皇隠岐遷幸時以前にさかのぼる可能性もある。[39]神社の権威を高めるために後醍醐天皇伝説が取り込まれ（あるいは本当にさる貴人が来たのかもしれないが）、祭事では村人「みんな」が籠もることから「かい（接頭語）」に漢字「皆」が当てられるようになり、「皆籠」と表記されるようになったのではないかと、現時点では推測しておきたい。

唐松位田段の堂に祭られている「段の腰折地蔵」など、新見市にある石造延命地蔵菩薩像五体には「正平十二年」（南朝年号、一三五七）の銘が刻んである（五体とも岡山県重要文化財指定。本書12頁参照）。新見市における後醍醐天皇伝説の広がりの点からも、注目される。[40]

「かいごもり祭り」が数百年にわたって毎年欠かさず行われてきた事実は、極めて重いものがある（第二次世界大戦中も行われたという）。岡山県内のみならず、日本全体の類似の祭りと対比して、「かいごもり祭り」の意味についてさらに検討する必要があろう。

註

（1）通常「かいごもり」と平仮名で表記されるが、漢字を当てる場合は「皆籠」と記される。

（2）頭屋とは「神社の祭に際して、神事や行事などの世話をする人、またはその家をいう。」（岡山民俗学会編『岡山民俗事典』〈日本文教出版、一九七五年〉「とうや　当屋・頭屋」の項）。「頭屋祭り」は、頭屋を中心に行われる祭り。頭屋祭りは「近畿から中国にかけて神社の祭とやや異なる頭屋を中心とした神事が、収穫後または正月に行われている。（中略）むしろふつうの祭典以上に古風を存した習俗というべきである。」（民俗学研究所編『改訂　綜合日本民俗語彙』〈平凡社、一九五五年〉「トウヤマツリ」の項）とされる。

（3）平成元年（一九八九）五月十一日指定。

（4）新見市史編纂委員会編『新見市史　通史編上巻』（新見市、一九九三年）、五一五頁。

（5）祭事の概要については、実際に行われた祭りの調査のほか、神職の藤沢和利さん（昭和二十二年生まれ）、山室保さん（大正五年生まれ）からの聞き取り調査をもとに記述した。社人の藤沢さんは弥山に二〇年以上登っており、供人の山室さんは平成八年（一九九六）まで六〇年登ったという。また、長谷川明「かいごもり祭について――国司神社の頭屋祭――」（『岡山民俗』四一、一九六〇年七月）や『新見市史』、『美穀村史』（正田公民館運営審議委員会、一九六三年）の関連項目等をも参照した。調査は、平成九年（一九九七）に行った。

（6）社人は串馬家と藤沢家（ただし、最近串馬家は絶え、現在は藤沢家と神社庁から派遣された渡辺宮司が務めている）。供人は山室家。頭屋は宮地家・田中家・藤田家（順に務め、親族に不幸があると代わってもらう）。迎え人は加根家と森脇家（一年交代で務める。ただし、加根家は転出し、現在は森脇家のみが務めている）。

（7）直径三～四センチで平たい粟餅を数十個持参。田中家の親族が寄り合って、男性ばかりが餅をつく。この粟餅は、男性しか触ってはいけないという。

（8）杉さんが神田（五坪ある。杉さん所有）でできた米を炊いて、できたての御飯を当日持参する。

（9）縦約一〇センチ×横約四センチ×高さ約四センチくらいの小さい箱。この神饌の麴を「ごっくう（御供）」と呼ぶそうである。

（10）祝詞であろうか、何かを小声で唱えながら作業を行っていた。

（11）神職の三名が弥山に登った後、国司神社跡の小祠内では土地の人々十数人がかす酒や巻寿司等々の食べ物を食べながら歓談。筆者も招かれ、その場に参加させてもらった。

（12）国司神社を出てからすぐと、中御崎を出てからすぐの二回、「オー」と声を出す。

（13）石造りの鳥居には寛政三年（一七九一）建立と記されているという。「グラフおかやま」（第三六巻三号、岡山県広報協会、一九九二年三月）、一四頁参照。

（14）神職以外の人が一行にお供できるのは、中御崎までで、ここから先は絶対に登ることができない。ただし、現在は、神職と一緒に川でコリを取れば中御崎より先に登ることが許されているようである。

(15) 二個のサイコロを振り、奇数が出たら凶、偶数が出たら吉と占う。唐松全地区二十数ヵ所分すべてについて、それぞれ占う。夜の神事でも、二回目のサイコロによる吉凶占いを行う。占う地区名・事項は、山根川・下川合・上川合・下宮地・上宮地・郷下組・上郷組・宮組・田元上・佐栗・下真壁・上真壁・大峠・下位田・段・上位田・後田津・前田津・唐地屋敷・山根・市場下・市場上（中通り）・小市・位原・番屋三軒・米作・大豆・小豆・水難・火難・産業・交通事故。山室保さんの教示による。

(16) 地名。迎え人二軒（加根家と森脇家）の屋敷があった所。当時の屋敷、または、通り屋敷などと解されている。当時の屋敷の者が後醍醐天皇に食糧として粟餅を差し上げたという伝説がある。表記が「唐地屋敷」と変わった理由は不明である。本書一四三～一四六頁参照。

(17) 『備中誌』の随所に「秀雄云」とある点から、『吉備国史』を著した小早川秀雄（一八〇二～一八五三）が編者ではないかという説がある。

(18) 吉田研一編『備中誌』上・下（日本文教出版、復刻版一九七二年）、一三八七頁。引用に際し、旧漢字を通行の字体に改め、句読点を付した。

(19) 現在は新見市に編入されている美穀村の『美穀村史』（正田公民館運営審議委員会、一九六三年）によると、明治二十年（一八八七）七月調の「神社明細帖（帳）」に「勧請　不詳」「由緒　不詳」「明治十一年七月三十一日　存置願許可」の「甲龍社」（甲籠社か）なる神社が唐松にあったと記されているが（一五八頁）、それが「甲籠社」なのかも未詳である。

(20) 註(18)の『備中誌』、一三九一～一三九二頁。

(21) 『日本城郭大系　一三　広島・岡山』（新人物往来社、一九八〇年）「甲籠城」の項、三八〇頁。

(22) 渡辺毅『新見阿哲の記録　第三集　主に新見阿哲の城址・巨木・名木』（私家版、一九八八年）、五七頁。

(23) 石井了節『備中集成志』（研文館吉田書店、復刻版一九七六年）、三五七頁。

(24) 『阿哲郡誌　下巻』（社団法人阿哲郡教育会、初版一九三一年、復刻版一九七六年）、八九五頁。

(25) 註(21)に同じ。

(26) 瀬戸内海総合研究会編『備中国新見庄史料』(国書刊行会、一九八一年)、二三五頁。
(27) 註(21)に同じ。
(28) 註(19)の『美穀村史』、一五七〜一五八頁。
(29) 山室保さんによると、縦約一三〇センチ、横約一四〇センチのこの石碑は、国司神社のすぐ横を流れている田津川に流れ着いた大石だそうで、再建当時、牛二頭で引かせて国司神社まで運び、そこで文字を彫らせたものだという。
(30) 供人として平成八年(一九九六)まで六〇年間弥山に登ったという山室保さんによると、祖父の山室滝次郎さんは安政の頃の生まれで五〇年くらい登ったらしいとのことである。
(31) 日本古典文学大系『太平記』(岩波書店)による。
(32) 日本古典文学大系『増鏡』(岩波書店)による。
(33)『増補 史料大成 三 花園天皇宸記 二』(臨川書店、一九六五年)、一九六頁。
(34) 大佐町史編纂委員会編『大佐町史 上巻』(大佐町教育委員会、一九七九年)、二四五頁。
(35) 註(24)に同じ。
(36) 註(5)の長谷川明「かいごもり祭について」による。
(37) 註(24)に同じ。
(38) 新見地域は古代から出雲国との交流が深く、出雲信仰つまり大国主命を主祭神とする国司神社が多数ある。新見における最初の国司(国主)神社の勧請は、永承元年(一〇四六)にさかのぼるという。註(4)の『新見市史 通史編上巻』、七〇四頁参照。
(39) ちくま文庫版『柳田国男全集 一三』(筑摩書房、一九九〇年)所収、『日本の祭り』「物忌と精進」参照。
(40) 新見市史編纂委員会編『新見市史 史料編』(新見市、一九九〇年)、四九六〜四九七頁。

第三章　新見市の後醍醐天皇伝説と地名

はじめに

柳田国男が『地名の研究』で「地名とはそもそも何であるかというと、要するに二人以上の人の間に共同に使用せらるる符号である」[1]と述べているように、人間が生活するうえで、ある特定の地域に名を付け、それを共同の符号として使用することは、どうしても必要なことであった。日本全体には膨大な数の地名があり、それぞれの地名の成立にはさまざまな背景がある。一つ一つの地名が成立した時期もさまざまで、『古事記』『日本書紀』や各『風土記』にみられる古い地名もあれば、町村合併等で作成された新しい地名もある。

完全に分類することは困難であるが、地名は自然の形状などに関わる自然地名と、人間の多様な活動に関わる人文地名に大きく分けて考えることができよう。人文地名の中には、地名由来説話が伝承されている場合もある。例えば、備前国にある「牛窓」（瀬戸内市牛窓町牛窓）という奈良期から見える地名については、『備前国風土記』逸文（『本朝神社考』巻六所引）に、三韓出兵の際に神功皇后の船が備前海上を過ぎた時、大きな牛が船を転覆させようとしたが、住吉明神が老翁となって牛を投げ倒した。その故事によってそこを牛転（うしまろび）と称するようになり、転訛して「牛窓」となったという地名説話があり、現在でもよく知られている[2]。

本章で取り上げる後醍醐天皇伝説にまつわる「地名」は、地名由来説話が現在でも伝承されている人文地名で、地名研究のみならず口承文学研究の立場からも注目されるものである。

岡山県には北部地方を中心に後醍醐天皇にまつわる伝説が非常に多く残っている。それらの伝説の成立には、後醍醐天皇隠岐遷幸という歴史的事実が関与している。後醍醐天皇（一二八八～一三三九）は、元弘の変の失敗により隠岐に流されることになり、元弘二年（一三三二）三月七日京都を出発し、美作国院庄を経て、四月上旬頃隠岐に着いたという。『太平記』巻四に後醍醐天皇は元弘二年三月七日京都を出発し美作国院庄を経て京都を出てから二十六日目に隠岐に着いたとあり、(3)『増鏡』に三月七日京都を出発し美作国を経て、四月一日頃出雲国やすきの津から隠岐行きの船に乗ったと記されており、(4)『花園天皇宸記』に三月七日に京都を出発し十四日（十四日後カ）に出雲国で乗船したとあることから、(5)後醍醐天皇が元弘二年三月七日に京都を出発し、中国地方を通って四月上旬頃隠岐に着いたことは確かなようである。しかし、史実上の遷幸の道筋は不明と言わざるをえない。この、遷幸の道筋がよくわからないことが、中国地方における後醍醐天皇伝説の伝承状況を複雑にし、遷幸伝説の広範な分布をもたらす大きな役割を果たしたと推定される。岡山県だけでも、後醍醐天皇が腰掛けて休んだという美作市（旧作東町）や真庭市（旧八束村）の休石（やすみいし）、天皇が姿を映して嘆いたという勝央町の姿見橋、天皇の脱いだ衣だという久米郡美咲町（旧柵原町）の衣石、天皇が手を洗ったという津山市の御手洗（みたらい）の湯ほか、枚挙にいとまがない。(6)

本章は、後醍醐天皇隠岐遷幸という歴史的事実から派生して成立した遷幸伝説が、中国地方の一地域の伝承にどのような影響を与えたかを、今でも土地に伝えられている地名由来説話や関連伝説の検討を通して考察することを目的とする。(7)

Ⅰ　位田と唐地屋敷

前章では、元弘二年（一三三二）に後醍醐天皇が隠岐遷幸の際に一時休息したことに由来するといわれている祭事「かいごもり祭り」について考察した。(8)「かいごもり祭り」は岡山県新見市唐松字位田に鎮座していた国司(くにし)神社（明治四十三年〈一九一〇〉に岩山神社に合祀された）の頭屋祭りであるが、近年まで祭事の内容も全く公開されない秘祭であった。前章では、祭事の内容、祭りの起源説、「かいごもり」の語源説などについて考察を加えたわけであるが、論じ残したものに地名由来説話や関連伝説の問題があった。興味深いことに、後醍醐天皇隠岐遷幸伝説が実際の地名に影響を与えており、いくつかの関連地名が現在でも残っている。以下、具体的にそれらの地名について検討する。

「かいごもり祭り」の中心となる新見市唐松の国司神社跡地周辺地域は「位田(くらいだ)」という地名である。この地名については、次のような地名由来説話が伝承されている。

〈事例1〉「位田の地名由来」

これはなあ、後醍醐天皇を、迎えたら、後醍醐天皇に、粟餅を、出したわけですな。そしたら、「こりゃあおいしいもんじゃ」と。あちらの方では粟餅いうもんがないんでしょう。粟いうもんができんのでしょう。へで備中の国に入ってからな、あるぐらいなことで。あちらの方は蕎麦はありますらあな。けどないでしょう。へで、

「こりゃあおいしいもんじゃ。田に位を授けてやろう」いうて、その位田という名をくれたわけですら。「田に位を授けてやろう」と、いわれて、位田という名を、まあもろうたわけですらな。せえで、みんなが読みゃあ、〈いだ〉としか読まんでしょう。

「〈いだ〉はどこですか」いうて、来るもんが多いんですよ。

「〈いだ〉いやあここじゃ」いうて。「〈いだ〉と読むんじゃあない、こりゃ〈くらいだ〉と読むんじゃ」とこういうたら、

「ああそうですか。いやそりゃそういわれりゃあ〈くらいだ〉かもしらん」いうていわれる。

「田に位を授けてやろう」と、いうて、この地名を、位田にしてくれたわけですら。後醍醐天皇が。[9]

〈事例1〉は、この地にやってきた後醍醐天皇に土地の人が粟餅を差し上げたところ、大変喜ばれて「田に位を授けてやろう」といわれたので、「位田」という地名になったという由来を語る伝説である。これに関して『美穀村史』は「美穀村には古くから唐松の位田、および正田といった農地に関係した地名がある。位田は律令時代の官人にたいし位階に応じて賜わった位田が地名となり、正田は荘園時代の佃、正作田などと同じく、領主の直営地の一般呼称が地名となったものである。もっとも正田は他の説によると、なんらかの恩賞によって賜わった土地、すなわち賞田が正田に変化したともいわれている。また美穀という村名も「古来より美穀を産した」ことによって名付けられたものとされている」[10]と記している。美穀村は、明治二十二年（一八八九）に唐松村と正田村が合併して成立し、昭和二十九年（一九五四）に新見市の一部となった旧村名で、古くから良い米（美穀）を産したことから美穀村と名付けられたという。

問題は、新見市唐松の「位田」という地名の由来をどう捉えるかという点である。『美穀村史』のいう「位田」

とは、「律令制において、五位以上の有位者に支給された田[11]」をいう。新見市唐松の「位田」の地名由来について考えるためには、他地域に残っている「位田」という地名の由来と比較してみる必要がある。日本各地で「位田」という漢字表記を含む主な地名を列挙すると次のようになる。

A　岡山県美作市「位田」
B　京都府綾部市「位田町」
C　兵庫県佐用郡佐用町「本位田」
D　滋賀県東近江市五個荘「五位田」
E　山形県山形市「二位田」

Aの岡山県美作市の「位田」という地名の由来は、鷺神社（美作市位田七四二番地）の社伝に「聖武天皇の御宇美作守従五位下阿部帯麿の奏進により天平十年（七三八）四月勅して社殿を造営せしめ従五位大伴兄麿をして奉幣せしめ給う。同十二年更に勅して位田六町並に封戸十二戸を賜う[12]」とあるのによるという。Bの京都府綾部市の「位田」は、鎌倉期に見える小幡位田の地に当たると推定されている[13]。平安時代末期、小幡郷に荘園（小幡庄）を立てるに当たり、四至内にあった位田を他所に転じた記録が残っていることから[14]、古代律令制における位田に起源を持つ地名とみられる。Cの兵庫県佐用郡佐用町の「本位田」という地名の由来は、律令制下の位田であったことによるとされている[15]。Dの滋賀県東近江市五個荘の「五位田」という地名は、律令制下で五位以上の官人に支給された位田に由来するとみられている[16]。Eの山形県山形市の「二位田」という地名は、近世の文献では「新田」と記したものが多いことから[17]、「新田」が「二位田」とも表記されただけのことで、律令制下の「位田」とは関係ない地名とみられる。

これらから、「位田」という漢字表記を含む地名は「いでん」と読むところが多いことがわかる。しかも、AからDの「位田」はすべて「いでん」と読み（Dの「五位田」は「ごいでん」の「ん」が脱落したもの）、どれも律令制下の「位田」に由来するとみられている地名であった。「位田」という漢字表記を含むが「いでん」と読まないEの「二位田」は、「新しく開墾された田」という意味の「新田」が「二位田」とも表記されただけの地名とみられ、AからDの「位田」とは地名の起源が根本的に異なるものであることがわかる。

以上のことから、「位田」という漢字表記を含み「いでん」と読む地名は古代律令制下における「位田」に起源を持つ可能性が高いことがわかる。「位田」と漢字表記されている点からいうと、新見市唐松の「位田」も、『美穀村史』が記すように「律令時代の官人にたいし位階に応じて賜わつた位田が地名とな」った可能性が高いと推測できる。しかし、問題となるのは「位田」の読み方である。律令制下の「位田」に由来するとみられているAからDの「位田」はすべて「いでん」と読まれているのに、なぜ新見市唐松では「くらいだ」と読まれているのであろうか。新見市唐松の「位田」が「くらいだ」と読まれるようになった起源説としては、次の二点が考えられる。

一、後醍醐天皇伝承の成立とともに「位田」という地名が新たに成立した。

二、律令制下の「位田」に起源を持ち「位田」と表記して「いでん」と読む地名が元からあり、その地名の読み方が後醍醐天皇伝承の成立とともに「いでん」から「くらいだ」へ換えられた。

他地域の「位田」の由来と比較して考えると、唐松の「位田」の場合、第二の起源説であった可能性が高いように思われる。しかし、第一の起源説の場合でも、第二の起源説の場合でも、「位田」と書いて「くらいだ」と読む唐松の地名（少なくとも「くらいだ」という「読み方」）は、唐松周辺地域に後醍醐天皇伝承が存在していなければ成立しなかったとみてよいであろう。

〈事例1〉は新見市唐松にある「位田」という地名の由来についての伝承であったが、「位田」の小字に「皆籠(かいごもり)」という地名がある。明治二十年（一八八七）七月調査の「神社明細帖(帳)」（阿賀郡唐松村）の「国司神社」の項に「（7）鎮座　唐松村字皆籠[18]」と記されているように、この「皆籠(かいごもり)」という小字は、「かいごもり祭り」が行われる国司神社跡地あたりをさす地名である。この「皆籠」という小字は、祭事の中心地であることから付けられた地名だと推定されるが、ここに土地の人数名が天皇警護のために夜通しこもったという伝承もある。この「皆籠」という小字も、唐松周辺地域に後醍醐天皇伝承が存在していなければ成立しなかった地名の一つとみてよいであろう。

〈事例2〉「唐地屋敷の地名由来」

「かいごもり」とはな、「かい」は、皆んなでしょう。「籠もる」ということはな、後醍醐天皇が、来られて、敵がやって来るでしょう。そしたら、家を、全部、留守にするわけですら。雨戸をたってしもうて、火を消えてしもうて、おるやらおらんやらわからんような、留守のような格好にしてしもうて、おるわけですら。そうすりゃあ、来た兵隊が、問ういうて問うとこないでしょう。自分らの、兵隊の考えだけしきゃぁまあないわけですよ。せえで、その、火を消して、雨戸を閉めて、寝たということですらあな。それをまあ昔はこもったとこういう。寝たというか、安静にしとったいおうか。へでまあ、敵の、計略にかからんように、

「ここには誰もおらんけえ、問うことができんけえ」言うてずうっと、まあ唐地(とうじ)屋敷(やしき)へ、行ったいう。へで唐地屋敷で問うたら、

「ここは、もう、いっときも、そのうえも、向こうへ越された」と、こういうて、言うたんじゃそうです。嘘かほんまか知りませんけぇど。せえであっこは、「通り屋敷」と、大体は、いうのが本当で、「唐地(とうじ)」の「屋敷」とい

うのはこりゃ、そうではないんじゃそうです。「通り屋敷」が本当で、「唐地」の「屋敷」はこりゃ、本当じゃあないらしいです。へで、「もういっとき前に、通って行っちゃった」いうて、「唐地」の「通り屋敷」じゃいうことにしたわけですら。せえでみんながこう、「とうじやしき、とうじやしき」いうて、「唐地」の「屋敷」にしてしもうたわけですら。本当は、「通り屋敷」が本当じゃそうです。古りい人がいうのにな。せえで地名を、「通り屋敷」に地名をしたわけですらな。[19]

〈事例2〉は国司神社跡地の北東にある「唐地屋敷」という小字の由来を語る伝承である。興味深いことに、この小字は「唐地屋敷」と漢字表記され、「とうじやしき」と称されている。この地には、かつてここに住んでいた人が後醍醐天皇を追ってきた敵に対して「もうここを通って向こうに行かれた」と答えて無事難を切り抜けたという伝承がある。このことから「通り屋敷」となり、転訛して「唐地屋敷」となったのではないかという伝承を〈事例2〉は語っているのであるが、なぜここが「唐地屋敷」という地名なのかわからないという土地の人も多い。また、「唐地屋敷」は「当時の屋敷」の意味だという伝承もある。その地にはかつては三、四軒の家があったというが、その家々がある土地全体を「唐地屋敷」と称した(屋号も唐地屋敷というそうである)。しかし、水害や道路整備等のため三、四軒あった家屋はすべて転出または移動し、現在その地には家屋跡のみが残っている。「唐地屋敷」と称されるその土地は旧道沿いに当たるという。そのため、〈事例2〉のような、この地に天皇を追って敵がやって来たという伝承が生じたらしいことがわかる。「唐地屋敷」と漢字表記されていることから、いつの時代か中国大陸の人が住んでいたとか、中国大陸と関係する何かの事柄があったかとも推定して、関連文献を調べたり土地の古老に聞いてみたが、中国と関係する何かの事柄があったという文献も伝承も全くなかった。

興味深いのは、「唐地屋敷」に住んでいた加根家と森脇家は「かいごもり祭り」で「迎え人」という役割を代々担ってきたという点である。かつては迎え人の加根家と森脇家が一年交替で、祭事をすませた神官一行を酒肴を用意して出迎える「サカ迎え」の行事を担当していたという。しかし、加根家は転出し、現在では森脇家のみが「唐地屋敷」のすぐ下の土地に転居しながらも「迎え人」の役割を担い続けている。また、〈事例1〉に、この地にやってきた後醍醐天皇に土地の人が粟餅を差し上げたことが語られているが、土地の伝承によると、唐地屋敷に住んでいた人が天皇に粟餅と濁酒(どぶろく)を差し上げて招待したのだという。そのため、唐地屋敷の人が現在でも「かいごもり祭り」で酒肴を用意して出迎える「迎え人」という役割を担っているということである。「唐地屋敷」に住む「迎え人」が「サカ迎え」の行事を担当していることから、「とうじ」は「杜氏(とうじ)」の意味で、かつては迎え人が「サカ迎え」の行事で用意する酒を杜氏として屋敷で造っていたから「杜氏屋敷」とされたが、いつしか酒造が止められ、ついにはそれが忘れられて「唐地屋敷」と記されるようになったのであろうか。

江戸時代末期に編纂された『備中誌』英賀郡巻之一の「上唐松」の項に「扠(さて)、社の脇に甕を埋あり。是は前年甘醴酒をこの甕に造り込土中に埋有を、当年祭礼に出し用ひて、神にも捧け社人も是を呑事とす。其味甚甘美也と云。又当年祭礼の日醸して瓶に入土中に埋置て、又翌年の神事に用ゆると也。／又、社の側に物見の瀧と云有。此処より社人一村を臨見て、人家に吉凶有事を察す。」[20]とあるように、かつては弥山(祭事が行われる山)にある小祠の脇に埋めた甕で毎年酒を造っていたらしいが、古老によると昭和の初期にはすでに造らなくなっていたという。祭事における酒造の中止は、酒税法施行の問題等も関係しているのであろうと推定される。「サカ迎え」の行事の場合でも、現在では迎え人が酒肴を用意して石の鳥居のところで神官一行を出迎え、祝詞を上げて迎え酒を飲んでいるが、以前は、迎え人が石の鳥居のところから一行を唐地屋敷まで案内し、祝詞を上げて迎え酒を飲んだという。祭事の内容は時代の推移とともに微妙に変化してきているようであり、「とうじやしき」は「杜氏屋敷」の意味である可能性も完全には否定できないようにも思われる。しかし、「唐地屋敷」の人が「サカ迎え」で用意する酒を屋敷で造っていたというような伝承は土地には全くないことから、これも推測の域を出ない。やはり〈事例2〉のいうように、「通り屋敷」が転訛して「唐地屋敷」となったかという地名由来説のように考えるのが適当なのであろうか。

現時点ではやはり地名の由来は不明としか言えないように思われるが、この地に住んでいた人が天皇に粟餅と濁酒を差し上げたという伝承がある点、この地に住んでいた人が天皇を追ってきた敵をやり過ごして無事難を切り抜けたという伝承がある点、「かいごもり祭り」で「迎え人」の役割を代々担ってきた家の人たちが住んできた土地の名称である点などから、「唐地屋敷」というこの小字名も、後醍醐天皇伝承と深く関わる地名の一つといえよう。

Ⅱ　鞍掛け岩と馬蹄石

次に、唐松地区に伝承されている後醍醐天皇にまつわる伝説のうち、地名由来説話以外の関連伝説についてみてみる。

〈事例3〉「鞍掛け岩の由来」

鞍掛け岩いうのは、お国司はここですけど、向こうの方ですけえなあ。向こうに、岩があるんですけどなあ。そこへ鞍を掛けて、へで、裸馬で、この、国司神社の弥山へ飛んだいうんですら。そういう、まあ、伝説ですけえこりゃあ。嘘とも言える、ような感じはするんですけどなあ。鞍掛け岩いうのは、今にあるのはあるんですけえど、谷を隔てて向こうの山です。

「こりゃあ、後醍醐天皇の鞍掛け岩じゃ」ということは、私ら子どもの頃から、古い人が教えてくれるけえ、「はあそうかな」いうて、聞くようなことで。ここへ鞍ぁ掛けてぇて、それから、後醍醐天皇は裸馬で、お国司さんまで飛んじゃったんじゃ。まあ要するに飛行機みたいな、ことですけえど。まあそりゃ伝説ですけどな。そもそもあっこは、土橋いうとこですけどなあ。土橋の、まあ、唐松組じゃあありますす。段の上です。これが昔の、街道ですけえな。腰折れ地蔵さんの前の方はずうっとな。昔の旧道です。それを、上へ越して、まあ、土橋へ出るわけですわ。土橋へ通ずる、昔の街道じゃな。そこの、横に、大きな岩があるんですら。こうような、とんぎった（尖った）、こうな岩ですわな。へえでこれへ鞍ぁ掛けてぇて、飛んじゃったいう話をするんですけどな。今は上がれませんなあ、もう茂ってしもうて。(21)

〈事例3〉は新見市唐松にある「鞍掛け岩」という岩の由来を語る伝説である。後醍醐天皇が谷を隔てた向こうの山にある大岩へ鞍を掛け、裸馬でこちらの国司神社の上の弥山まで飛んだのだという。天皇が鞍を掛けたので、その岩を「鞍掛け岩」と呼ぶようになったそうである。国司神社跡地にある小祠を出て、すぐ横を流れている田津川（コリ取り川）を渡って南向かいの山の上に通じる旧道を上に登って行くと、途中に「段の腰折地蔵」（唐松位田段）がある。(22)さらにその道を登ると尖った大きな岩があるということであるが、現在では草木が茂っているためその岩を見ることはできない。

この鞍掛け岩に関しては、後醍醐天皇がこの大岩と付近に密生していた身の丈に余るカヤ（茅）に身を隠して敵の追撃を逃れたという伝承もある。この伝承から、「かいごもり祭り」の「かいごもり」の語源説の一つである「カヤごもり（茅籠）」説が生じている。それは、後醍醐天皇が隠岐遷幸の際にこの地を通り、一行が位田集落の大阪で下馬し、付近の大岩（鞍掛け岩）に身を隠して敵の追撃を逃れた。その時この付近は身の丈に余るカヤ（茅）が密生していたため敵の眼につかなかった。その故事によって「カヤごもり」といい、それが訛って「カイごもり」となったという説である[23]。しかし、土地でこの説を知っている人が少なく、神事の中に茅を使用するか、茅に隠れるかの動作も残っておらず、その痕跡も見いだせないことから、「茅ごもり」が語源である可能性は低いのではないかと推定される（筆者は「かいごもり」の語源説として、動詞に添えて意を強め語調を整える接頭語「かい（「かき」のイ音便）」＋「こもり（籠）」説がもっとも妥当ではないかと考えている[24]）。

現在では人が通ることができないほど草木が茂っているそのような場所に、天皇が馬の鞍を掛けたという「鞍掛け岩」の伝説が残っているのは奇妙な感じを受けるが、実は「鞍掛け岩」へ通じる旧道は、かつては土橋地区へ抜ける主要な街道であったということである。昔はその山道を人や馬が普通に通っていたため、このような伝説が生じることとなったのであろう。〈事例２〉でみた唐地屋敷も国司神社跡地（小字皆籠）も旧道沿いにある点から、唐松周辺の後醍醐天皇伝説は旧道沿いに点在している状況がうかがえ、注目される。

〈事例３〉の「鞍掛け岩」と同様の伝説は日本各地に残っている。鞍を掛けたとされる対象が石や岩の場合は「鞍掛け石」とか「鞍掛け岩」と称され、松の場合は「鞍掛け松」と称される。これらは鞍を掛ける対象が石や松に変わっているだけで、皆同様の伝説といえよう。鞍を掛けたという人物は神功皇后、源義経、豊臣秀吉など土地によって様々で、その地に生まれた人物の場合と、その地を通過した英雄の場合とがある。

〈事例４〉「馬の蹄跡の由来」

あの、対岸の方へあるらしいんじゃけどなあ、鞍掛け岩の。知らんのじゃそりゃ、よう。あるなぁあるらしい。

何か飛んだ時に、その馬の蹄でできた時の穴とかいうて。何かなあ、石がこうぺこっとこう、へこんだようなとこがあるんじゃろう。何か、そがあな話がある。(25)

〈事例3〉は後醍醐天皇が「鞍掛け岩」へ鞍を掛け、裸馬でこちらの国司神社の上の弥山まで飛んだという伝説であったが、〈事例4〉は後醍醐天皇が「鞍掛け岩」から弥山まで飛んだ時に馬の蹄で石がへこみ、その蹄跡が今でもあるらしいという話である。〈事例3〉と〈事例4〉に関しては『新見市史　通史編下巻』「後醍醐天皇と地名の由来」の項にも「天皇は、唐松に入り、位田の野で馬の倉を下ろし、岩に立て掛けて休息された。この地には、「倉かけ岩」と呼ばれる岩がある。天皇警固の武士たちは、追手から馬のひずめの跡を隠すため、そこから国司の滝まで、馬上のまま一跳びに越したという。国司の滝には、現在でもひずめの跡らしいものが残っている。(26)」と記されている。なお、ここの「倉かけ岩」の「倉」は内容から判断すると「鞍」の誤記とみられる。また、「国司の滝」は、周辺に滝がないことから、ふもとに国司神社跡地がある弥山の頂上の南側に位置する「物見嶽」の誤記と推定される（前節で引用した『備中誌』上唐松の項にみえる「物見の瀧」も、「物見嶽」の誤記とみられる）。

〈事例4〉のような、岩石に馬の蹄跡があるという伝説は「馬蹄石」の伝説と称されるもので、日本各地に同様の伝説が多数残っている。柳田国男の『山島民譚集（一）』の「馬蹄石」の章には、日本各地に古くから伝承されている多数の事例が紹介されている。例えば、「武州西多摩郡小宮村大字乙津ノ熊野神社ニ、鳥居場ヨリハ四五町ノ上手道ノ左ニ馬蹄石ト鞍石アリ。熊野権現馬ニ乗リテ此処ヲ通ラレシ折ノ跡ナリト云ウ(27)」という事例では、現在の東京都あきる野市乙津にある熊野神社に熊野権現が馬に乗って通られた時の跡だという「馬蹄石」と「鞍石」があることが紹介されている。これなどは、〈事例3〉の「鞍掛け岩」と、〈事例4〉の「馬蹄石」の伝説がある新見市唐松の後醍醐天皇伝説とよく似ていることがわかり、興味深いものがある。「馬蹄石」の伝説は、神もしくは英雄が乗っていた馬の足跡と説明されるものがほとんどで、馬を神の乗り物として神聖視する信仰が背景にあるとされている。同類のものに神や英雄の事蹟として説かれる「足跡石」「手形石」の伝説があり、これも日本各地に多数伝承されている。

〈事例5〉「こおもり穴の由来」

「こおもり穴」の話は知りませんよ。私ら小さい頃はよく入りょうりましたけどね。要するに鍾乳洞ですから。まあそこへ（後醍醐天皇が）こもられたから「こもり穴」とか、いうのは聞きましたけど。私も詳しいことは聞いてない。(28)

〈事例5〉は田津川を挟んで唐地屋敷のちょうど向かい側の山の斜面にある「こおもり穴」と称されている鍾乳洞に関する伝承である。この鍾乳洞は、通常「こおもり穴」と呼ばれているが、「こもり穴」、「おこもり穴」と呼ばれることもあるそうである。土地では、こうもりがたくさんいるので「こおもり穴」と呼ばれるようになったとか、後醍醐天皇がおこもりになったので「こもり穴」とか「おこもり穴」と呼ばれるようになり、それが「こおもり穴」となったなどという由来説が語られている。『新見市史　通史編下巻』「後醍醐天皇と地名の由来」の項には「天皇は、一時、位田の「加根家」を行在所とされたが、不安を感じて近くの鍾乳洞にこもられた。天皇がこもられたので、その洞を「おこもり穴」と呼ぶようになった。それが、「蝙蝠穴（こおもりあな）」の語源だという。(29)」と記されており、「おこもり穴」が「蝙蝠穴（こおもりあな）」と転訛したという説を紹介している。

唐松地区では後醍醐天皇がおこもりになったという説には懐疑的な話者が多く、「そういう話を聞いたことがある」という程度の語りがされる場合がほとんどである。土地では後醍醐天皇がおこもりになったのは「かいごもり祭り」が行われている山（ふもとに国司神社跡地〈小字皆籠〉がある）とされているから、「おこもり穴」説に懐疑的な話者が多いのは当然のことといえよう。「おこもり穴」説は、「こおもり」と「おこもり」という言葉遊びが「世間話」として語られ、いつしかそれが後醍醐天皇関係伝説として一部に伝承されるようになった俗説の一つとみるべきかもしれない。いずれにせよ、「おこもり穴」説の存在は、唐松地区において後醍醐天皇に関する伝説が濃密に語り継がれてきたことの反映とみてよいであろう。

Ⅲ　馬繋と赤馬

前節までは新見市唐松周辺地域に伝承されてきた後醍醐天皇伝説と関連地名について検討したが、次に唐松地区の近くに伝承されている関連伝説と地名について検討してみることとする。

〈事例6〉「馬繋と赤馬の地名由来」

そのいわれがの、それはその、昔まあその、古い人が言うんじゃけども、本当か嘘かわからんけえど。後醍醐天皇がそのう、隠岐国に流される時に、ここを通って、そこんとこで、この前の道じゃけえ、ちょうど部落へ入りがけんとこに、大師堂（だいしどう）いうとこがあるんじゃ。そこへその、馬を繋いだいうんじゃ。馬を繋いだんで、そうしてまあ休んだわけじゃ。それで、しょうたら、赤い馬が一つ、離れてどえりゃぁ駆けったいうんじゃ。それで駆けって、そこの高い所から見ょうたら、

「どこへ行くじゃろう」いうて見ょうたら、豊永のその、あそこの山を越しょうる。

「おう赤い馬はあっこへおる。越しょうるがな」いうことで、「赤馬(あこうま)」いういわれが付いたいうことなんじゃ。豊(とよ)永(なが)の赤馬(あかうま)と書くとこはな。

へでうちらは、馬を、後醍醐天皇が繋いだんで、馬繋(うまつなぎ)と書くんじゃいうて。漢字で、馬の馬に繋ぐいう字で、「馬繋」じゃ。そういういわれじゃいうこたぁ、もう年寄りが言いぬきょうたなあ。(30)

〈事例6〉は「馬繋(まつなぎ)」と「赤馬(あこうま)」という地名の由来を語る話である。隠岐国へ流される時に後醍醐天皇が馬を繋いで休んでいると、一頭の赤い馬が離れて山の方へ駆けていった。それで、馬を繋いだところを「馬繋」、赤い馬が駆けていったところを「赤馬」というようになったという。「馬繋」(新見市草間馬繋)は唐松地区の東南方向にある地名で、「赤馬」(新見市豊永赤馬)は唐松地区の東北方向にある地名である。『新見市史　通史編下巻』「後醍醐天皇と地名の由来」の項には「後醍醐天皇が作州から逃れる途次、豊永の赤馬を通られた。そのときの天皇の乗馬が赤色であったので、その地を「赤馬」と名付けたという。／天皇は、更に難を逃れるため草間の馬繋(まつなぎ)で馬をつないで休息され、どちらの道を選ぼうかと思案されたので、その地を馬繋と呼ぶようになったという。(31)」とあり、そこを通られた天皇の乗馬が赤色だったので「赤馬」と名付け、馬を繋いで休息されたので馬繋と呼ぶようになったという説を紹介している。〈事例6〉は馬繋地区で直接聞いた話であるが、唐松地区でも同様の話を聞くことができたので、この周辺ではよく知られている地名由来伝説のようである。馬繋の近隣地域でこの話を聞いた場合には、あそこで後醍醐天皇が馬を繋いだから馬繋という地名になったらしいという簡単な地名由来が語られる程度で、それ以上の詳しい説明はされない。ところが、馬繋地区で直接話を聞くと後醍醐天皇が馬を繋いだ場所について、次のような具体的な話を聞くことができた。

〈事例7〉「馬を繋いだ柿の木」

（大師堂のところに）柿の木が、こがあなんがあった。大きな柿の木が残っとった。もう、三、四十年でもなりゃぁへんかのう。大きな株があって、それからまた、それへこう芽が出たやつが大きいなったんが、はぁこがぁなったんが。柿の木じゃ。峠にな、ちょうど峠になっとるんじゃ、そこが。で、そこが、ちょっと休んだら部落がずらっと見える高いとこでな。へえから下へ下へこう家があるわけじゃ。まあ寺が一番高いけど、寺の次にあそこが一番高かった。（そこにあった柿の木に馬を）繋いだいう話じゃった。どうもわし見たんじゃないけえなあ。年寄りがそういうて、言ょうたけえ。

「ここへ来た。後醍醐天皇がここへ馬を繋いじゃったんじゃ」いうようなことをな、言ょうたけえ。へじゃけえまあ、わしらが年寄りいうたらまあ、何じゃなあ、六、七十も大けぇもんが言うわけじゃけえ。今、生きとってなら、百五十も、その上もなるような人がそがぁ話をしょうたんじゃ。(32)

〈事例7〉は、後醍醐天皇が馬を繋いだのは大師堂のところにあった大きな柿の木だったらしいという話である。馬繋集落へ西側から入るところにある大師堂は輝雲寺（新見市草間馬繋）のすぐ南にある小さいお堂で、そのあたりはちょうど峠になっている。昔はそこに大きな柿の木があり、その木に後醍醐天皇が馬を繋いだそうだと古老が話していたという。残った古株から芽が出た何代目かの大きい柿の木が何十年か前まであったそうだが、道路工事のために切られたそうである。今も大師堂の横にある柿の木は、切られた株からさらに芽が出た柿の木だということである。

〈事例7〉のような貴人や武将が馬を繋いだという伝承は、「駒繋桜（こまつなぎざくら）」もしくは「駒繋松」と称される樹木伝説の一つで、日本各地に同様の伝説が多数伝えられている。馬を繋いだ人物としては、源頼朝、木曽義仲、加藤清正ほか、武将の場合が多い。また、貴人や武将が馬を繋いだという伝承を持つものとしては桜と松が最も多く、その他に、杉、楠、榎、椋、石などがある。例えば、沖縄県の伊是名島では、勢理客集落の南端に琉球王統第二尚氏始祖の尚円王が馬を繋いだ松がかつて残っていたという伝承があり、現在はその場所に代わりの松が植えてある。(33)「駒繋桜」もしくは「駒繋松」と称される樹木は各地に残っているが、当地のように「馬繋」という地名にまでなっているのは珍しく、注目される。

〈事例6〉には馬繋に繋いでいた赤い馬が駆けていったところを「赤馬」というようになったという地名由来が語られているが、「赤馬」という地名の由来に関して『豊永村誌』「大字赤馬」の項には「昔は野々上と云ふ広き区域に含まれしが、次第に佐伏の名起るにつれ日咩宮の穴の間と称するに至り、穴間と唱へアナマが何時かアカマとなり、遂にアコウマと称するに至り赤馬の字を書くに至れるならん。伝説に伊予松山城家老赤馬太郎久光落城につき此里に土着せるより赤馬の名起ると云ふ。(34)」と記されている。しかし、『豊永村誌』のいう「アナマ……アカマ……アコウマ……赤馬」となったという説も、伊予松山城家老赤馬太郎久光が土着して赤馬の名が起こったという説も、説得力に乏しいように思われる。このほかに、赤馬の周辺地域で直接聞くことができた地名由来説として、後醍醐天皇が乗っていた馬が赤馬だったからという説（『新見市史』説と同じ）、赤馬本村の庄屋にいた馬が赤馬だったからという説などがあった。現時点では「赤馬」の地名の由来は未詳としておいた方がよいように思われるが、〈事例6〉のように「赤馬」という地名が「馬繋」とともに後醍醐天皇伝説に関係する地名として近隣地区の人々に伝承されてきた事実は重視する必要があろう。

Ⅳ　休石と明智峠

『新見市史　通史編下巻』「口頭伝承」の項に後醍醐天皇は美作国から逃れる途中、豊永の赤馬、草間の馬繋、唐松の位田を通ったという説が紹介されているように[35]、新見市の伝承によると、後醍醐天皇は北房から豊永の赤馬を通り、草間の馬繋、唐松の位田を経て、千屋(ちや)の「休石(やすみいし)」で休憩された後、「明地峠(あけちとうげ)」へ向かったという。一方、岡山県大佐町の伝承によれば、後醍醐天皇は大佐町君山の十二社権現で一泊し、大井野に行って御所原で食事をした後、千屋の休石で休憩し、明地峠へ向かったという[36]。

このように、岡山県の各地には後醍醐天皇が通ったという伝説が多数残されているわけであるが、それに関して、途中での天皇奪還を恐れ、一行はいくつもに分かれて山陰越えをしたためという言い伝えまであり[37]、遷幸の道筋の解明は解決不能の問題といえよう。

新見市千屋花見の「休石」は、近隣地域では特によく知られている。『阿哲郡誌　上巻』の「休石」の項に「千屋村花見の伯耆街道に沿ひ、休石と称する部落あり。路傍の右側に長二間幅五尺余の盤石あり。伝へ曰ふ、後醍醐天皇隠岐御遷幸の時、御輿を此岩上に駐め給ひしと。依て石を休石と言ひ、遂に地名ともなれるなり。此所に小祠あり後醍醐神社と称し之を祭る。付近の地に入野、成地等の名あるも帝の通御に因みありと、古来里俗之を信ぜり。(略)又何人の詠ぜしものか「ほのぼのと夜は明智峠月は入野にみは成地花は花見の休石」又「夜は明智月は入野に実は成地何時も花見る休石かな」と口碑に残れるもあり[38]。」と記されているように、現在でも千屋花見には「休石」と称される大きな石が祀られており、「休石」はそこの地名にもなっている。

また、「ほのぼのと」と「夜は明智」の歌について、『阿哲郡誌』は「何人の詠ぜしものか」と記しているが、『後醍醐天皇記写』[39]は後醍醐天皇が花見村の休石で輿を休めた時に「夜は明地月は入野に身はなり地いつも花見のやすみ石かな」という歌を詠まれたと記している。「ほのぼのと」と「夜は明智」の歌は、千屋地区一帯に広がる「明地峠」「入野(いりの)」「実(さね)」「成地(なりち)」「花見」「休石」という地名を詠み込んだもので、千屋周辺の地名に精通した人物でなければ作成できないものである。このことから、これらの歌は近世末期頃に千屋地区一帯の地名に詳しい人物が作成したものかと推定される。「夜は明智」の歌は周辺地域ではよく知られているが、この歌の内容から、千屋の「実」「成地」「入野」「花見」「休石」「明地峠」などの地名も後醍醐天皇遷幸に関係する地名とされている。

〈事例8〉「明地峠の地名由来」

ずうっと奥へ入ったら、明地ヶ峠(あけちがたわ)という峠(たわ)があるんですら。その明地ヶ峠を、まあ昔、旧道ですけえなあ。今はトンネルがあるけえわからんですけどなあ。明地ヶ峠という峠があるんですら。その峠へ、後醍醐天皇が差し掛かれた時になあ、言われた言葉がなあ、

「夜はほのぼのと、明地ヶ峠か」いうて、その峠へ上がったら、詠まれたいうんですら。「夜はほのぼのと」いうたら、夜歩いとるんじゃから。そこを歩きょうる時分にゃあ、「夜はほのぼのと」いうことは、夜が明けたいうことですわな。じゃけえ、夜の昼のなあ歩きょうたわけですなあ。そこが明地ヶ峠という、峠ですらあなあ。それを向こうへ越したら、今度は鳥取へ向けて行くようになるわけですけえなあ。へえで今に、明地ヶ峠いうんですらあなあ。じゃけど今は、そこは、全国の地図ではなあ、幻の道じゃいうこれが、道ですら。地図にはあるんですよ、こういうように道がなあ。街道じゃから、旧街道は書いてあるけど、今は、それへ通るもんがおらんのじゃ。せえ

で今は、トンネルが抜けたでしょう、じゃからもうあのトンネルへ行きますけえど。あれが昔の街道ですら。せえで、よそから来た人は、あっこを通って鳥取抜けよう思うても、その道がわからんから、幻の峠じゃいうて、まあ、一般がいわれたわけですら。明地ヶ峠が、要するに、幻の峠ですらあなあ。現在みんなが言うのはな。そういう言葉もあるんですら。伝統的にな、それは聞いとるんですけれど。

こっちい抜けるもんと、あっちい抜けるもんと、後醍醐天皇が二人おるわけですけえなあ。せえで、替え玉があっちい、行ったわけですら。それを追うて、足利尊氏の、軍が、それへ向けて行くわけですら。へじゃから、今度はこっちい向けてこう抜けるでしょう。こっちい抜けるんとこっちい抜けるんとな。まあそういうことで、隠岐島へ行ったわけですらあな、後醍醐天皇は。(40)

〈事例8〉は、後醍醐天皇が峠へ差し掛かった時に夜が明けたのでそこが「明地ヶ峠(あけちがたわ)」と称されるようになったという地名由来を語る伝承である。この峠は通常「明地峠」と表記されるが、「明智峠」と記される場合もある。今は明地トンネルが抜けているため、旧街道から峠を通って鳥取へ抜けようとしても道がわからず、幻の峠といわれているという。〈事例8〉末尾の後醍醐天皇が二人いたという伝承も、天皇奪還を恐れ一行はいくつもに分かれて山陰越えをしたという伝承と共通しており、興味深いものがある。

このようにして千屋の「休石」で休憩した後醍醐天皇は、「明地峠」を越えて伯耆国(鳥取県西部)に入り、隠岐に向かったということである。

結語

以上で、後醍醐天皇隠岐遷幸という歴史的事実から派生して成立した遷幸伝説が、中国地方の一地域の伝承にどのような影響を与えたかという問題についての筆者なりの考察を終える。本章では、岡山県新見市に伝承されている事例を中心として検討した。事例の検討を通してうかがえることは、後醍醐天皇隠岐遷幸伝説を背景としつつ、伝承の核ともいえるものを中心として種々の伝説が生じているらしい点である。新見市の場合では、唐松周辺地域、千屋周辺地域、大佐周辺地域（本書、後醍醐天皇伝説編第一章参照）という三つの伝承圏が存在しているように判じられる。それぞれの地域において伝承の核となる役割を果たしているものは、唐松周辺地域では「かいごもり祭り」という伝統的祭事で、千屋周辺地域では「休石」という巨石、大佐周辺地域では「後醍醐神社」という神社だと思われる。そして、それぞれの伝承の核となるものの周辺に分布する関連地名も、伝説の継承に大きな役割を果たしていると推定される。ある地名が、伝承の核となるものから派生して生じた地名であったとしても、時代の経過とともに、その地名の存在自体が今度は伝承の衰微を防ぐ役割を果たすことになると考えられる。

唐松周辺地域の「かいごもり祭り」伝承圏の場合、「位田」「皆籠」「唐地屋敷」という関連地名と、「鞍掛け岩」「馬蹄石」「こおもり穴」などの伝説が伝承されている。秘祭として永く地域に継承され続けてきた「かいごもり祭り」の伝統持続力と影響力はかなり強いものがある。本章で見たような豊かな伝説が唐松周辺地域に多数残っているのも、「かいごもり祭り」の持つ影響力の強さに起因しているように思われる。

また、豊永には「赤馬」という地名が伝承されており、草間には「馬繋」という地名と「駒繋柿」の伝説が伝承されている。筆者は美作国から唐松までの道筋の途中にあるこれらの地名も「かいごもり祭り」伝承圏の影響下で成立したものではないかと推測している。後醍醐天皇遷幸伝説のある唐松地区の近くにある地名ということから、後醍醐天皇伝説関連地名の一つとして後代に取り込まれていった可能性も考慮してみる必要があるように思われる。

千屋周辺地域の「休石」伝承圏の場合、「休石」と称される巨石が現在も実在しており、その存在感はかなり強い。そして、後醍醐天皇に仮託された「夜は明智月は入野に実は成地何時も花見る休石かな」という歌に読み込まれた千屋の「明地（智）」「入野」「実」「成地」「花見」「休石」などの地名が、後醍醐天皇伝説関連地名として伝承されてきたとみられる。

後醍醐天皇隠岐遷幸という歴史的事実に、本稿で検討した新見市の遷幸伝説と関連地名の伝承を加え、伝承上の遷幸の道筋を記してみた場合、後醍醐天皇は元弘二年（一三三二）三月七日京都を出発し、美作国院庄を経て、北房から豊永の「赤馬」に入り、さらに草間の「馬繋」、唐松の「位田」、千屋の「休石」「明地峠」を経て伯耆国（鳥取県西部）に入り、四月上旬頃隠岐に着いた、ということになる。

一方、新見市大佐の伝承によって伝承上の遷幸の道筋を記してみた場合には、後醍醐天皇は元弘二年三月七日京都を出発し、美作国院庄を経て、新見市大佐「君山」の十二社権現で一泊し、「大井野（王居野）」に行って「御所原」で食事をした後、千屋の「休石」「明地峠」を経て伯耆国に入り、四月上旬頃隠岐に着いた、ということになろう。[41]

各地に残された種々の伝承によって、伝承上の遷幸の道筋を推定してみる作業は大変興味深く、その作業を通して多くのものが見えてくる。各土地に伝承されている遷幸伝説は旧街道沿いにある場合が多い。例えば、大佐「君山」は伯耆国へ抜ける近道でかつてはかなり人通りが多い街道筋だったということであるし、本章でみた唐松「位田」周辺の後醍醐天皇伝説も旧道沿いに点在している状況がうかがえ、千屋の「休石」や「明地峠」も伯耆国へ抜ける道である。また、多数の関連伝説は、それぞれの土地の生活、文化、地名などと密接なつながりを持っている。その中でも注目されるのは、遷幸伝説から生じた「地名」の存在である。本章では新見市の唐松周辺地や千屋周辺地に多数の関連地名が残されていることを確認したが、新見市大佐周辺地においても、大井野地区には「大井野(王居野)」「御所原」「甘蕨」、君山地区には「ハダカ」「君山」など、後醍醐天皇に由来するという地名が関連伝説とともに多数残っている。[42] 大変興味深いことは、これらの地名の由来譚が現在でも土地で脈々と伝承されていることである。改めて、後醍醐天皇遷幸伝説の影響力の大きさに驚かされる。

註

(1) ちくま文庫版『柳田国男全集 二〇』(筑摩書房、一九九〇年)、一六頁。
(2) 日本古典文学大系『風土記』(岩波書店)による。現在の牛窓では「牛転(うしまろび)」の故事はよく知られている。ただし、日本古典文学大系『風土記』の備前国「牛窓」の項の頭註は「古代の風土記記事とは認め難い」(四八六頁)とする。
(3) 日本古典文学大系『太平記』(岩波書店)による。
(4) 日本古典文学大系『増鏡』(岩波書店)による。
(5) 『増補 史料大成 三 花園天皇宸記 二/伏見天皇宸記』(臨川書店、一九六五年)、一九六頁。
(6) 立石憲利『岡山の伝説』(日本文教出版、一九六九年)、本書、後醍醐天皇伝説編各章、ほか。
(7) 調査は、平成九年(一九九七)と平成十三年(二〇〇一)に行った。
(8) 本書、後醍醐天皇伝説編第二章参照。
(9) 話者は岡山県新見市唐松の山室保さん(大正五年生まれ)。平成九年(一九九七)四月二十六日・原田調査、採集稿。

（10）『美穀村史』（正田公民館運営審議委員会、一九六三年）、一七四頁。

（11）『国史大辞典』第一巻（吉川弘文館、一九七九年）「いでん　位田」の項。

（12）石田清編『勝田郡公文村誌』（私家版、一九七八年）、二〇一頁。国政寛編『合併記念　勝田郡誌』（勝田郡誌刊行会、一九五八年）、六〇〇頁。『角川日本地名大辞典　三三　岡山県』（角川書店、一九八九年）「いでん　位田〈美作町〉」の項、一一八頁。

（13）『角川日本地名大辞典　二六　京都府上巻』（角川書店、一九八二年）「いでん　位田」の項、一五八頁。

（14）『京都府の地名』（平凡社、一九八一年）「小幡庄」の項、六〇三頁。

（15）『角川日本地名大辞典　二八　兵庫県』（角川書店、一九八八年）「ほんいでん　本位田」の項、一三六七頁。

（16）『角川日本地名大辞典　二五　滋賀県』（角川書店、一九七九年）「五位田村」の項、三〇六頁。

（17）『山形県の地名』（平凡社、一九九〇年）「二位田村」の項、二九九頁。

（18）註（10）の『美穀村史』、一五七頁。

（19）註（9）の山室保さん。平成九年（一九九七）四月二十六日・原田調査、採集稿。

（20）吉田研一編『備中誌』（日本文教出版、復刻版一九七二年）、一三八七頁。引用に際し、旧漢字を通行の字体に改め、句読点を付した。『備中誌』英賀郡巻之一の「上唐松」の項のこの部分が「かいごもり祭り」の説明だと判断される点については、本書、後醍醐天皇伝説編第二章一二五頁参照。

（21）註（9）の山室保さん。平成九年（一九九七）八月三十日・原田調査、採集稿。

（22）「段の腰折地蔵」は「正平十二年（一三五七）」（南朝年号）の銘が刻んである石造延命地蔵菩薩像（岡山県重要文化財指定）である（本書一二二頁参照）。

（23）長谷川明「かいごもり祭について――国司神社の頭屋祭――」（『岡山民俗』四一、一九六〇年七月）。

（24）本書、後醍醐天皇伝説編第二章参照。

（25）話者は岡山県新見市唐松田津の森脇勝さん（昭和八年生まれ）。平成十三年（二〇〇一）九月二日・原田調査、採集稿。

(26) 新見市史編纂委員会編『新見市史　通史編下巻』(新見市、一九九一年)、五四一頁。
(27) ちくま文庫版『柳田国男全集　五』(筑摩書房、一九八九年) 所収、『山島民譚集 (一)』「馬蹄石」の章、一九二～一九三頁。
(28) 話者は岡山県新見市唐松の藤沢和利さん (昭和二十二年生まれ)。平成九年 (一九九七) 二月一六日・原田調査、採集稿。
(29) 註(26)の『新見市史　通史編下巻』、五四一頁。
(30) 話者は岡山県新見市草間馬繋の大月茂さん (昭和三年生まれ)。平成十三年 (二〇〇一) 九月二日・原田調査、採集稿。
(31) 註(26)の『新見市史　通史編下巻』、五四一頁。
(32) 註(30)の大月茂さん。平成十三年 (二〇〇一) 九月二日・原田調査、採集稿。
(33) 一九九二年八月に行った沖縄県島尻郡伊是名村での原田調査による。尚円王の伝説については原田信之「琉球王朝始祖伝説――第二尚氏尚円王を中心に――」(「説話・伝承学」八、二〇〇〇年四月) 参照。
(34) 赤木敏太郎編著『豊永村誌』(阿哲郡豊永村、一九三三年)、三一～三二頁。
(35) 註(26)の『新見市史　通史編下巻』、五四一頁。
(36) 本書、後醍醐天皇伝説編第一章参照。
(37) 大佐町史編纂委員会編『大佐町史　上巻』(大佐町教育委員会、一九七九年)、二四五頁。
(38) 『阿哲郡誌　上巻』(社団法人阿哲郡教育会、初版一九二九年、復刻版一九七六年)、二一九～二二〇頁。
(39) 戸部氏蔵『後醍醐天皇記写』による。
(40) 註(9)の山室保さん。平成九年 (一九九七) 八月三十日・原田調査、採集稿。
(41)(42) 本書、後醍醐天皇伝説編第一章参照。

金売吉次伝説編

第一章　新見市の金売吉次伝説

はじめに

金売吉次（かねうりきちじ）は『平治物語』『平家物語』『源平盛衰記』『義経記』などに登場する金商人で、源義経（一一五九〜一一八九）に大きな影響を与えたとされる伝説的人物である。

吉次が『義経記』に初めて登場するのは、巻一「吉次が奥州物語の事」である。牛若から改名して遮那王と称するようになっていた十六歳の時（後に元服して義経と改名）の記述に「その比三条に大福長者あり。名をば吉次宗高とぞ申しける。毎年奥州へ下る金商人なりける」という部分がある。(1)この記述によると、吉次宗高は京都の三条に住む長者で、毎年奥州に下る金商人だという。その後、金商人吉次は遮那王に奥州の事情を説明して取り入り、後に元服した義経を藤原秀衡に引き合わせて褒美をもらうことになる。

金商人として渡り歩いたとされるためか、全国各地に金売吉次に関する伝説がある。例えば、岩手県奥州市衣川区（旧衣川村）長者原廃寺の金商人吉次屋敷跡伝説、(2)宮城県東松島市大曲（旧矢本町大曲）字五味倉の金売吉次居住伝説、(3)宮城県石巻市（旧河南町須江）関ノ入・長者館跡の金売吉次仮居住伝説、(4)山形県山形市上宝沢（旧上宝沢村）の住吉神社は炭焼藤太の息子金売吉次が社殿を建立したという伝説、(5)福島県会津若松市神指町高瀬（旧高瀬村）の観音堂は金売吉次・吉内・吉六のうち溺死した吉六の冥福を祈るため建立されたという伝説[6]、熊本県熊本市北区（旧植木町）の吉次峠は金売吉次信高が強盗に殺されてその墓があることに由来するという伝説[7]など、枚挙にいとまがない。これら各地の伝説には、それぞれの事例ごとに金売吉次伝説が成立することになった背景があるとみてよいであろう。

岡山県新見市（旧備中国）にも金売吉次に関する伝説が存在している。新見市に伝承されている金売吉次に関する伝説はどのようなもので、それらの金売吉次伝説にはどのような意味があるのであろうか。本章は岡山県新見市で採集した伝説についてまとめ、新見市の金売吉次伝説をめぐる諸問題について検討することを目的とする。

Ⅰ　備中国の金売吉次伝説

備中国の金売吉次伝説に関するもので最も古いものは、享保二十年（一七三五）成立の平川金兵衛親忠『古戦場備中府志』巻之二哲田（多カ）郡六郷「西山城　八鳥村」項の末尾にある記述で、次のように記されている。

> 私云、源義経卿を奥州に具足し奉る売金の商吉次・末春は石田氏にて、当町の宿屋道明寺屋と号す。当郡井村に吉次が塚とて旧跡有。人皆しる所也。高野山東光院に守本尊十一面観音の像を寄進す。寄付証文にも、備中国哲田（多カ）郡八鳥町道明寺屋石田氏吉次・末春と書記し畢[8]。

この部分には、源義経を奥州へ連れて行った金売商吉次末春は石田氏で、（吉次の家は）町の宿屋道明寺屋と称されていること、備中国哲多郡井村（現在の岡山県新見市足立）に「吉次が塚」という旧跡があり皆が知っていること、（吉次が）高野山東光院に守り本尊の十一面観音像を寄付したこと、寄付証文にも「備中国哲田（多カ）郡八鳥町道明寺屋石田氏吉次・末春」と記されてあることが述べられている。なお、哲田郡は哲多郡の誤記である。

備中国の金売吉次伝説に関するもので次に古いものは、宝暦三年～七年（一七五三～一七五七）成立の石井好胤『備中集成志』第二之巻神社之部「井村末吉宮」の項にある記述で、それには次のように記されている。

一、哲多郡井村ニ金売吉次末春之宮有。末春ハ当郡八鳥町道明寺屋石田氏、吉次末春トテ源義経公ヲ奥州へ奉二具足一金売也。高野山東光院へ吉次守本尊之十一面観音之像ヲ寄付証文于今有之也。(9)

この記述では、（備中国）哲多郡井村に「金売吉次末春之宮」があること、金売吉次末春は哲多郡八鳥町（現在の新見市哲西町八鳥「町」区）の道明寺屋石田氏であること、吉次末春は源義経を奥州へ連れて行った金売であること、高野山東光院に吉次が守り本尊の十一面観音像を寄付した証文が今でもあることが述べられている。この『備中集成志』の記述は、二十余年先行する『古戦場備中府志』を参考にして作成されたものとみられる。

両者の相違としては、『古戦場備中府志』には哲多郡井村に「吉次が塚」という旧跡があるという部分が、『備中集成志』では「金売吉次末春之宮」があると記されている点と、『古戦場備中府志』には吉次の家は町の「宿屋道明寺屋」とある部分が、『備中集成志』では「宿屋」が省略されて「道明寺屋」とだけ記されている点である。

次に古いものは、『備中集成志』が成立してから百二十六年後の明治十六年（一八八三）に作成された『備中国哲多郡八鳥村誌』「道明寺屋宅跡」の項にある記述で、それには次のように記されている。

本村字町場ニアリ、古時源義経ニ従ヒ奥州へ越シタル金売商石田吉次末春ノ居住セシ所ニシテ、其屋号ヲ道明寺屋ト称セシト云、而シテ石田氏居跡ヲ証明スヘシモノナシト雖トモ、或ル書ニ紀伊国高野山東光院ニ氏カ供シタル同院本尊十一面観世音ノ肖像寄付証文ニ、備中国哲多郡八鳥町道明寺屋石田吉次末春ト見ヘタリト古老ノ口碑ニ伝ヘ、今別ニ著シキ遺徴ナシ(10)

この『備中国哲多郡八島村誌』の記述は『古戦場備中府志』を参考にして作成されたものとみられ、文中の「或ル書」とは『古戦場備中府志』のことと推定される。八島村内のことを調査したものであるため、井村の「吉次が塚」の記述が省略されている。

次に古いものは昭和四年（一九二九）に刊行された『阿哲郡誌』「道明寺屋敷」の項にある記述で、それには次のように記されている。

野馳村八島西山城趾の西麓、字町の中央に道明寺屋敷と称する処あり。備中府志に曰ふ。源義経の牛若丸と称したる頃、鞍馬を出でて奥州に逃れし時、之を伴ひたる金売商吉次末春の住せし所なりと。吉次は石田氏にして当町の富豪道明寺屋と号す。高野山東光院に守本尊十一面観音の像を寄進し、其寄付証文に備中国哲田郡八島町道明寺屋石田氏吉次末春と署名せりと。野馳校長故難波氏の高野山に照合せられしに、火災にかゝりて今や其物なしとのことなり。上市村井村の田曽といふ処に石田吉次の墓ありと伝ふるも確証を得ず。[11]

文中に「備中府志に曰ふ」とあることから、『阿哲郡誌』は『古戦場備中府志』を利用してこの部分を記述したことがわかる。『阿哲郡誌』で『古戦場備中府志』に記されていない情報は、最初の「野馳村八島西山城趾の西麓、字町の中央に道明寺屋敷と称する処あり」という部分と、最後の「野馳校長故難波氏の高野山に照合せられしに、火災にかゝりて今や其物なしとのことなり。上市村井村の田曽といふ処に石田吉次の墓ありと伝ふるも確証を得ず」という部分である。

最初の部分には、野馳村八島（現在の新見市哲西町八島）の西山城趾の西麓で、字町（現在の町区）の中央に「道明寺屋敷」と称される地があると記されており、『古戦場備中府志』より詳細な記述となっている。最後の部分には、野馳（尋常高等小学校）校長故難波柾苧氏が高野山に吉次の寄付証文について照合したところ、火災のため今はその寄付証文は残っていないとの返答があったことと、上市村井村田曽（現在の新見市足立田曽）に石田吉次の墓があると伝えられているが確証を得ないという二点の新たな説明が付されている。

これらの資料から、少なくとも十八世紀前半には備中国において金売吉次伝説が成立していたらしいことと、備中国には哲多郡八鳥（新見市哲西町八鳥）と哲多郡井村（新見市足立）の二ヵ所に金売吉次関連伝説が伝えられてきたことがわかる。

Ⅱ　八鳥の金売吉次産湯井戸

最初に、備中国哲多郡八鳥（新見市哲西町八鳥）の金売吉次伝説について検討してみることにしたい。先に見た『古戦場備中府志』『備中集成志』『備中国哲多郡八鳥村誌』『阿哲郡誌』の情報をまとめると、吉次は源義経を奥州へ連れて行った金売商で、石田吉次末春といい、屋敷跡は西山城趾の西麓に位置する八鳥「町」区の中央にある「道明寺屋」で、『古戦場備中府志』が成立した享保二十年（一七三五）頃には道明寺屋は「宿屋」であったらしいこと、高野山東光院に吉次が守り本尊の十一面観音像を寄付した証文があると伝えられていたこと、吉次の寄付証文について野馳校長故難波氏が高野山に問い合わせたが、火災のため今はその寄付証文は残っていないとの返答があったことなどがわかる。

昭和四年に刊行された『阿哲郡誌』「道明寺屋敷」の項に「野馳校長故難波氏の高野山に照合せられしに、火災にかゝりて今や其物なしとのことなり」とある記述について、新見市立野馳小学校で聞いてみたが、関連資料は残っていないとのことであった。しかし、野馳小学校調査時に閲覧させていただいた野馳小学校創立百周年史誌編集委員会編『野馳小教育のあゆみ』（昭和四十八年〈一九七三〉発行）に、野馳尋常高等小学校第三代校長難波柾苧氏が、明治四十二年（一九〇九）から大正十一年（一九二二）まで校長職にあり、在職中に亡くなったことが記されていた。このことから、難波柾苧校長が吉次の寄付証文について高野山に問い合わせたのは明治四十二年から大正十一年までの間らしいことがわかった。故難波柾苧校長の長男難波栖記氏は元哲西町長であったが既に亡くなっておられるため、子孫の方々に聞いてみたが、高野山に問い合わせた件は聞いていないとのことであった。また、栖記氏が亡くなられた後に大量の書類を焼却したとのことなので、関連書類は存在しないようである。

現在、八鳥（はっとり）には町（まち）区と谷（たに）区の二地区がある。町区は戦国期の西山（にしやま）城下として形成されたと推定されており、西山城趾は標高約五百メートルの要害山（ようがいさん）上にある。西山城（要害山城ともいう）について、『古戦場備中府志』巻之二哲田（多カ）郡六郷「西山城　八鳥村」の項に「当城開基、布川（市カ）別当行房。文治二年（一一八六）正月、鶴岡御参詣随兵二十人の烈也。天文年中久代弾正。先祖は備後国久代の領主にて宮氏也。（後略）」[12]（丸括弧内註記原田）とあり、『備中集成志』巻九之巻古城之部・哲多郡之分「西山城　八鳥村」の項には「当城開基市川別当行房。鎌倉右大将家ヨリ被宛行ケル。天文年中城主久代弾正領ス。先祖備後国久代ノ領主本姓宮氏也。（後略）」[13]とある。

『岡山県大百科事典』は「西山城」について「阿哲郡哲西町八鳥の要害山にあった中世の山城。鎌倉時代初頭に源頼朝の家人市川別当行房が築城したといわれる。1516年（永正13）行房の子孫の市川式部少輔経好はこの城から山口の鴻の峰城主に移った。そのあとに備後西城から宮高盛が入城。高盛は城を修築し、毛利氏の武将として野馳を治めた。（略）ふもとは新見往来、成羽往来、東城往来の三差路になっており、備後、備中に通じる要衝である」[14]と記している。市川別当行房は源頼朝の御家人で、『吾妻鏡』第六、文治二年正月三日の条に鶴岳八幡宮御参詣随兵の中に「市河別当行房」の名が見える[15]。この市川別当行房西山城開基説について、『岡山県の地名』は

「『備中集成志』は源頼朝の家人市川別当行房の築城と記すが、確かではない[16]」と述べている。

西山城が市川別当行房の築城かどうかは未詳であるにしても、八鳥の町区が戦国期から西山城の城下町として栄えた地域であったことは確かであり、この地に金売吉次伝説が伝えられているのは非常に興味深い。特に、西山城が「源頼朝」の御家人市川別当行房により築城されたという伝承と、「源頼朝」の弟であった源義経に影響を与えたとされる金売吉次がこの地で生まれたという伝説との間には密接な影響関係があると推定され、注目される。

金売吉次について、土地ではどのように語られているのであろうか。次に、八鳥地区で採集した語りを提示してみたい。

八鳥の吉次産湯の井戸（木の右側にある）

〈事例1〉「金売吉次と産湯の井戸」

金売吉次はここの生まれ。この八鳥（はっとり）の生まれ。石田吉次。まあ鉄の商いをしてましたからね。砂鉄の商いをしてましたからね。鎌倉時代にね。（子孫はいるか）いません。石田。言い伝えです。この集落の。歴史の本にも載ってるはずよ。詳しいことは、ちょっとよくわかんないですね。

そこらへんが全部、屋敷跡。あそこ今の、セメン瓦があるでしょ、あそこの木のとこに、あの建物の下側に。そこ下りられたらわかりますけどね、産湯の井戸がある。ちゃんと残ってるんです[17]。

〈事例1〉は金売吉次は八鳥の生まれで石田吉次といい、屋敷跡には産湯の井戸が残っているという語りである。この話者によると、吉次は砂鉄の商いをしていたという。石田姓ということなので土地に子孫がいるか質問してみたところ、石田姓というのは言い伝えで、子孫を名乗る家はないということであった。八鳥地区において、〈事例1〉以外の複数の話者にも聞いてみたが、やはり金売吉次の子孫を名乗る家はないとのことだったので、現在の八鳥地区には屋敷跡の伝説はあるが子孫の伝承は存在していないらしいことがわかった。

〈事例2〉「金売吉次と道明寺屋敷」

ただ私が（嫁に）来た時は、井戸があるゆうことを聞いとるだけなんです。井戸があったいうこと。吉次が産まれた時に産湯を使った井戸。お水をあれして沸かして。それだけ聞いとんですよ。なんか小屋を建てるつもりで井戸をつぶして、おったんですけど、市の方から残してくれればいうことで、ちょっと小さめにはしたんですけど、残してありますけどなぁ。大きな木を植えとるんで、その葉っぱがいっぱい落ちて、なかなか掃除ができんのです。立て札もあるんですけど、いっぺんはしてくれたんですけど、もうぼろぼろんなって、うちにもかまわんしで、あそこんとこへ入れとんですけど。下にも立て札してあります、説明した。それを読まれたら、わかると思うんですけど。（井戸は今より）もう少し大きかったです、私来た時は。畑の真ん中にあった。変わっとりません井戸の位置は。

やっぱり道明寺屋敷ゆうたら、屋号ですかなぁ。屋敷ですからなぁ。ようわかりませんそこのところは。ここは明本寺（みょうほんじ）というんです。ここまっすぐ上がった、赤い屋根のお寺は。（明本寺と道明寺の関係は）わかりません。お寺は、いろいろようけあります。この山の向こう側にもあるし。ここは昔城下町で、そこに山があるでしょ、（野駆）小学校の向こう。あれの上にはお城があったんじゃそうです。私らも、上がったことがあるんですが、瓦なん

かがあるんですよ、いっぱい。(18)

〈事例2〉は道明寺屋敷の敷地内にある吉次の産湯の井戸についての語りである。〈事例2〉の話者は道明寺屋敷と称されている土地の調査時点の所有者で、ここへ嫁に来た時分（昭和三十年〈一九五五〉頃）は、吉次が産まれた時にその水を沸かして産湯を使った井戸があることを聞いただけであったという。井戸の位置は昔と変わっていないが、昔は畑の真ん中にあったということであった。以前、小屋を建てるつもりでその井戸をつぶそうとしたが、市の方から残してくれればと言われて、少し小さめにはしたが残したそうである。その頃設置してもらった立て札があるが、老朽化したまま井戸のそばに置いてあるとのことであった。道明寺屋敷という呼称が屋号なのかどうかはよくわからないそうであるが、産湯の井戸のまわりの地を道明寺屋敷と呼んでいるそうである。また、すぐ近くにある寺は明本寺というが、明本寺と道明寺の関係はわからないということであった。なお、道明寺屋敷周辺の土地は、近年所有者が頻繁に変わっているようである。

現在は小屋の裏側にある産湯の井戸に行くと、老朽化した立て札が二枚立て掛けてあった。一枚目の文面は「金売吉次の生家跡／京都の鞍馬山で修業をしていた牛若丸（源義経の幼名）を、奥州平泉（岩手県）の藤原秀衡（衡カ）の館へ案内した。／金売吉次が生まれた家である道明寺屋は、ここであったという。／新見市の田曽に、吉次の墓と伝えるものがある。／哲西町自然と文化の保護協議会」、もう一枚の文面は「吉次の産湯の井戸／吉次は保延五年（一一三九）に生まれ、父は吉内、母は松山、この井戸で吉次の産湯の水を汲んだと言い伝える。／十六才の時両親とも世を去り、みなし子となったが、成長して父の業を継ぎ、金売商人になったという。／哲西町自然と文化の保護協議会」というものであった。

〈事例2〉の話者からは、金売吉次に関する一枚のA4版チラシをいただいた。これは、看板を設置した頃に印刷したものを多数もらったということであった。そのチラシには「金売吉次の出生地　哲西町八鳥　道明寺屋敷跡」という大見出しがあり、次のような解説文が記してあった（丸括弧内註記原田）。

> 哲西町八鳥には道明寺（どうみょうじ）屋敷跡を伝える土地がある。金売商人石田吉次末春が生まれたのがこの道明寺屋であると伝えられる。性（姓カ）は「石田」で、「道明寺屋」は屋号である。／明治33（29カ）年、大阪の青木書店（青木嵩山堂カ）から出版された松居直幻（真玄カ）著「金売吉次」の内容のあらましを記すと、「保延5年の元日、哲多郡八鳥村道明寺屋吉内の妻松山が男児を産む。16歳で孤児となったが、要害城神代弾正は、吉次末春と名のらせ召しかかえる。後事情あって城払いとなったが、父の遺業を継ぎ金売り商人となる吉次はかねてから源氏再興を願い、しばしば京都に上がっていた。そのころ鞍馬山で剣術のけいこをする牛若丸を見て、器量の具わっているのを見ぬき、伴って奥州藤原秀衡の許へ旅立つ」という。／また江戸時代に作られた「備中集成誌（志カ）」という書に、「哲多郡八鳥村道明寺屋、金売吉次末春が紀州高野山の東光寺院へ、十一面観音の像を寄進し、その証文があるという。」と記されていたが、火災のため失ったという。／お問い合わせ：哲西町自然と文化の保護協議会

このチラシの文面は、「哲西町自然と文化の保護協議会」の作成となっている（この協議会は旧哲西町教育委員会内にあった組織だったそうで現在は存在していない）。このチラシの記述から、産湯の井戸にある二枚の立て札とこのチラシの根拠資料が明治時代に大阪の書店から出版されたという本であったことがわかる(19)。この本（松居真玄〈松葉〉著『金売吉次』）は小説で、吉次は保延五年（一一三九）元日に生まれ、両親は哲多郡八鳥村道明寺屋吉内と妻松山で、十六歳で孤児となったが要害城神代弾正が吉次末春と名のらせ召し抱え、事情あって城払いとなった後に父の遺業を継ぎ金売り商人となり、しばしば京都に上がったという内容が書いてあるという。しかし、八鳥の金売

吉次伝説に関しては、先に見た『古戦場備中府志』『備中集成志』あたりしか関連資料が見当たらないため、この小説の記述の根拠は不詳である。八鳥地域で聞き取り調査をしてもこの小説に記されている情報（吉次は保延五年元日生まれ、両親は道明寺屋吉内と妻松山、十六歳で孤児となったが要害城神代弾正が吉次末春と名のらせ召し抱えた）を知っている人はいなかったので、土地の伝承をまとめたものでもないように思われる（この小説の記述内容に関する扱いは注意が必要かと判断される）。

〈事例3〉「道明寺屋敷の隣の家」

この家を建てて十五年ぐらいなるかな、十三年かな。（昔の）この家もちょっと、変わった家で、床があるでしょ、奥の間に。その、床がこういうにあると、ここへ壁がありますな、後ろへ。掛け軸なんか掛ける。掛け軸掛けるでしょ、そこの後ろに、こげぇな、抜けて出る穴があったんじゃそうです。私も、来た時は、お母さんから聞いたんですけど、穴があって、人が来たらそこから、いろんな、関係のないいうか、都合の悪ぃお客さんが来られたら、そこから抜けて逃げて、しょうけごや（塩気小屋）ゆう、しょうけごやゆうたら漬け物とか味噌をする倉。それがあって、そこへ逃げる、道があったゆうて。ちょっと変わった家でした。もう、私が来た時は百五十年以上たっとるから、ここへ来て六十年なるから、二百年以上なるでしょうなぁ。壁にちゃんと、塗りつぶした跡がありました。お母さんからそういうに聞いて。(20)

〈事例3〉は道明寺屋敷の隣の家についての語りである。道明寺屋敷の隣の家は、建て替える前は二百年以上前に建てられた古い家で、奥の床の間の、掛け軸を掛ける壁の後ろに抜け穴があり、都合の悪い客が来たらそこから抜けて、漬け物や味噌を保管する塩気小屋に逃げる道がある変わった家だったという。

調査時点から約二百年前というと、平川金兵衛親忠『古戦場備中府志』が成立した享保二十年（一七三五）から約八十年経った十九世紀初頭頃に当たる。『古戦場備中府志』に「売金の商吉次・末春は石田氏にて、当町の宿屋道明寺屋と号す」とあることから、少なくとも十八世紀前半頃の道明寺屋は「宿屋」であったらしい（道明寺屋が宿屋だった期間については不明）。その宿屋道明寺屋の隣の家が、〈事例3〉で語られているような家であったようで、江戸時代における道明寺屋周辺地の特殊性の一端を感じさせられ、興味深いものがある。道明寺屋敷周辺は西山城の城下町として栄えた地であり、そのような地に金売吉次生誕地伝説が伝承されてきたことがわかる。

〈事例4〉「義経と吉次」

義経を道案内したいうことがあるでしょう、金売吉次が。あれをかくもうたゆうて。お兄さんに、追われて。そういうことまでしか聞いとらんから。（ここに連れて来たのか）連れて来とんですよ。隠したのはあっちの。テレビでするから。そういうこと。それと聞いたり。それを聞いたり、まあ、お母さんから、義経をかくもうたゆうことを。両道あるんですけどな、義経をかくもうたゆうのは。外国へ逃がしたいう人と、自分がかくもうてこっちで死んだいうんと、両道あるんですけど、どっちが本当か知らんのですけどな。ああいうことを聞いたりして。[21]

〈事例4〉は金売吉次が源頼朝に追われる源義経をかくまうためにこの地へ連れてきたということを聞いたことがあるという語りである。〈事例4〉の話者が（昭和三十年〈一九五五〉頃）この地へ嫁に来てから、姑さんからそういう話を聞いたそうである。八鳥地区には、金売吉次が源義経をかくまうためにこの地へ連れてきたという伝説が伝えられてきたようである。調査時に〈事例4〉の話者に聞くと、以前は毎日のように観光客が来たが、最近はあまり来ないと語ってくれた。

〈事例5〉「八鳥とたたら」

このへんにもかなくそいっぱい出て来ますよ。畑でも田んぼでも。みんなやってたと思いますよこのへん。たたら製鉄はどのへんにあったかはよくわからないんですが、跡はね。まあいっぱい出てきます。畑でも掘ってみていっぱい出てきます。かなくそがね。[22]

〈事例5〉は八鳥地区にもたたら製鉄跡があり、かなくそ（鉱滓、スラグ）が多数出てくるという語りである。この地では吉次は砂鉄の商いをしていたと語られているようなので、かなくそが多数出てくるという語りは興味深い（たたら製鉄については後述）。

『哲西史』に「古い人たちの話をきいてかいた」とされる「八鳥の町」の地図が載っている。『哲西史』が刊行された昭和三十八年（一九六三）頃の「古い人たち」となると、例えば当時九十歳の人が十歳の時は明治十六年（一八八三）となるので、この「八鳥の町」の地図は江戸時代末期から明治時代初期の面影を伝えているものと推定される。それによると、道明寺屋は町地区の中心に位置し、周辺に鍛冶屋、上鍛冶屋、中鍛冶屋、下鍛冶屋、いもじ屋と、鍛冶関係だけで五軒もあったことがわかる。[23]八鳥は周辺地で生産された鉄が集まる地区でもあったようで、注目される。西山城下の八鳥地区は、「新見往来、成羽往来、東城往来の三差路になっており、備後、備中に通じる要衝」であったことと併せ、この地に金売吉次伝説が伝えられてきたことの背景の一端がうかがえる。

Ⅲ　田曽の金売吉次の墓

次に、備中国哲多郡井村（新見市足立田曽）の金売吉次伝説について検討してみることにしたい。先にみた『古戦場備中府志』に「井村に吉次が塚とて旧跡有。人皆しる所也」とあるように、旧哲多郡井村には金売吉次のものと伝えられてきた墓がある。ただし、今では「吉次が塚」という古い呼称は誰も使わなくなっている。田曽周辺では金売吉次についてどのように語られているのであろうか。田曽周辺で直接採集した語りを提示してみる。

〈事例6〉「田曽の金売吉次の墓」

高さがちょうど草の高さぐらいの墓でな、石垣を積み上げげて、その上に石を置くようにしてあるんじゃ、金石さん言うて。それがもう草でわからんようなって。そりゃぁあの学生行ってみようたけども水がたまっとるから田んぼの中へ。そりゃ水たまっとるそこは昔田じゃったんじゃから言うたんですけどな。

下から、なんぼう目の田んぼ、二つ目か三つ目の田んぼじゃけどな。あれ畑の方に道路が入っとりますけえな道が。それからとろとろっと下りて田んぼの中にこっちから、へりからなんぼう、五、六メーターの所にあるけどな。

金売吉次はその、伝説はまあいろいろ聞けば広範囲に渡っとる人じゃけど。哲西で生まれて井村で育つゆう、話は聞いたことがあるんです。生まれは哲西の方らしいですよ。でもまあこの人全国漫遊水戸黄門じゃないけどが、あっちこっち行っとられてまあ、時代劇も出たり義経の道案内をしたとか、どうも時代が年代がばらばらなっとんじゃけどどうも私らもはっきりした伝説はわからんのじゃけど。ここはもう今は足立なっとんですけど、昔は上市村大字井村じゃったんですよ。その頃に、哲西で生まれて井村で育つか、阿哲で生まれたかなんかいう文章つづった人があって、新聞かなんかに載ったことがあるがな。それはもう四、五十年前じゃけど。

私らがここの方で聞くのは、今はこれだけの家じゃけど、だいたい田曽いうのは、楪城のだいたい落ち武者いうんか、配下じゃったんかなんかそういう関連があるわけですら。じゃからあの、当時（明治時代頃）、住居が四十戸ぐらいあったらしいんすけどな昔。(24)

〈事例6〉は田曽にある金売吉次の墓についての語りである。土地ではその墓を金石さんと呼んでいるそうである。四、五十年前に「金売吉次は哲西で生まれて井村で育つ」ということを新聞に書いた人がいたという。また、田曽は楪城と関連があるそうで、昔（明治時代頃）は住居が四〇戸ぐらいあったらしいとのことであった。(25)

〈事例7〉「金石さん」

金石さん、よう行った。あそこは田んぼじゃったから、田植えの手伝いにも行ったり。その石がカネの音がするチーンチーンチーンチーン、上の（石）。カネの音がするからカネ石さんカネ石さんいうて。私らその頃にゃ金売吉次の墓じゃゆうて皆言うんじゃけど、それとは知らなんだんじゃけどが。(26)

〈事例7〉は、田曽の金売吉次の墓とされる石はたたくとチーンとカネの音がするのでカネ石さんと呼ばれているという語りである。墓石の上の石をたたくとカネの音がするという。〈事例6〉の話者もたたくとカネの音がするのでカネ石さんと呼んでいたそうで、子どもの頃は金売吉次の墓と伝えられていることも知らなかったそうである。

『新見市史』「金石さん（足立田曽）」の項には、「足立田曽には、金売吉次の墓だといわれる墓石があり、「金石さん」と呼ばれている。／吉次は、牛若丸に源氏再興の望みを託し、牛若丸を伴って奥州の藤原秀衡を尋ねたといわれる人だが、墓石は極めて素朴で、田の中に、礎石と一メートルほどの角張った自然石、その上に五〇センチメートルほどの平たい円形の石が置かれている。この石を軽く打つと金属音がする。「金石さん」と呼ばれる由縁

田曽の金石さん（現在は鶏舎の近くにある）

であろうか。百年ほど前までは、ここは畑であったが、田に変えるため、墓石を畦（あぜ）に移したところ、たちまち家族の者に病人が出た。拝んでもらったら「金石さん」のたたりだといわれて、元の位置に戻した。そのとき、礎石の下には、一刀が埋められていたという。[27]」と記されている。

ここに記されている、百年ほど前に畑から田に変える時に墓石を移したところ病人が出たため元の位置に戻したという話と、礎石の下には一刀が埋められていたという話は、もうすでに現在の田曽周辺で知っている人はいなかった（この話は墓石がある田を所有していた池田家で伝えられてきた話のようである[28]）。

『哲西史』「金売吉次の墓」の項には、「足立駅から2・5キロほど東にあたり、田曽部落の東の端になる。そこの池田要次郎氏を訪ね、来意を告げると、こころよく案内してくださった。吉次の墓というのは、池田氏所有のひやけ田とよぶ田の中に、たて、横、高さがそれぞれ60センチ、100センチ、70センチぐらいの角ばった自然石がおかれ、その上に長径、短径、厚さが60センチ、40センチ、25センチほどのほぼ円形の平たい石をのせてある。前に1本の竹筒がたててあってシキミの枝が供えてある。だ円形の石を小石で打てば、金属様の音を発するので、土地の人びとは「金石（かねいし）さん」とよんでいるそうである。金売吉次の墓であるとはむかしからの言い伝えで、吉次が源平合戦の際源氏のさむらいを案内してこの地に来て住みつき、ここでなくなったので葬ったのだとの言い伝えがあるそうである。池田氏は吉次の子孫ではないが、自分の土地に墓があるので、毎朝仏壇に線香をたて、祖霊とともに吉次の霊も拝し、盆と彼岸にはこの墓に花など供えられるそうである。この部落にほかに吉次を祀る社はむかかしら（原田註・むかしからヵ）ないそうである。」[29]と記されている。これは昭和三十七年（一九六二）三月に小坂弘氏が調査して記したもので、当時の状況がよくわかる記述となっている。

この記述によると、金売吉次の墓であるという言い伝えがある石は、小石で打つと金属様の音を発するので金石さんと呼ばれ、吉次が源平合戦の際源氏の武士を案内してこの地に来て住みつきここで亡くなったので葬ったという言い伝えがあるそうである。石がある田はひやけ田と呼ばれ、昭和三十七年当時は池田要次郎氏が所有しており、池田氏は吉次の子孫ではないが土地に墓があるので毎朝仏壇に線香をたて、盆と彼岸にはこの墓に花などを供えていたという。この昭和三十七年時の報告に、吉次を祀る社は昔からなかったと記されていることから、『備中集成志』にある「金売吉次末春之宮」は、金石さんと呼ばれる金売吉次の墓そのものを指していた可能性がある。あるいは、『備中集成志』の頃にはこの石の前に小祠のようなものが設けられ、「金売吉次末春之宮」と呼ばれていたのかもしれないが、もはや事情を知る人はいないためよくわからない。

『哲西史』「金売吉次の墓」の項では池田要次郎氏が吉次の墓とされる石に花やシキミの枝などを供えている様子が記されていたが、要次郎氏も子息の傳市氏もすでに亡くなられたそうで、池田家は転出して現在空き家になっている。金売吉次の墓とされる石のある田も耕作放棄地になって久しいため、草が茂って石が隠れ、近くに行ってもわからなくなっている。周囲の家はすべて空き家で花を供える人もいない。〈事例6〉の話者によると、数年前に学生たちが金売吉次の墓を見に来たので行き方を説明したことがあるそうだが、草が茂っていて見つけられなかったと戻って来たそうである。筆者も最初は見つけることができなかったが、再度挑戦してようやく見つけることができた。『哲西史』の記述通り、角張った自然石の上にだ円形の平たい石が置かれていた。だ円形の平たい石を小石で軽く打つと金属音がするということなので、拝んだ後に試みてみると、金属分を含む石のようで、確かにキンキンと金属性の音がした。土地の人びとからカネ石さんと呼ばれた理由がよくわかった。

〈事例8〉「田曽の金売吉次の墓」

吉次の墓が、田曽（たそ）と、油野（ゆの）かどっかへ、二ヵ所あるゆうのを僕ら言い伝えで聞いとる。どっちが本物かはわからんのですけど、田曽と、油野ゆうて言われていた。油野ゆうのは神郷町の油野。これの、川の向こう側。昔、旧神郷町の油野と、どっちが本物かわからんけど、二ヵ所が、どっちかが本物だろうとゆうことで、僕ら聞いとります。あの、親父らから。油野へは行ったことないです。こっちは、しゅっちゅう僕ら小さい頃よう遊びょうたから。（吉次がどういう人だったかは知っているか）そんなことは僕らはわかりません。僕らぁまだ、六十今四歳ですから。僕らの親の世代でしょう、そがんなこと知っとるゆうたら。もう親の世代はほとんどいませんから。

もう墓があるゆうこと、「これが吉次の墓じゃよう」ゆうて、聞いただけ。それと、親父が言うのが、神郷町の油野と、こっちもあって、どっちが本物か知らんけど、何かようりましたよ。

祠いうのは知らんなあ。昔、これが墓じゃ言うて、吉次の墓じゃ言うて、祀りょうたんですけぇね、昔は。僕らぁ子どもの頃は。お供えやこうしょうりました。今は祀る人がおりません。（集落で祀っていたのか）そうそうそうそう、部落全体でね。部落の人がおらんのですわ今は。何ヵ所かな、そがぁな、祀る、祠みたんがあったから、それを、吉次の墓と、何か三、四ヵ所あったかなぁ。僕らもよう子どもの頃ち（付）いて歩きょうたわ。へえでその、祀るとこを、ずっと部落全体でしめ縄やこうしたりしてな、小さい。へぇで、祀って歩きょうた。その上へも、昔あったんじゃけどな。じゃけど今は祀る人がおらんし祠みたようもんも、もう全然、崩れてしもうた。(30)

〈事例8〉は金売吉次の墓の伝説は田曽のほかに旧神郷町の油野（新見市神郷油野）にもあると聞いたという語りである。昭和二十七年（一九五二）生まれの〈事例8〉の話者が子どもの頃に父親らからそう聞いたという。〈事例8〉の話者に『備中集成志』にみえる「金売吉次末春之宮」について聞いてみたが、知らないとのことであった。自分が子どもの頃は吉次の墓にお供えなどをし、上市の石田の太夫さんが来て集落に三、四ヵ所ある祠を祈って回っていたというが、今は祀る人がおらず集落の各祠も崩れてしまったそうである。

昭和十一年（一九三六）生まれの田曽の男性に、金売吉次の墓の伝説は田曽のほかに油野にもあるらしいという人がいるが聞いたことがあるか質問してみたところ、吉次の墓が油野にもあるらしいという伝えは聞いたことがないと答えられたが、次のように話してくれた。

〈事例9〉「油野の製鉄所」

（吉次の墓が）油野にあれば、大成いうとこ今ダムの底になったとこを、ダムつける前に発掘しょうたですけぇな。上油野と三室とのあいだに、三室川ダムいうんですかな、あの、シャクナゲの祭りをするとこ。あそこの底になっとる。そこに製鉄所があったらしいんですわ。[31]

〈事例9〉は吉次の墓がもし油野にあるのであれば、今は三室川ダムの底になっている大成にあったのではないかという語りである。大成には製鉄所があったそうで、ダム工事の前にそこの発掘をしていたそうである。ここで語られている発掘とは、平成七年（一九九五）度から平成九年度にわたって三室川ダム建設に伴って発掘調査された「大成山たたら遺跡群」の発掘を指しているようである。[32]大成山たたら遺跡群の発掘調査報告書に「3区では、位置を示してはいないが小トレンチを設定して掘り下げたところ、鍛冶滓が出土した。また、移転されていたため詳細は不明であるが、古老によると村下の墓が所在していたそうである」[33]という記述があるので、ダムの底になっている大成に古い墓があったのは確かなようであるが、それが吉次の墓の伝承を持つものであったかは不明である。

その後の調査でも、金売吉次の墓が油野にもあるらしいという言い伝えを聞いたことがある人は〈事例8〉の話者以外には出会えず、文献類でも確認できなかった。油野にも金売吉次の墓があるらしいという伝承は広く知られたものではなかったらしいことがわかったが、昭和二十七年（一九五二）生まれの〈事例8〉の話者が子どもの頃に父親らからそう聞いたということから、少なくともそういう伝承がかつて田曽に存在していたらしいことがうかがえる。油野がたたらで栄えた頃に、そのような伝承が生じたのかもしれない。もうすでに古い伝承を知る人がほとんどいなくなっているため、異伝として油野説が存在していたことを報告しておくこととしたい。

〈事例10〉「田曽のかなくそ」

製鉄の跡があるのは、持ち主はKさんが。この、ちょうど田曽へ上がりがけに、黒瓦の家がありますら。Kさんが持ち主。植林の中へあります、檜の。Kさんは知っとる。家からだいぶ上がったとこですけどなあ、Kさんの、田のねきですわ。あそこのかなくそは吉川（よしかわ）のたぁちょっと違うな、大きい。これぐらいの塊（かたまり）がありますけぇな。ようけ積んどりますあそこは。[34]

〈事例10〉は田曽にかなくそが多数積んである場所があるという語りである。かなくそを積み上げてある場所は田曽のあちこちにあるそうだが、Kさんの土地にあるものがかなり多いということであった。その後、Kさんを訪ね、かなくそが多数ある場所を案内してもらったところ、確かに大量のかなくそが積み上げられていた。昔、Kさんの父親が大量のかなくそがあるその地に植林したそうで、今は檜の林になっている。かなくそのある場所が現在でも多数あることからもわかるように、田曽周辺はたたら製鉄が盛んな地域であった。

田曽の金石さんについて、鉄その他の物資の運搬を業とする問屋の商人かまたは鉄山師の墓ではないかという説があるが、関連資料がないためよくわからない[35]。

田曽のかなくそ

田曽のかなくその山

Ⅳ　中国地方のたたら製鉄と街道

中国地方がたたら製鉄の盛んな地域であったことはよく知られているが、田曽で聞いたたたら製鉄に関する話を提示したい。

〈事例11〉「砂鉄・木炭とたたら製鉄」

明治の前頃は、馬をうちに飼うて、四頭か五頭。島根県かな、今の横田のへんから、このへん砂鉄を運びょうたらしいですら。で、製鉄した跡がこのへんに点々、あるんですがな。まあここの方は製鉄した跡が吉川（よしかわ）にもあるし、へえから、三室川ダム。高瀬ダムじゃなしに三室のダムに、大成（おおなる）いうとこかなあ、そこにも製鉄所があって、あっこを掘ったはず、採掘したらしいんですがな、製鉄所の跡を。へでまあだいたいここの方もその、その製鉄のかねの元締めは、鳥取県、阿毘縁（あびれ）の近藤が親子じゃったとかいうような話は聞いとんじゃけどな。まだその屋敷あります阿毘縁に。でまあそれの配下で皆いろいろここの方にゃあ、塚穴（つかあな）もあるし、製鉄した所もあるし。たたらいうんですかな、昔の、鉄くずの鋳物のような固まったのがあるとこが、何ヵ所かあります。田曽、ええ、この下にありますよ。（製鉄の）跡が。そうじゃなぁ、三〇坪か四〇坪ぐらい山積みしとるな、あの場所に。製鉄のたたらいうんですか、石と石炭、炭とかが溶けて固まったようなんがあるでしょう。かなくそいう分です。あれがありますら、この下に。Aさんとこの奥に今あります。あそこは多い。あそこはもう山積みになっとるから。あそこは相当な製鉄したもんらしいです。ゆうのがあのう、結果的には昔は石炭がない頃じゃからこのへんに木炭ができるからその、砂鉄を運んで、製鉄をこっちでしょったらしいんですけどな、話に聞けば[36]。

〈事例11〉はたたら製鉄が盛んであった頃の様子を語っている。〈事例11〉の話者の先祖は、明治の前頃（江戸時代末期頃）、馬を四頭か五頭飼って今の島根県横田のあたりから砂鉄を運んでいたという。そして、運んできた砂鉄をこちら（新見周辺）の木炭を使って製鉄したらしいということであった。また、製鉄の元締めは鳥取県阿毘縁の近藤親子だったとか聞いているとのことであるが、おそらく根雨の近藤の語り違いかと思われる。

阿毘縁にも根雨にも有名な鉄山師がいた。阿毘縁（現在の鳥取県日野郡日南町阿毘縁）の有名な鉄山経営者は木下姓を称していた。初代木下彦兵衛は慶長年間（一五九六～一六一五）に入植して上阿毘縁村を開拓し、鉄山で産をなしたとされる[37]。根雨（日野郡日野町根雨）の有名な鉄山経営者は近藤姓を称していた。始祖近藤伝兵衛が江戸時代中期に備後国から根雨に移住してきたとされる近藤家は備後屋を屋号とし、近藤家の二代喜兵衛が安永八年（一七七九）に初めて製鉄を開始してから大正七年（一九一八）にいたるまで代々製鉄業を営んだ。第四代平右衛門（一八一一～一八七三）の時最盛期に達し、製鉱所計六ヵ所、錬鉄所計八ヵ所を経営し、年産は銑鉄最多二八万二八〇〇貫、錬鉄最多一三万四〇〇〇貫に及んだという[38]。

『岡山県の地名』に「下神代・油野ともにタタラ跡・鉄穴流し跡が多数あり、江戸時代の産額は相当のものであったと思われる。開始時期・稼行期間など不明な点が多いが、下神代の坂根に金沢山（藩営、天保八年開設）、油野の三室に三室山（藩営、文政七年開設）・大杉山・亀ヶ原、上油野に京坊山・大成山、吉田に大重山の鉄山（タタラと大鍛冶屋を兼営）があり、これらの鉄は油野の馬子によって川之瀬に運ばれていた[39]。」とあるように、下神代・油野地区（現新見市）だけでも江戸時代の鉄山経営はかなり盛んであった。

阿賀郡と哲多郡の砂鉄産額について、『阿哲畜産史』は、嘉永七年（一八五四）に阿賀郡井原村庄屋が新見藩へ建議した文書に新見領内の砂鉄採取高が「三万五六千駄」とあることから、天領五村（実村・成地村・花見村・大井野村・山奥村）で同額、さらに松山領（上神代村・油野村）分と合わせて年産合計八万駄と計算し、「この運送は延八万匹の駄馬を要することになる」（傍点原文）と述べている[40]。

〈事例11〉の話者の先祖は馬を四頭か五頭飼って砂鉄を運んでいたということであるが、運送用駄馬について『新見市史』は、「鉄山業の機能を実際に活動させる原動力になるものの一つとして運送用の駄馬が必要であった。当時、交通運輸機関の第一要具である駄馬がいなかったなら、阿賀・哲多地方に鉄山業は発達しなかったであろう。この地方の駄馬は、鉄山業の盛んな時代にはその頭数も多く、この駄馬による稼ぎで、備北一帯の経済は大いに潤ったのである。馬子による稼ぎは、農家の副業であったが、鉄山業が盛んになるにつれて、本業の一つになっていった[41]。」と述べている。阿賀・哲多両郡で年に延べ八万頭の運送用駄馬が必要であったことから、多数の駄馬が各村で飼育された。各村の農家では、駄馬稼ぎをしないと各人経済に困るので、荷物さえあれば駄馬稼ぎをし、飼える者は何頭でも飼育したという[42]。

たたら製鉄は大量の木炭を必要とした[43]。製鉄業と木炭について『新見市史』は「鉄山業は砂鉄がなければ成立しないが、同時に砂鉄を溶解する木炭を得なければ、その経営は成り立たない。炭焼きすなわち木炭の調達は鉄山業と不可分のものである。かつて県南の吉備地方で行われていた製鉄業が北部で行われるようになったのも、中国山地の砂鉄の存在とともに、大山林から木炭を生産することができたからである。東は美作、北は伯耆、西は備後の国境をなす分水嶺は、全部御林山である。阿新地方のこの広大な森林資源から無尽蔵ともいえる木炭の製造ができたから、鉄山業が行われたといってよい[44]」と述べている。

〈事例12〉「出雲への街道」

まあ昔はこのう、川沿いには道路がなかったんですが山から山へ渡りょったんですけぁな。出雲街道いうのがこの下を通っとるんです。上市内ノ草からこれ（田曽）を通って油野へ通って行くんと、へえから、もう一つは木戸から芋原へ行って吉川を通って。出雲街道二本あるんですら。昔は、馬とかああなんで物を運びょったらしい。その頃明治の前の時代に、私のうちには馬が四頭おったいうことは聞いとんですがな。

（出雲への街道は田曽を通ったのか）足立に抜けて通っとるんです。内ノ草ゆうとこから。ずうっと下りたとこにね、田んぼがあります。荒れ田が。そこを通っとるんです。へえから、芋原いうのは、知っとられます？　吉川と芋原。この田曽からずうっとこの裏に吉川があるとこに行くとこに芋原いうとこがあるんですよ。そこは宿場だったらしいです昔。それも出雲街道です。その芋原のちょっと向こうに上吉川ゆうのがあるんですが、Aさんいうんがおるそこの家のかみに、ちょっと奥の方に、かなくそがようけありますそりゃぁ。それが芋原から吉川、上吉川を通って、三坂川越して三坂から新郷の方へ向けて抜きょうたらしい。それも出雲街道。へでこっちの街道は、油野へ向けて三室へ入って行きょうた。どっちもどっちも出雲街道です[45]。

〈事例12〉は出雲へ行く街道についての語りである。田曽地区周辺の、出雲へ行く街道としては、上市―内ノ草―田曽―足立―油野―三室へ通って行く道と、木戸―芋原―吉川―上吉川―三坂川―三坂―新郷を通って行く道と、二本あるという。『岡山県の地名』に「横見―八谷（矢谷）―居敷野―カタカネ―三坂―日ヨリ―佐津見―奥谷（三坂以下は釜村）と続く伯耆への道、谷内―宇津草―田曽―足立―吉田（油野村）―亀尾（高瀬村、現神郷町）と続く出雲への道などがあったことが明らかにされている[46]」とあるが、〈事例12〉の話者が語る道は『岡山県の地名』に記されている道と微妙に異なっていることがわかり、興味深い。田曽周辺は伯耆国や出雲国への道が複数通る街道筋であったことがわかる。そして、かつてはこれらの道を通って駄馬が砂鉄や木炭等を運んでいたわけである。

中国山地では砂鉄の採取により古代から製鉄が行われた。奈良時代の製鉄は中・南部が主で、その後中国山地の開発が進んだとされている。鎌倉時代の建仁二年（一二〇二）伊勢神宮内宮領「神代野部御厨」（現在の新見市域内に比定）が成立し、鉄「三千挺」を貢納している。(47) 近世以降はたたら製鉄が全盛期を迎え、「明治二十年代には中国地方四県で国内生産高の七九・一％を生産していた」というが、鉄鉱石を原料とする近代製鉄法の導入によりたたら製鉄は衰退していった。(48)

結語

以上で岡山県新見市の金売吉次伝説に関する筆者なりの考察を終えることとしたい。

備中国（現在の岡山県）の金売吉次伝説に関するもので最も古いものは享保二十年（一七三五）成立の平川金兵衛親忠『古戦場備中府志』にある記述である。備中国には哲多郡八鳥（新見市哲西町八鳥）と哲多郡井村田曽（新見市足立）に金売吉次関連伝説が伝承されている。

新見市哲西町八鳥には金売吉次生誕地伝説が伝承されている。八鳥の町地区には金売の石田吉次末春が住んでいたという道明寺屋敷と称される地があり、道明寺屋敷には吉次が生まれる時の水をくんだという産湯の井戸がある。八鳥で調査すると、吉次は砂鉄の商いをしていたらしいという伝説や金売吉次が源義経をかくまうためにこの地へ連れてきたらしいという伝説を採集することができた。八鳥地区は戦国期から西山城の城下町として栄えた地域で、西山城は源頼朝の御家人市川別当行房により築城されたという伝承がある。この、西山城が「源頼朝」の御家人市川別当行房により築城されたという伝承と、「源頼朝」の弟であった源義経に影響を与えたとされる金売吉次がこの地で生まれたという伝説との間には密接な影響関係があると推定される。これまで、西山城築城者伝承と金売吉次伝説を結び付けるポイントが「源頼朝・義経と何らかの関係を持つ者」であることに言及されることがなかったが、備中国における金売吉次伝説の成立背景の一つとして見落としてはならない視点だと思われる。備中国における金売吉次伝説を紹介する最も古い文献である平川金兵衛親忠『古戦場備中府志』が、「西山城」の項で金売吉次伝説を紹介していることから、少なくとも平川金兵衛親忠は西山城築城者伝承と金売吉次伝説を結び付けるポイントが「源頼朝・義経と何らかの関係を持つ者」であることを認識していたのではないかと推定される。八鳥地区は「新見往来、成羽往来、東城往来の三差路になっており、備後、備中に通じる要衝」で、周辺地で生産された鉄が集まる地区であったことと併せ、この地に金売吉次伝説が伝えられてきたことの背景には複数の要因があるらしいことがうかがえる。

新見市足立には金売吉次終焉地伝説が伝承されている。足立の田曽地区には金売吉次の墓と伝えられる金石(かねいし)さんと呼称される石があるが、『古戦場備中府志』に「吉次が塚」と記されているものと同一のものと推定される。田んぼの中に、長辺約一メートルの角張った自然石があり、その上に約五〇センチのだ円形の平たい石が置かれている。そのだ円形の石をたたくとキンキンと金属性の音がするため金石さんと呼ばれてきたようである。田曽では吉次が源平合戦の際源氏の武士を案内してこの地に来て住みつき、ここで亡くなったので葬ったという言い伝えがあるという。田曽周辺はたたら製鉄の盛んであった地で、現在でも大量のかなくそが残っている。田曽周辺は伯耆国や出雲国への道が複数通る街道筋で、これらの道を通って多数の駄馬が砂鉄等を運んでいた。田曽の金石さんについて、鉄その他の物資の運搬を業とする問屋の商人かまたは鉄山師の墓ではないかという説があるが、関連資料がないためよくわからない。ただ、『古戦場備中府志』に記されている高野山東光院に観音像を寄進したという道明寺屋石田氏吉次末春のように、実際に金売吉次を名乗る荷物運送問屋商人か鉄山師かが存在していた可能性はあるように思われる。

たたら製鉄は砂鉄を溶解する大量の木炭を必要としたため、中国山地の広大な森林資源から大量の木炭が生産されてたたら製鉄に使用された。備中国の金売吉次伝説を読み解く鍵は、やはり「たたら製鉄」と「炭焼」にあると考えられる。

柳田国男は「炭焼小五郎が事」において、羽前村山郡宝沢と岩代信夫郡平沢に炭焼藤太の居住遺跡がありその子が吉次・吉内・吉六の三兄弟の金売であったこと、信州園原の伏屋長者の先祖が金売吉次でその父が炭焼藤太であったこと、加賀の芋掘藤五郎黄金伝説のイモは鋳物師(いもじ)のイモと考えられること、金屋が神とその旧伝を奉じて各地を漂泊していた種族であること、金売吉次の黄金専門も「一つの空想であった」こと等を述べ、「吉次の遺迹という地」が両立しないほど各地にあるのは「すなはち彼自身が運搬自在なる仮想の人物であった一つの証拠で、さらに推測を進めてみれば、中古実在の鋳物師に、吉を名乗りに用いた人の多かったことと、何ぞの関係があるようにも思われる」と記している[49]。

新見市に金売吉次伝説が伝えられてきた背景には、中国地方各地で盛んであった「たたら製鉄」の存在が強く関係していると推定される。柳田国男が説く、炭焼小五郎伝説や金売吉次伝説を語りつつ各地を漂泊した炭焼や鋳物師などの職能集団の存在も伝説の成立に何らかの影響を与えているように思われる[50]。また、吉次を名乗る複数の人物が存在していた可能性についても考えておく必要があろう（本章で検討した、道明寺屋石田氏吉次末春もその一人であった可能性がある）。

新見市の金売吉次伝説には、金売吉次伝説が成立するのに必要な「たたら製鉄」「炭焼」「鋳物師」などの要素がすべてそろっているうえ、金売吉次の生誕地伝説から終焉地伝説まで伝承されている。金売吉次伝説の研究を進展させてゆくうえで、新見市の伝承事例は大変貴重なものといってよいであろう。

註

(1) 引用は日本古典文学全集『義経記』(小学館、一九七一年)によった。なお、吉次に関しては、学習院大学図書館蔵本『平治物語』下巻に「毎年陸奥へ下る金商人」(新日本古典文学大系『保元物語 平治物語 承久記』岩波書店)、百二十句本『平家物語』巻十一に「五条の橋の辺なる末春といふ商人」(新潮日本古典集成『平家物語下』新潮社)、延慶本『平家物語』第六本に「三条ノ橘次ト云シ金商人」(『延慶本平家物語本文篇 下』勉誠出版)、『源平盛衰記』巻四十六に「遮那王殿こそ男になりて、金商人に具して」(『源平盛衰記 下巻』有朋堂書店)、などと記されている。野口隆「金売吉次伝(上)」(「大阪学院大学通信」三四(五)、二〇〇三年八月)・「金売吉次伝(下)」(「大阪学院大学通信」三四(七)、二〇〇三年一〇月)、藪本勝治「『義経記』の金売り吉次と陵兵衛」(「国語国文」七九(一一)、二〇一〇年一一月)、参照。

(2) 日本歴史地名大系『岩手県の地名』(平凡社、一九九〇年)「長者原廃寺」の項。

(3) 日本歴史地名大系『宮城県の地名』(平凡社、一九八七年)「大曲村」の項。

(4) 日本歴史地名大系『宮城県の地名』(平凡社、一九八七年)「須江村」の項。

(5) 日本歴史地名大系『山形県の地名』(平凡社、一九九〇年)「上宝沢村」の項。

(6) 日本歴史地名大系『福島県の地名』(平凡社、一九九三年)「高瀬村」の項。

(7) 日本歴史地名大系『熊本県の地名』(平凡社、一九八五年)「吉次峠」の項。

(8) 『吉備群書集成(五)』(歴史図書社、一九七〇年)所収『古戦場備中府志』、一八〇頁。名前「吉次・末春」については、註(1)に示したように百二十句本『平家物語』巻十一に「五条の橋の辺なる末春といふ商人」、延慶本

（9）『平家物語』第六本に「三条ノ橋次ト云シ金商人」とある。
（10）『備中集成志』（吉田書店、一九四三年）、一三八頁。
加藤英郎氏所蔵文書『備中国哲多郡八鳥村誌（明治十六年調　調査済）』（『哲西史　史料編　一』哲西町、二〇〇五年、所収）。
（11）『阿哲郡誌　上巻』（社団法人阿哲郡教育会、初版一九二九年、復刻版一九七六年）、二二五頁。
（12）註（8）の『吉備群書集成（五）』所収『古戦場備中府志』、一七九頁。
（13）註（9）の『備中集成志』、三五九頁。
（14）『岡山県大百科事典　下巻』（山陽新聞社、一九八〇年）「西山城」の項。
（15）新訂増補国史大系『吾妻鏡　第二』（吉川弘文館、一九八四年）、一九三頁。
（16）日本歴史地名大系『岡山県の地名』（平凡社、一九八八年）「西山城跡」の項。
（17）話者は岡山県新見市哲西町八鳥の男性（昭和二十一年生）。平成二十八年（二〇一六）六月五日・原田調査、採集稿。
（18）話者は岡山県新見市哲西町八鳥の女性（昭和十年生）。平成二十八年（二〇一六）六月五日・原田調査、採集稿。
（19）松居松葉（真玄）著『金売吉次』（青木嵩山堂、一八九六年）。小説。国文学研究資料館、近代書誌・近代画像データベース（AIZU-00519）の奥付写真によると、正しい発行年は明治二十九年（一八九六）。『哲西史』（哲西町、一九六三年）に内容の梗概が記されている（七一～七四頁）。
（20）（21）話者は註（18）の八鳥の女性（昭和十年生）。平成二十八年（二〇一六）六月五日・原田調査、採集稿。
（22）話者は註（17）の八鳥の男性（昭和二十一年生）。平成二十八年（二〇一六）六月五日・原田調査、採集稿。
（23）哲西市編集委員会編『哲西史』（哲西町、一九六三年）、六四頁。
（24）話者は岡山県新見市足立田曽の男性（昭和十一年生）。平成二十八年（二〇一六）六月四日・原田調査、採集稿。
（25）平成二十八年に田曽地区で調査した時には地区の住居は一軒のみで他はすべて空き家になっていた。令和五年（二〇二三）時点では住居は一軒もなく、鶏卵会社の鶏舎のみ多数並ぶ状態となっていた。
（26）話者は註（24）の田曽の男性（昭和十一年生）。平成二十八年（二〇一六）六月四日・原田調査、採集稿。

(27)『新見市史　通史編下巻』（新見市、一九九一年）、五三五頁。
(28)横田昌宜「金売吉次と「たたら吹き」製鉄」（高梁川流域連盟「高梁川」三三、一九七五年八月）。
(29)註(23)の『哲西史』、七〇〜七一頁。
(30)話者は岡山県新見市足立田曽の男性（昭和二十七年生）。平成二十八年（二〇一六）六月四日・原田調査、採集稿。
(31)話者は註(24)の田曽の男性（昭和十一年生）。平成二十八年（二〇一六）六月四日・原田調査、採集稿。
(32)岡山県古代吉備文化財センター編『岡山県埋蔵文化財発掘調査報告144　大成山たたら遺跡群　三室川ダム建設に伴う発掘調査』（岡山県教育委員会、一九九九年）。
(33)註(32)の『岡山県埋蔵文化財発掘調査報告144　大成山たたら遺跡群　三室川ダム建設に伴う発掘調査』、九頁。
(34)話者は註(24)の田曽の男性（昭和十一年生）。平成二十八年（二〇一六）六月四日・原田調査、採集稿。
(35)註(28)の横田昌宜「金売吉次と「たたら吹き」製鉄」は田曽の金石さんについて、「「カネ石」さんの田の字名は「古ヤシキ」であり、その東側の畑の字名は「焼ヤシキ」というから、米子街道ぞいに鉄その他の物資の運搬を業とする問屋か、または鉄山師（註三、「かんな」「たたら」「かじや」などを経営した資本家。※引用元の註）の「ヤシキ」があったのではなかろうか。…／とすると、問題の「カネ石」さんは、おそらくそういう問屋の商人かまたは鉄山師の墓であろうと推察される」と述べている。
(36)話者は註(24)の田曽の男性（昭和十一年生）。平成二十八年（二〇一六）六月四日・原田調査、採集稿。
(37)註(16)の『岡山県の地名』「上阿毘縁村」の項。
(38)木村時夫「根雨近藤家の歴史――あるたたら製鉄業者の軌跡――」（『早稲田人文自然科學研究』二五、一九八四年三月）・「根雨近藤家の歴史（承前）――あるたたら製鉄業者の軌跡――」（『早稲田人文自然科學研究』二九、一九八六年三月）。『岡山県の地名』「根雨宿」の項。
(39)註(16)の『岡山県の地名』「下神代村」の項。
(40)松尾惣太郎編著『阿哲畜産史』（阿哲畜産農業協同組合連合会、一九五五年）、七二〜七三頁。
(41)『新見市史　通史編上巻』（新見市、一九九三年）、八六六頁。

（42）註(40)の『阿哲畜産史』、九九〜一〇〇頁。神郷町史編纂委員編『神郷町史』（神郷町、初版一刷一九七一年、初版二刷二〇〇五年）「馬子（まご）」の項に「鉄山に働く職工は在地の百姓ではなかった。それは長い経験をもった専門家でなくてはならないからだ。（略）山子の中には、鉄山専門のものもいたし、在地の百姓で、農作業の合間々に炭焼きをするものもいたが、農家の二〜三男で、十七〜十八才にもなると、大てい馬を索いて荷物輸送に当る馬子になって働いた。（略）油野でも三室でも、馬はどの家にも飼い、多い家では六〜七頭も飼っていたということである。釜村でも高瀬でも、おそらくその程度は飼っていただろうと想像される」（三九四頁）とある。

（43）註(38)の木村時夫「根雨近藤家の歴史」は、たたら製鉄で使う木炭の量について、「たたら製鉄には多量の木炭を必要とするが、一工程（一代（ひとよ））は三昼夜ないし四昼夜を要し、それに要する木炭は三、〇〇〇貫であったという。したがって一製鉱所における木炭の年間消費量は約三〇万貫で、これが六ヵ所であれば一八〇万貫、さらに鍛冶工程で一〇〇万貫以上を要したというから、その量はきわめて尨（厖ヵ）大である。それはまたそれに必要な山林を確保せねばならぬことを意味した。」と述べている。

（44）註(41)の『新見市史　通史編上巻』、八九四頁。

（45）話者は註(24)の田曽の男性（昭和十一年生)。平成二十八年（二〇一六）六月四日・原田調査、採集稿。

（46）註(16)の『岡山県の地名』「井村」の項。

（47）註(16)の『岡山県の地名』「総論」「神代郷」の項。

（48）註(41)の『新見市史　通史編上巻』、八八〇頁。

（49）柳田国男「炭焼小五郎が事」（ちくま文庫版『柳田国男全集　一』筑摩書房、一九八九年、所収）。

（50）大山喬平「供御人・神人・寄人」（『日本の社会史』第六巻、岩波書店、一九八八年、所収）、笹本正治『異郷を結ぶ商人と職人　日本の中世　三』（中央公論新社、二〇〇二年）、谷川健一「鍛冶屋の母」（『谷川健一全集』第九巻、冨山房インターナショナル、二〇〇七年、所収）、網野善彦『中世の生業と流通』（『網野善彦著作集』第九巻、岩波書店、二〇〇八年、所収）。

人柱伝説編

第一章　新見市長屋の人柱伝説

はじめに

人柱とは、建物、橋、堤防などを造る際、その基礎に人間を埋める習俗・伝説をいい、日本のみならず全世界に分布している。人柱の習俗が実際にあったのか、なかったのかについては、種々の論争があり（布施千造、加藤玄智、柳田国男、高木敏雄、南方熊楠、喜田貞吉、中山太郎等々）、いまだに決着していない難しい問題の一つとなっている。(1)

日本各地には人柱伝説が多数伝承されているが、その虚実が問題とされていることの背景の一つに、「伝説」としての性格が強い昔話「長柄（ながら）の人柱」の存在があるように思われる。昔話「長柄の人柱」は、摂津国で長柄橋を造る際、人柱を立てることになったが、犠牲者の条件を述べた人物自身が該当することになってしまい、それを悲しんだ娘は「雉も鳴かずばうたれまい」と言った後、ものを言わなくなったという話で、全国に分布している。(2)

この「長柄の人柱」は岡山県においても伝承されている。例えば、六百話の語り手として知られた岡山県哲西町（現新見市）の故賀島飛左さんも、「長柄の人柱」を語った。飛左さんの語りは、次のような内容である。

【梗概】……昔、親子三人がいた。猟師のお父さんが、長柄川の橋が流れるので人柱を一人出さなければいけないという寄り合いに出た際、川に袴を投げてみてそれが沈んだ者がなるとしようと提案する。みんなが袴を脱いで川に投げたところ、提案した猟師の袴が沈み、人柱になってしまった。娘は泣いて「雉も鳴かねば打たれはすまい、ととさん口いえ（口ゆえ）人柱」と毎日歌った。(3)

全国に分布するこの「長柄の人柱」の話型は、摂津国長柄橋での話として語られており、「伝説（特定の土地にある具体的な事物と直接結び付いて、その内容が真実と信じられてきた話）」としての性格が強い「昔話（ムカシを語る虚構の話）」となっている。各地の伝承事例では、「長柄の人柱」の話型を取り込みつつも、「長柄橋」ではなくその土地特有の橋や堤防等と結び付いた「伝説」としての性格が強い「昔話」として語られているものも多い（沖縄県の「真玉橋の人柱」等）。(4)

岡山県においても同様で、昔話「長柄の人柱」が各地で語られるとともに、岡山市沖元沖新田で人柱となったお きた姫、笠岡市富岡干拓の堤防で人柱となったお七、倉敷市玉島阿賀崎干拓で人柱となったお玉、倉敷市福田古新田干拓で人柱となり石地蔵に祀られた仁五郎と長兵衛、和気町吉田の堤防で人柱となった善正坊、津山市嵯峨井堰で人柱となったお福、新見市大佐千谷割亀井手で人柱となった六部友吉、井原市下稲木町匠ヶ池堤防・井原市大江町相原池築造・井原市大江町池の内堤防・井原市七日市町小田川堤防・井原市西江原町才児の池築造の際の人柱など、実在の堤防・井堰等と結び付いた「人柱伝説」として語られているものも多い。(5)

本章では、史実と虚構の間で揺れがある「人柱伝説」について、岡山県新見市長屋に伝えられている人柱伝説を中心に、土地の伝承や関連行事に加え、伝説の背景などに関する諸問題について考究することを目的とする。

新見市長屋の人柱伝説を説明したものとして最も古いものは、昭和六年（一九三一）に刊行された『阿哲郡誌』にある記述である。次に、全文を引用する。(6)

堤の地蔵堂（石蟠郷府(村カ)）

　堂は大字長屋川合橋右岸の堤防に在り。貞享年間の創建なりといふ。松山藩主水谷侯此の堤を築かんとするも度々崩壊して完成に至らず。依つて人柱を入れたるに始めて竣成す。地蔵堂は其の人柱趾にして地蔵は即ち堤防守護神なり。長屋の上下両組は毎年旧七月一日より七日まで報恩念仏を修す。此の時用ふる念仏鐘は初日より終まで座席に置くことを禁じ交替に之を支持し居たりしが、後人その労にたへずとして近来は縄を以て之を梁に吊して打鳴らすといふ。

これには、堂は長屋の川合橋右岸の堤防にあり貞享年間（一六八四～一六八八）の創建であるということ、備中松山藩主水谷氏が堤を築こうとしたが何度も崩れるので人柱を入れたところ初めて完成したこと、地蔵堂はその人柱の趾で地蔵は堤防守護神であること、長屋の上下両組は毎年旧七月一日から七日まで報恩念仏を修したこと、この時使用する念仏鐘は初日より終わりまで座席に置くことを禁じて交替で持っていたが、大変なので近頃は縄を梁につるして打ち鳴らしていることなどが記されている。人柱伝説のあるこの堤防を築いたのが松山藩主水谷氏で、貞享年間のこととされている点が注目される。

お堂について、「大字長屋川合橋右岸の堤防に在り」と記されているが、これは移転前の「古いお堂」の位置を

長屋の地蔵堂

長屋の地蔵堂の堂内

説明したものである。移転後の「現在のお堂」は、長屋の川合橋と広瀬橋の間の、高梁川右岸の国道180号線沿いに建っている。現在のバス停で両者のおおよその位置を説明すると、「現在のお堂」は「広瀬橋」バス停の近くにあり、「古いお堂」は「長屋」バス停の近くにあった。

　ここの記述では、お堂の呼称を「地蔵堂」としているが、現在の長屋ではあまり「地蔵堂」とは呼ばず普通は「お堂」と呼ぶそうで、昭和十二年（一九三七）生まれの女性によると祖母は「堂様」と呼んでいたとのことであった。また、長屋では毎年旧七月一日から七日まで報恩念仏を修したとある点では、現在は新暦八月一日から七日までに変更されており、念仏も唱えていない。この時使用する鉦(しょう)(鐘)については、現在もひもをお堂の梁に架けて鉦をつるして七日間カーンと打ち鳴らしている。かつては鉦を座席に置くことを禁じて交替で持っていたらしいことについて聞いてみると、すでに持って打ち鳴らしたという伝えを聞いた人はいなかった。現在の古老が生まれた昭和初期にはすでに鉦をつるして打ち鳴らすようになっていたためだと思われる。

平成三年(一九九一)に刊行された『新見市史　通史編下巻』にも新見市長屋の人柱伝説について説明した記述があるので、次に全文を引用する。(7)

堂念仏供養(石蟹長屋)

その昔、上長屋の一帯は、広々とした川原であった。貞享年間、備中松山藩主水谷侯が、ここに堤防を築こうとして工事に着手したところ、たびたび崩れて完成せず、やむなく人柱を立てて祈願することにした。この人柱には、村の若い娘が選ばれたが、この娘は、

「堤防が完成したら、私のために念仏を唱えてください」

といい残して、堤防の礎になっていったという。

それから村人たちは、その堤防に堂を建て、娘の地蔵を祀って念仏供養をするようになった。

この念仏供養は、旧暦七月の朔日から七日間、関係のあった農家が七組に分かれて、一日一組ずつが堂にこもり、昼夜、香を絶やさず、鉦(しょう)を鳴らしながら念仏を唱える。ある年、この念仏供養をやめたところ、たちまち疫病が流行したので、また復活し、現在に至っているという。

この堂には、六体の石像が安置されているが、その右端が娘の地蔵で、上部は欠け、蓮台も消失しており、三〇〇年の間の、この地の幾度もの水害を物語っている。娘の地蔵には、「霊童女」と「七月八日」の文字が

読める。

この『新見市史』の記述で、『阿哲郡誌』の記述に加わった情報としては、人柱には村の若い娘が選ばれたこと、娘は堤防が完成したら自分のために念仏を唱えてほしいと言い残したこと、この念仏供養は関係のあった農家が七組に分かれて一日一組ずつが堂にこもって昼夜香を絶やさず鉦を鳴らしながら念仏を唱えること、ある年この念仏供養をやめると疫病が流行したので復活したこと、堂には六体の石像が安置されていること、堂の右端が娘の地蔵で「霊童女」と「七月八日」と彫ってあること、などがある。

現在、お堂には六体の石の地蔵等が置かれているが、向かって両端にあるものは他の寺から持ってきたものだと聞いたと語ってくれた人もおり、あちこちから石仏をお堂に運んできたものかと推定される（地蔵の配置は定まったものではないという）。堂にある地蔵の一つには「霊童女」とあるが、これは「童女」を祀るために造られた石地蔵とみられる。長屋の人柱伝承では「娘」とされており「童女」とは言われていないので、元は人柱伝承とは無関係の石地蔵で、いつの時代かお堂に入れられ、いつしか人柱伝承と結び付けられたのではないかと推定される（『阿哲郡誌』には「霊童女」と彫られた石地蔵の記述はない）。

では、新見市長屋ではどのように語り伝えられているのであろうか。実際に長屋で筆者が聞き取った話を示す。

〈事例1〉「新見長屋の人柱」

昔はそのぅ、今この国道が堤防で。昔は堤防いうても低いですからな。ためるようにこの、水が、ここ乗り越えて、こん中へ、こうつかりょうたらしいんです。堤防築くまで。せえで、もうかなわんからいうんで人柱、入れとるんじゃいうのは聞いとります。だいぶん昔のことでしょうなぁ。わしもそれ年寄りから聞いとるだけであって。

おなご（女子）の人じゃった、と聞いとります。人柱入れるのは若いんじゃけなぁ二十歳前でしょう。せえで、何日ぐらい生きとって、声出したいうたかなぁ。十日じゃいうたかなぁ。生き埋め。生きたまま入れるんじゃけぇそら。じゃけぇ中はな、おそらくぐるりぃっと井戸のように石を積んで、入れてあると思うんです。身動きできんようなことじゃないんです。息ができるように、パイプしてあるらしいんです。それからへで水だきは、上から、ものを言うて、これへやるらしい。へで、応答があったんが、十日やら何日やらいうてから聞いとるけどなぁ。

生きとるんじゃからなあ。多少はまだ、動けるようにゃあしてやらにゃあ。まあ人間ゆうものはすぐもうずうっと埋めたんじゃぁどうにもならん。上は全部閉じてしまう。へで、パイプだきは入れて。息もせにゃあいけん、死ぬるまでは。へえから、水だきは何か上からそのパイプ使うて流して、入れて、打ち合わせて飲みょうたんじゃろうと思うけどなぁ。

人柱が入っとるんじゃいうて聞いとるだけで。それと、水だけは、ちょろちょろパイプから入れて、やりょうたんじゃいうことは聞いとりますねぇ。それと、生きとる時は「おぉい」言うてから話ぃしょうたらしいんですが。「どうじゃ」言うて。しまいにゃぁ物言わんようなったいうけぇ、もういけんようなったんじゃなぁ、いうことは聞いとるんじゃけど。

（どこの娘か？）それはわからん。それはこの長屋の部落のとこじゃぁあるんじゃろう。よそから来てそがんこたぁせんから。わしは古ぃ人から聞いとるだけじゃ。もうその、単純にこの堤防が、ここ切れて、流りょうたらしいんじゃ。へえでもう、仕方がない、そういうにしたんじゃいうて。せえから、今度ぁあの堤防がもつようになったいうてるが、昔はその工事も、簡単にゃいかん。(8)

〈事例1〉では、川の堤防を築くのに二十歳前の娘を生き埋めにし、息ができるようにパイプ（竹筒ヵ）をつけて水だけは飲ませるようにして十日ほどは生きていたと古い人から聞いたと語っている。埋められたのがどこの娘か聞いてみると、わからないが長屋地区の娘ではないかと答えてくれた。どこの娘であるかや、名前については、伝えられていないとのことであった。ここの川は高梁川である。

〈事例2〉「新見長屋の人柱」

ここの堤防が、雨が降って流れていけんからゆうて、なんぼにもその堤防がもたんゆうて、それで、人柱を入れたらもつゆうて言われたゆうて、通りかかりの娘さんを捕まえて、人柱に頼んだんですと。昔はあの、どう言うんかものもらいの人が大勢おられたんじゃろ。その娘さんを。土地の人じゃないんです。ほいで、その娘さんが言うのに、「その代わり、人柱になってあげるから、このおむすびと、あれしてこの八月の一日からな、七日間供養してくれ」ゆうて。その願いでこれが今まで続いとるんです。へで戦時中ちょっと、食糧のね（無）え時には、ちょっと途絶えとったこともあるんですけどなあ。このお堂があの、あそこの、ちょうどこっちの私道を出た、Hさんゆうとこのあっこのお宅のとこへあったんです。へで国道ができるために、ここへ移動したんです。みんなこれ棒刺してたたいて、お堂ごと持ってきた。じゃけどもうこれ、改築したから。平成十五年（二〇〇三）だって。それまでは本当のあの、柱だけのお堂だった。[9]

〈事例2〉は、ここの堤防が流れるので人柱を入れることになり、通りがかりの娘を捕まえて人柱に頼んだところ、人柱になるから七日間供養してくれと願ったので、今でも供養しているという語りである。人柱になったのは、〈事例1〉では不明（だが長屋地区の娘か）、〈事例2〉では通りがかりの娘と語られている。昭和初期生まれの〈事例1〉〈事例2〉の話者はともに、若い頃に古老から聞いたと話してくれた。このことから、長屋地区では人柱になった娘の素性として二説が伝えられていることがわかる。
お堂は、国道180号線工事の際に、現在地にそのまま移築されたという。現在のお堂は平成十五年に改築されたものだそうで、改築前は柱だけのお堂だったそうである。おむすびなどの接待は、戦時中の食糧難の時に少し途絶えていたこともあるが、まもなく復活したということであった。

〈事例3〉「堤防の決壊について」

その広瀬の橋から向こうは、わしらが、ああこれが（昭和）十九年（一九四四）か。皆のうなってしもうたんですけぇ、あのトンネルからこっちぃ、広瀬橋(ひろせばし)いうとこまでは、道路がみなのうなってしもうたんです。流れてなぁ。全部。これが十九年。せえで、へえから今度は今いう、川合橋(かわいばし)から庚申嶽(こうしんだき)まであっこが、堤防がみな、ざあっと崩れてしもうた。大水でな。それらが、わしらが覚えるようなってからの、一番の（被害）。ここが一番崩れて流りょうたらしい。崩りょうたらしいです。大水が出たたんびに。へでもたんけぇいうんで。へえで人柱を入れたいう話を聞いとる。

まあだいたいなあ、大水が出てきた時には、広瀬ゆうとこの川の部落がある。あっこらが、今、川のへりに竹やぶがあって、畑がある。あの畑へまっすぐ水が出てきょうたんです。川がこうゆうにぐりぃっとゆがんどるけえどが、大水出たらもう、ゆがまんこうにまっすぐ出て。そしたらちょうどここらへぶち当たるんです。ちょうどここの堤防へこれへぶち当たる。せえで、よけい流りょうたんじゃと思う。わしらも再々知っとるが、広瀬の畑ん中、大水出たらあっこが川んなる。そのことたびぃ知っとりますけぇ。お堂は元々向こうにあったんじゃ。こけぇ持ってきたのは、堤防が国道になったために、そこへあっちゃあ邪魔になるけぇここへ持ってきただけで[10]。

〈事例3〉は、昔はお堂があるところの堤防がよく決壊して大きな被害が出たことについての語りである。昭和十九年（一九四四）に大雨が降って堤防が決壊し、大きな被害が出たそうである。その後、堤防の上に国道180号線が通って土地が高くなったため、決壊することがなくなったという。昭和三十一年（一九五六）頃、国道工事の時に邪魔になるので今の場所にお堂を移したということであった。昔の堤防は今より低かったため、たびたび決壊したそうである。地理的に、長屋地区のお堂があるあたりは、高梁川の水流の関係で大雨が降って増水すると堤防が決壊しやすい所であったことがこの語りからもよくわかる。昔のお堂は、現在のお堂から高梁川下流方向の三叉路になっているあたりにあったという。〈事例3〉の話者によると、人柱として埋めた場所は、古いお堂と新しいお堂の中間あたりの堤防の中ではないかと聞いているとのことであった。

Ⅱ　新見市長屋のお堂行事

人柱伝説のある長屋のお堂では、現在（二〇二三年）でも毎年八月一日から七日までの一週間、必ず行事を行っている。次に、昔の行事の様子を語る事例を示す。

〈事例4〉「お堂の土用念仏行事について」

今は八月の一日からやりょうる。昔は旧の七月の一日から一週間しょうたんです。ちょうどへで、七夕さんと、最後が一緒になって、七夕さんを川へ、わしが子どもの時には流しぃ行く、せぇでお堂へ寄ってむすびをもろうて食べる。ほとんどの子どもがみな、七夕さんを、西野さんの家があっけぇあったあっこから川へ行って、へで流して水浴びて、上がって、上がったらちょうどそこにお堂があるから、そこで接待しょうられるけぇ。もう一週間最後の日ですけぇ。昔は接待ゆうて、一週間する。あの大笊笥（おおぞうき）へむすびを二杯ぐらい盛って作って行ってぇて、通る人からなんかに皆こう配りょうたんです。接待ともよ（言）うたですから。

せえで、昔ぃ七月の一日から、土用念仏ゆうて一週間、ずうっとあっこで、お供養する。これもそのう、生けにえの人ばあでねえ、長屋に昔、腸チビスゆうんがどえらぁはやったことがあるんです。それと一緒に、なんか供養したゆうことを聞いとる。どえりゃあこの長屋に、腸チビスがはやった。へえで一週間。そうように聞いとります。朝は、九時ぐりゃぁから出て、鉦をたたいて。へで昔は、その晩は、蚊帳ぁつってから、明くる朝まで、今度ぁそのお堂、わしらぁ子どもん時にはだいぶあっこで寝たもんじゃけど、へぇで泊まりょうたん。明くる朝まで。まあ大人もじゃけぇど。大人も、まあ、男の人は。四、五人ぐりゃあは、その当番の家の人がみな、泊まったりしょうたん。（お堂は）今はちょっと大きぃなっとるけどな、だいたい、二メーター画。毎日、代わりますけぇ当番さんが。じゃけん、その日の当番の人が、明くる朝まで泊まって、次の人へ渡す。(11)

〈事例4〉は、毎年一週間お堂で行われる行事について、戦前の行事の様子がどうであったかについて語っている。昭和十一年（一九三六）生まれの〈事例4〉の話者によると、今は八月一日から七日まで行っているお堂の行事は昔は旧暦七月一日から七日まで行っていたという。最終日の七月七日は七夕行事と重なるため、子どもたちは七夕飾りを高梁川へ流しに行って水浴びをし、堤防を上がったところにちょうどお堂があるので、お堂に寄って接待のおむすびをもらって食べたそうである。接待は一週間行われ、大笊笥（大きな竹製のざる）におむすびを二杯ぐらい盛って作って行って、通行人みんなに配っていた。土用念仏といって一週間、お堂で供養をした。昔、長屋地区で腸チフスがはやったことがあり、それと一緒に供養したと聞いているという。朝は、九時頃からお堂に出て

地蔵堂のお接待（2016年撮影）

鉦をたたいた。昔は、当番の家の人が四、五人、大人も子どもも、晩になるとお堂に蚊帳をつって朝まで泊まった。朝になると次の人に当番を渡すということであった。

〈事例4〉で語られている「七夕」の水浴びであるが、『新見市史』によると、長屋では七夕の時に子どもたちが七遍水浴びをして七遍着物を着替えると病気にかからないとされているという[12]。ただし、現在では、昭和十一年（一九三六）生まれの〈事例4〉の話者のように、子どもの頃七夕の水浴びをした経験を語ってくれる人は大変少なくなっている。長屋では、移築前の古いお堂があったところの下のあたりに、長屋の子どもたちがよく水遊びをした淵があり、その周辺で七夕の水浴びをしたようである。水浴びをして堤防を上がったところにちょうどお堂があって接待をしているので、子どもたちは喜んで接待のおむすびを食べたということであった。

ここで、「土用念仏」といって一週間お堂で供養をしたと語られていることから、このお堂の行事は「土用念仏」の虫祈禱と重なっていることがわかる。『新見市史』には「西尾では旧六月十四日から二十一日まで七日七夜の念仏といって、その間は念仏鉦の撞木を下に置かれぬといって鉦をたたき続けた。その後でたばこの虫の付いたのや稲のいもちの付いたのを竹の笹に付けて山のひらに持っていって捨ててから、一合開散（酒一合を飲むこと）をした[13]」と記されているが、長屋の念仏供養と内容がほとんど一緒であることがわかる。長屋では最終日の七月七日の七夕に笹竹・キュウリの馬・ナスの牛などを川に流したというが、やはり虫祈禱の「土用念仏」の行事と重なって行われてきたことがうかがえる。

また、〈事例4〉で語られている腸チフスは、『新見市史』によると、明治三十四年（一九〇一）、明治四十一年（一九〇八）、大正四年（一九一五）、大正十一年（一九二二）、大正十二年（一九二三）、大正十五年（一九二六）、昭和十年（一九三五）に発生し、年度によっては岡山県下でも流行して多数の患者が発生したという(14)。明治以前においても、種々の疫病が発生した際には、一緒に供養したものと推定される。

昭和六年（一九三一）刊行の『阿哲郡誌』には「長屋の上下両組は毎年旧七月一日より七日まで報恩念仏を修す」とあったが、現在では供養を担当する組が異なっているようである。現在、長屋には、一の上、一の下、二番組、三番組、下長屋、初水の六組があるという（昔は五組で一組が上下の二つに分かれて六つになった）。そして、供養を担当するのは一組と二組で、一組と二組を七つ（七日分）の組に分けて担当しているそうである。これは、堤防の恩恵を受けているのが一組と二組ということのようである。七日間は毎日、七つの組が順に接待を担当し、最終日の七日目には長屋の地蔵寺住職に来てもらって『般若心経』を唱え、『大般若経』理趣分の一冊を住職が転読して終わるということであった（七日間の担当日は毎年一日ずつずれる）。昭和六年頃には、毎日お堂で鉦をたたいて念仏を唱えて接待していたようであるが、現在では鉦をたたいて接待するだけになっている。ここの念仏が何念仏であったかは伝わっていないが、古老によると釈迦念仏（「南無釈迦牟尼仏」）だったのではないかとのことであった（長屋の地蔵寺は正保二年〈一六四五〉に開創されたと伝えられる曹洞宗の寺院）。かつては七日目に関係する全戸が地蔵寺住職からお札（木版で「具一切功徳　糸手山／長谷観世音菩薩守護／福聚海無量　地蔵寺」と刷った札の真ん中に丸い朱印が捺してある）をもらっていたそうだが、令和元年（二〇一九）から希望者に配る形になっている。

かつては通行人が頻繁にお堂の横の道を歩いていたので、その人たちを呼んでおむすびをあげて接待していたそうだが、戦後の車社会になって歩く人はいなくなり、担当者だけでおむすびや飲食物を用意して食べているそうである。筆者も調査時に接待のおいしいおむすび等を有り難くいただいた。時代とともにお堂行事が変化してゆく様子がうかがえ、興味深いものがある。

Ⅲ　玉島阿賀崎の人柱伝説と水谷氏

岡山県各地には多数の人柱伝説が伝えられていることは最初に述べたが、その中に玉島阿賀崎（倉敷市）の「人柱お玉」の伝説がある。次に、その伝説を引用する。

人柱お玉

備中松山藩主である水谷候(侯カ)が、玉島阿賀崎新開の開拓をいまひと息で終えようとするときのことでした。一帯が海であったこの地方の干拓は、阿弥陀島とも呼ばれる羽黒神社をまつる小さな島を中心に、東西に水門を設けて干拓を完成させようとしたのですが、この小島の西に位置する阿弥陀水門は、極めて潮流が急であり、水門の基礎は幾度も波にさらわれました。

これでは工事はいつ完成するかわからないという状態になりました。村人たちは口々に話し合うのでした。「この水門が完成しないことには、長い年月にわたって諸工事をすすめてきた水谷候(侯カ)の努力は、全く水の泡である。これはきっと海神様のたたりだろう。誰か自分の身を犠牲にして海神様の怒りをなだめる人はいないか」

と。これらの人々の祈りと願いを一身ににない、けなげにも自ら進んで名乗り出て、死地におもむいた女性がありました。

その名はお玉といい、十八歳の若く美しい娘でした。阿弥陀水門深く沈められたお玉のおかげで、難工事も完成することができましたが、人々はその死を悲しみ、その冥福を祈りました。(15)

これは、備中松山藩主水谷氏が、玉島阿賀崎新開の開拓を終えようとするとき、阿弥陀水門の潮流が急で工事が進まないため、お玉という娘を人柱にして阿弥陀水門深くに沈めて完成させたという話である。玉島周辺では、お玉のおかげで今の玉島の地ができたとか、お玉がお歯黒をしていたので祀った神社を羽黒神社と呼ぶようになったなどという伝承もあるという。(16)

『岡山県の地名』によると、「阿賀崎新田村」は、「備中松山藩主水谷氏によって開発された新田の一つで約一二〇町歩、寛文一〇年(一六七〇)に汐留が完成し、延宝四年(一六七六)に高付され」、「元禄六年(一六九三)水谷氏断絶で幕府領とな」ったという。(17)

この「人柱お玉」の伝説で注目したいのが、「備中松山藩主である水谷侯」が玉島阿賀崎新開の開拓を終えようとする時の話とされている点である。これは、先にみた『阿哲郡誌』に、長屋の地蔵堂は「貞享年間の創建」で、難工事のため「松山藩主水谷侯」が人柱を入れて堤を完成させた時の話と記されている点と共通する。

備中松山藩水谷氏は、水谷勝隆(一五九七~一六六四)が寛永十九年(一六四二)に松山藩に移封されてから、水谷勝宗(一六二三~一六八九)、水谷勝美(一六六三~一六九三)の三代五一年間にわたって松山藩を領した。初代水谷勝隆は、松山から新見までの松山川(現高梁川)の上流の開発を行い、高瀬舟の通路を完成した。また、高梁川下流の海岸地方で玉島新田などの新田開発を行った。二代目水谷勝宗も新田開発に努め、玉島港を改修し、高瀬通しを完成させた。三代目水谷勝美も賀陽郡美袋村（現総社市）の高梁川の堤防を築くなど土木事業に邁進した。[18]

新見長屋の人柱伝説は、貞享年間（一六八四〜一六八八）のこととされているので、事実ならば二代目水谷勝宗の時の話ということになる。また、玉島阿賀崎の人柱伝説は、阿賀崎新田が完成した時のこととされており、阿賀崎新田の汐留の堰が完成したのが寛文十年（一六七〇）とされているので、事実ならばこれも二代目水谷勝宗の時の話ということになる。備中松山藩水谷氏の時代、新見長屋も阿賀崎新田もともに備中松山藩領であった。

玉島阿賀崎新開の堰工事と新見長屋の堤工事で、人柱を実際に立てたのか、人柱が必要なほどの難工事を行って完成させたことの記憶が伝説の背景にあるのか、工事中の事故死が人柱伝説と結び付いたのか、関連資料がないので不詳とするしかない。しかし、岡山県高梁川（旧松山川）の上流域新見と下流域玉島で、娘が人柱にされたという似た伝説が伝えられ、共に土木事業に邁進して大きな成果を上げた松山藩二代目水谷勝宗の時のこととして伝えられていることには何らかの意味があるように思われ、極めて興味深い。玉島阿賀崎新開と新見長屋が高梁川（旧松山川）でつながっていることも、両者の人柱伝説の成立に何らかの影響を与えた可能性があるようにも思われる。少なくとも、玉島阿賀崎新開の堰工事と新見長屋の堤工事は、人柱伝説が生じるほど過酷な難工事であり、松山藩二代目水谷勝宗はその難工事を成し遂げた人物であったらしいことは、確かであろう。

結　語

以上で、岡山県新見市長屋に伝えられている人柱伝説に関する諸問題についての筆者なりの考察を終えたい。

新見市長屋には高梁川の堤防を築く難工事の際、二十歳前の娘を人柱にして完成させたという人柱伝説が伝承されており、長屋では娘を祀るお堂で毎年八月（以前は旧暦七月）一日から七日まで、念仏を唱えながら鉦をカーンと打ち鳴らす行事が現在まで伝えられている（現在は念仏を唱えていない）。この行事は虫祈禱の「土用念仏」の行事と重なって行われてきたことがうかがえる。また、七夕行事と重なっていたことも興味深い。かつては子どもたちが七夕飾りを川に流して水浴びをした後、お堂で準備している接待のおむすびを喜んで食べたという体験談もほほえましい。地域の年間行事のなかに組み込まれ、時代とともに変化しつつも大切にされて現在まで伝えられてきた行事であることがわかる。

人柱になった娘の素性としては、不明だが長屋地区の娘ではないかという説と、通りがかりの娘という説の二説が伝承されている。また、埋めてから息ができるように竹筒をつけて水だけは飲ませるようにして十日ほどは生きていたとか、人柱になるから七日間供養してくれと娘が願ったので今でも供養しているなどとも語られている。

長屋の堤工事において、人柱を実際に立てたのか、人柱が必要なほどの難工事を行って完成させたことの記憶が伝説の背景にあるのか、工事中の事故死が人柱伝説と結び付いたのか、関連資料がないのでよくわからない。

長屋という地は、高梁川上流域のなかでも、高瀬川（高瀬ダムがある）、三室川（三室川ダムがある）、西川（河本ダムがある）、小坂部川（大佐ダム、小坂部川ダムがある）など、近隣の川がすべて集まる場所となっており、昔から川が氾濫しやすい土地であった。また、氾濫しやすいためか土地が肥えており、長屋の米はおいしいといわれていたという。だからこそ松山藩水谷氏は長屋で難工事を行ったのであろう。高梁川上流域のなかで、長屋に人柱伝説が伝承されてきたことの背景には、このような水利事情があったらしいことがわかる。

松山藩水谷氏は玉島阿賀崎新開の開拓工事も行い、ここにも人柱伝説が伝えられている。玉島阿賀崎新開の開拓も極めて難しい工事であったが、阿賀崎新田は大きな経済的利益をもたらした。松山藩水谷氏は、高梁川の上流域新見長屋と下流域玉島阿賀崎新田で積極的に難工事を行い大きな成果を上げたわけであるが、玉島阿賀崎と新見長屋が高梁川でつながっていることも、両者の人柱伝説の成立に何らかの影響を与えた可能性があるようにも思われ、興味深いものがある。

柴田一は岡山市沖元沖新田で人柱となり沖田神社に祀られたおきた姫の伝説について「単なる昔ばなしではなく、史実とみなすことによって、はじめて解くことができる」と述べている。[19]一方、國守卓史は倉敷市福田古新田干拓で人柱となり石地蔵に祀られた仁五郎と長兵衛の人柱伝説について「実は工事犠牲者だった」と述べている。[20]人柱伝説は史実と虚構のはざまにあり、判断が難しいものであるが、極めて興味深い伝説事例の一つといえる。虚実の問題は、事例ごとにていねいに検討する必要がある。

人柱伝説に関しては、虚実の検討も興味深いことではあるが、それよりも、なぜその地に人柱伝説が伝承されてきたのかを検討する方が重要なことのように思われる。人柱伝説が伝えられている地は、水利的にも、地理的にも、経済的にも、極めて重要な意味を持つところであったとみてよいであろう。

註

（1）礫川全次編『生贄と人柱の民俗学』（批評社、一九九八年）、六車由美『神、人を喰う――人身御供の民俗学――』（新曜社、二〇〇三年）、他多数。

（2）関敬吾編『日本昔話大成』第七巻（角川書店、一九七九年）所収「本格新話型四六　長柄の人柱」の項、『日本昔話事典』（弘文堂、縮刷版一九九四年）所収「長柄の人柱」の項参照。

（3）稲田浩二・立石憲利編『中国山地の昔話――賀島飛左嫗伝承四百余話――』（三省堂、一九七四年）所収「一四八　長良の人柱」参照。

（4）『沖縄大百科事典　下巻』（沖縄タイムス社、一九八三年）所収「真玉橋由来記」の項参照。

（5）『岡山県大百科事典　下巻』（山陽新聞社、一九八〇年）「人柱」（仙田実執筆）の項、堀省三「岡山・倉敷市街地は海だった　岡山県下の干拓あれこれ」（『高梁川』六四、高梁川流域連盟、二〇〇六年一二月所収）、國守卓史「人柱、実は工事犠牲者だった　福田古新田開発における伝説の真実」（『高梁川』六五、高梁川流域連盟、二〇〇七年一二月所収）、岡山県小学校国語教育研究会編著『岡山の伝説』（日本標準、一九七八年）所収「人柱地蔵——阿哲郡大佐町——」、立石憲利『おかやま伝説紀行』（吉備人出版、二〇〇六年）、立石憲利「井原市の人柱伝説」（『岡山民俗』二二〇、岡山民俗学会、一九九八年一二月所収）など参照。

（6）『阿哲郡誌　下巻』（社団法人阿哲郡教育会、初版一九三一年、復刻版一九七六年）、九〇九〜九一〇頁。

（7）『新見市史　通史編下巻』（新見市、一九九一年）「堂念仏供養」の項、五四〇頁。

（8）話者は岡山県新見市長屋の男性（昭和十一年生まれ）。平成二十八年（二〇一六）七月二十三日・原田調査、採集稿。

（9）話者は岡山県新見市長屋の女性（昭和九年生まれ）。平成二十八年（二〇一六）八月一日・原田調査、採集稿。

（10）（11）　話者は註（8）に同じ。

（12）註（7）の『新見市史　通史編下巻』「七夕」の項、四三九頁。

（13）註（7）の『新見市史　通史編下巻』「土用念仏」の項、四五六〜四五七頁。

（14）註（7）の『新見市史　通史編下巻』「腸チフス」の項、八三頁。

（15）森脇正之編著『倉敷の民話・伝説』（倉敷文庫刊行会、一九八八年）、一〇五〜一〇六頁。

（16）玉島市郷土研究会編著『玉島変遷史』（玉島市立図書館玉島文化クラブ、一九五四年）所収「人柱お玉」の項、宮本祐助『郷土の伝説』（川崎製鉄株式会社水島製鉄所、一九八一年）所収「人柱の由来（3）倉敷市玉島新町」の項、註（5）の立石憲利『おかやま伝説紀行』所収「人柱のお玉——倉敷市——」の項参照。

（17）『岡山県の地名』（平凡社）「阿賀崎新田村」の項。

（18）『高梁市史』（高梁市、一九七九年）第六章「藩政を謳歌した水谷三代」、『岡山県大百科事典　下巻』（山陽新聞社、一九八〇年）「水谷勝隆」「水谷勝宗」「水谷勝美」「水谷氏」の項、『岡山県史　第七巻　近世Ⅱ』（山陽新聞社、

一九八五年）第一章第三節「松山藩政の展開と領民」・第二章第二節「備中の新田開発」、『新修倉敷市史　第三巻
通史編　近世（上）』（倉敷市、山陽新聞社、二〇〇〇年）第四章「新田開発と用水問題」、他参照。

（19）柴田一「備前国上道郡沖新田と人柱伝説」（『吉備地方文化研究』二一、就実大学吉備地方文化研究所、二〇一一年、所収）参照。

（20）註（5）の國守卓史「人柱、実は工事犠牲者だった　福田古新田開発における伝説の真実」参照。

新見の伝説関係地図

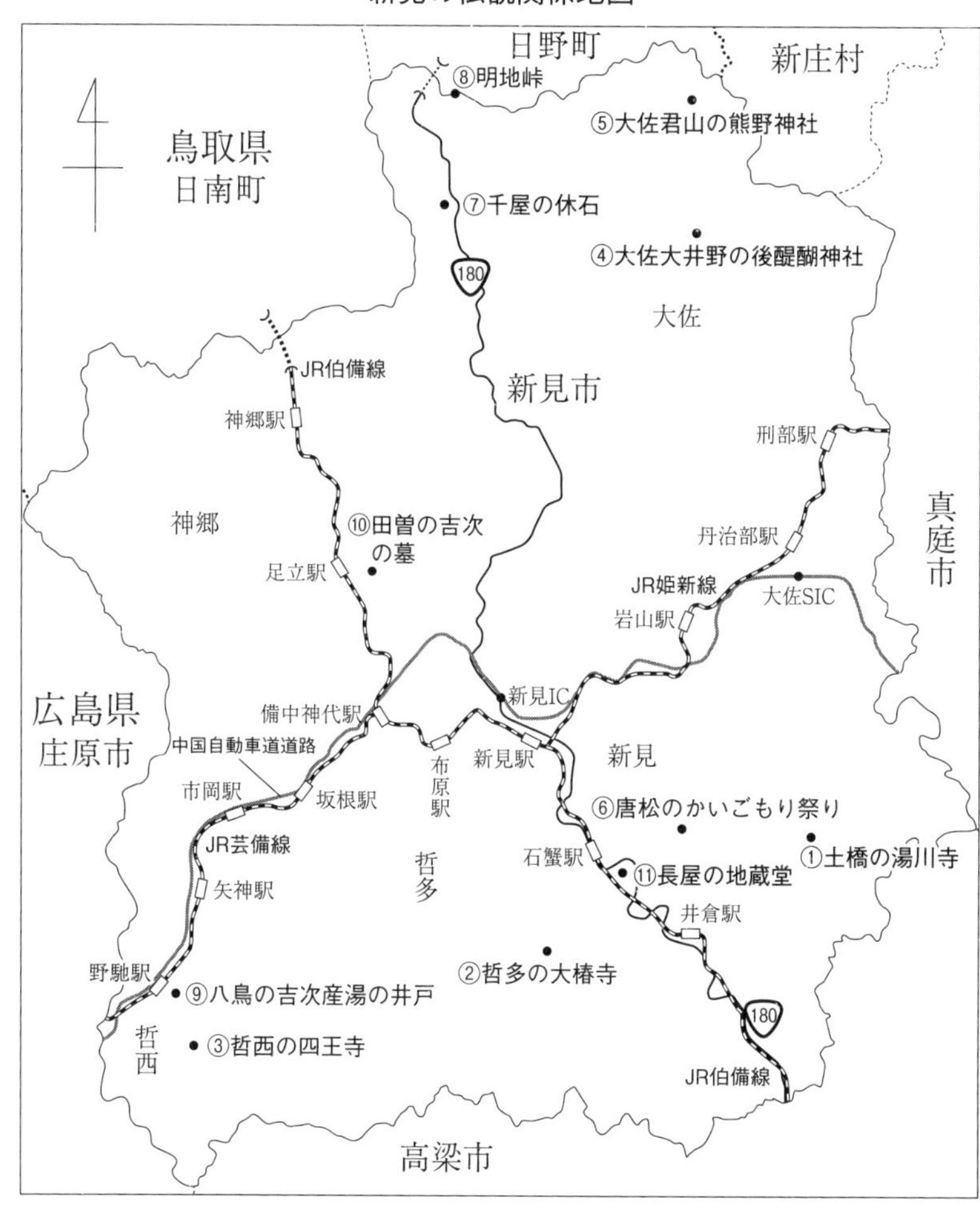

玄賓僧都伝説関係
①土橋の湯川寺
②哲多の大椿寺
③哲西の四王寺

後醍醐天皇伝説関係
④大佐大井野の後醍醐神社
⑤大佐君山の熊野神社
⑥唐松のかいごもり祭り
⑦千屋の休石
⑧明地峠

金売吉次伝説関係
⑨八鳥の吉次産湯の井戸
⑩田曽の吉次の墓

人柱伝説関係
⑪長屋の地蔵堂

初出論文一覧

＊本書をまとめるにあたり、初出論文の重複部分はできるだけ削除し、適宜加筆・訂正した。

序　論　新見の伝説の魅力と意味（新稿）

玄賓僧都伝説編

第一章　岡山県と鳥取県の玄賓僧都伝承

原題「岡山県の玄賓僧都伝説の特色――鳥取県の伝承と対比して――」（両備樫園記念財団「文化、芸術、教育活動に関する研究論叢」三一、二〇一九年）

第二章　玄賓僧都伝承の文献資料と伝説

原題「文献資料と伝説――玄賓僧都を中心に――」（説話・伝承学会「説話・伝承学」二九、二〇二一年）

後醍醐天皇伝説編

第一章　新見市大佐の後醍醐天皇伝説

原題「岡山県大佐町の後醍醐天皇伝説」（「新見公立短期大学紀要」、二一、二〇〇〇年十二月）

第二章　備中国の奇祭「かいごもり祭り」と後醍醐天皇伝説

原題「備中国の奇祭「かいごもり祭り」考」（日本語語源研究会「語源研究」三一、一九九七年六月）

第三章　新見市の後醍醐天皇伝説と地名

原題「岡山県新見市の後醍醐天皇伝説と地名」（「新見公立短期大学紀要」二二、二〇〇一年十二月）

金売吉次伝説編

第一章　新見市の金売吉次伝説

原題「岡山県新見市の金売吉次伝説」（「新見公立大学紀要」三七、二〇一六年十二月）

人柱伝説編

第一章　新見市長屋の人柱伝説

原題「岡山県新見市長屋の人柱伝説」（岡山民俗学会「岡山民俗」二四一、二〇二〇年）

あとがき

古くから栄えた新見には、魅力的な伝説が多数伝えられている。文献説話（古代中世説話文学、特に『今昔物語集』）と口承文学（特に伝説）を二つの柱として研究してきた筆者にとって、新見に住みながら新見の豊かな伝承を調査研究できることは大変有り難く楽しいことであった。平成八年（一九九六）に新見に着任してから早くも三十年近く経ってしまったが、新見で最初に取り掛かったのは玄賓僧都伝説の調査であった。約一二〇〇年前、隠遁ひじりの祖として鴨長明らが憧れた高僧玄賓が備中国湯川寺に隠遁した。玄賓に憧れた良寛も、備中玉島の円通寺（現在の岡山県倉敷市玉島柏島四五一番地）で修行していた頃、湯川寺を訪ねたという。湯川寺は現在の行政区分では新見市土橋寺内に位置している。初めて湯川寺を訪れた時、本当に着くのだろうかと不安になりながら、くねくね曲がる細い山道を車で上り、ようやく到着した。湯川寺からの景色は美しく、ここに玄賓僧都が住んでおられたのかと思うと、道の大変さと相まって、深く感動した。その後、道路が整備されたため、新見市街地から湯川寺への道はかなり便利になった。

湯川寺周辺で聞き取り調査をすると、極めて興味深い伝説が多数伝えられていた。岡山県各地にも玄賓僧都伝説が伝えられていたが、湯川寺周辺の伝承は極めて濃密で、特別な伝承地であることがわかった。伝承者の方々から豊かな伝説を聞かせていただき大変お世話になった。玄賓僧都伝説についてはその後も継続して調査したが、玄賓僧都伝説は備中国（岡山県西部）以外にも広がっており、伯耆国（鳥取県西部）や大和国（奈良県）まで調査の足を伸ばすことになった。そして、玄賓僧都没後一二〇〇年になる平成三十年（二〇一八）にようやく『隠徳のひじり玄賓僧都の伝説』（法藏館）を刊行することができた。本書の「玄賓僧都伝説編」は、前著『隠徳のひじり玄賓僧都の伝説』以降に執筆した論文を核として、第一章では玄賓僧都伝説の概要をまとめつつ、玄賓伝承はなぜ備中国では豊かで伯耆国では薄いのかについて検討し、第二章では文献資料（特に縁起）と口承文芸（特に伝説）の関係について考察した。

玄賓僧都伝説の調査を継続しつつ、次に取り掛かったのが、後醍醐天皇の伝説であった。元弘の変の失敗により隠岐に流される途中、新見を通ったという伝承が新見各地に伝えられていた。新見市大佐大井野には「後醍醐神社」、新見市唐松には備中国の奇祭として知られる「かいごもり祭り」、新見市千屋には「休石」があり、それらを中心に豊かな後醍醐天皇伝説が伝承されていた。後醍醐神社には、『後醍醐天皇縁記写』が伝えられていた。後醍醐神社や熊野神社も兼務している、大佐神社の戸部宮司には、縁起のコピーをいただいたり棟札を見せていただくなど大変お世話になった。『後醍醐天皇縁記写』には、江戸時代の享保年間に村の童子が「碁盤石」（現在の「御飯石」のことか）を動かすとたちまち数万匹の狼が現れてほえたが、留部和泉守・地職筑前守両神主に祈ってもらうと忽然と治まり、後醍醐神社を建立したと記されている（留部和泉守は戸部宮司の先祖）。魅力的なこの狼伝承は、現在の大井野ではすでに伝えられていないので、大変貴重である。大井野や君山では明治時代や大正時代生まれの古老などから、「甘蕨」「お藤池」「狼さん」「鳴かないカジカ」など、大変面白い後醍醐天皇伝説を聞き取ることができた。唐松の「かいごもり祭り」も大変興味深い祭りで、近年まで祭事の内容も全く公開されない秘祭であった。新見では「かいごもり祭り」が済むと春が来ると言われ、毎年地元の備北民報社、山陽新聞社新見支局、吉備ケーブルテレビにいみｉチャンネル、ＮＨＫ岡山放送局などが取材して報道してくれる。現代における伝統の継続には、地元の報道機関による取材と報告が大きな役割を果たしていると感じている。

後醍醐天皇伝説の次に取り掛かったのが、金売吉次伝説であった。新見には、『義経記』などに登場する金商人で源義経に大きな影響を与えたとされる伝説的人物金売吉次について、生誕地伝説と終焉地伝説が伝えられている。新見市哲西町八鳥には、金売吉次が住んでいたという道明寺屋敷と称される地と、吉次が生まれる時の水をくんだという産湯の井戸の伝承がある。八鳥は戦国期から西山城の城下町として栄えた地域で、西山城は源頼朝の御家人市川別当行房により築造されたという伝承があり、吉次産湯の井戸は西山城のすぐ近くにある。八鳥では、吉次は砂鉄の商いをしていたらしいという伝説が伝わっていた。新見市足立田曽には、金売吉次の墓と伝えられる金石さんと呼称される石と吉次終焉地の伝承がある。平成二十八年（二〇一六）の調査時には田曽地区の住居は一軒のみで、他はすべて空き家になっており、その家に住む古老から貴重な伝説を聞き取ることができた。その後、令和五年（二〇二三）に調査に行くと、田曽には住居が一軒もなくなっており、鶏卵会社の鶏舎のみ多数並ぶ状態となっていた。鶏卵会社の方から金石さんの位置を聞くと、幸いなことに以前と同じ場所にそのまま保存されていた。田曽集落は消滅してしまったが、かろうじて金売吉次終焉地伝説の採集が間に合ったと安堵した。消えてしまう前に、貴重な伝説の採集を急ぐ必要があると強く感じた。新見の山のあちこちには膨大な量の「かなくそ」が積まれている。かなくその山は新見各地で盛大にたたら製鉄が行われていた痕跡であるが、今は深い森の奥にひっそりと眠っている。

次に取り掛かったのが、人柱の伝説であった。新見には大佐と長屋に人柱伝説があるが、これまであまり考察の対象になっていなかった長屋の事例について調査した。長屋では、現在でも毎年新暦の八月一日から七日までの一週間、必ずお堂（地蔵堂）の行事が行われている。古老によると、戦前は旧暦の七月一日から七日まで行われ、その間、毎日おむすびのお接待があり、通行人みんなに配っていたという。筆者も調査の時にお接待のおいしいおむすび等を有り難くいただいた。また、期間中の晩には、昔は当番の家の人たちが大人も子どもも四、五人、お堂に蚊帳をつって朝まで泊まったという。長屋は昔から川が氾濫しやすい土地であった。土地が肥えておいしい米がとれる長屋は重要な地であったため、松山藩水谷氏は長屋で難工事を行い、難工事の記憶が人柱伝承を生み出したのであろうか。

各種学会での発表のほか、勤務校の公開講座や、各種団体からの依頼による講演会など、新見の伝説に関する発表や講演をこれまで多数行ってきた。新見の文化の研究を通して、日本文化の向上に少しでも貢献できたなら望外の幸せである。

本書の調査にあたって、実に多くの伝承者の方々からお話をうかがった。深く御礼申し上げる。伝承者の方々へのお返しは、一書にまとめて後世に貴重な伝承を伝える手助けをすることと考えている。

種々の学会でお世話になっている先生方、現在の筆者の勤務校である新見公立大学の公文裕巳学長をはじめとする多くの先生方や、新居志郎元学長、難波正義前学長からは常に刺激と学恩を受けている。お一人お一人のお名前をあげることは難しいが、深く感謝申し上げる。

新見は一年を通じて美しい景色に包まれる。千屋牛やピオーネをはじめ、A級グルメの街としても知られている。多くの方にぜひ訪れていただきたい。本書の表紙と裏表紙の写真は、新見市から提供していただいた多数の写真の中から、本書のテーマにふさわしい幻想的な一枚「新見の朝」と、美しい「三室峡の紅葉」

を選定させていただいた。快く貴重な写真を提供してくださった新見市関係各位に深甚なる謝意を表したい。

本書の出版を快く引き受けてくださった法藏館の西村明高社長とお世話になった社員の方々、特に並々ならぬお世話になった戸城三千代編集長と編集担当の光成三生様に感謝申し上げる。

なお、本書は令和五年度新見公立大学学長配分研究費の交付を受けた。関係各位に深謝申し上げる。

索　　引

き

く

け

こ

よ———

り———

る———

わ———

原田　信之（はらだ　のぶゆき）

1959年、広島県に生まれる
1990年、立命館大学大学院文学研究科博士後期課程単位取得
現在、新見公立大学教授、博士（文学）
著書に、『隠徳のひじり玄賓僧都の伝説』（単著、法藏館）、『今昔物語集南都成立と唯識学』（単著、勉誠出版）、『唱導文学研究』第１～12集（共著、三弥井書店）、『日本の民話を学ぶ人のために』（共著、世界思想社）、『民話の原風景――南島の伝承世界――』（共著、世界思想社）、『日本説話伝説大事典』（共著、勉誠出版）、『天皇皇族歴史伝説大事典』（共著、勉誠出版）、『社寺縁起伝説辞典』（共著、戎光祥出版）他多数。

岡山県新見の伝説
――玄賓僧都・後醍醐天皇・金売吉次・人柱

二〇二四年三月一〇日　初版第一刷発行

著　者　原田信之
発行者　西村明高
発行所　株式会社法藏館
京都市下京区正面通烏丸東入
郵便番号　六〇〇―八一五三
電話　〇七五―三四三―〇〇三〇（編集）
〇七五―三四三―五六五六（営業）

装幀者　熊谷博人
印刷・製本　亜細亜印刷株式会社

ISBN978-4-8318-6284-6 C1091